百年降生

臺灣文學故事

1900 100 Years of Taiwan Literature 2000

李時雍 主編

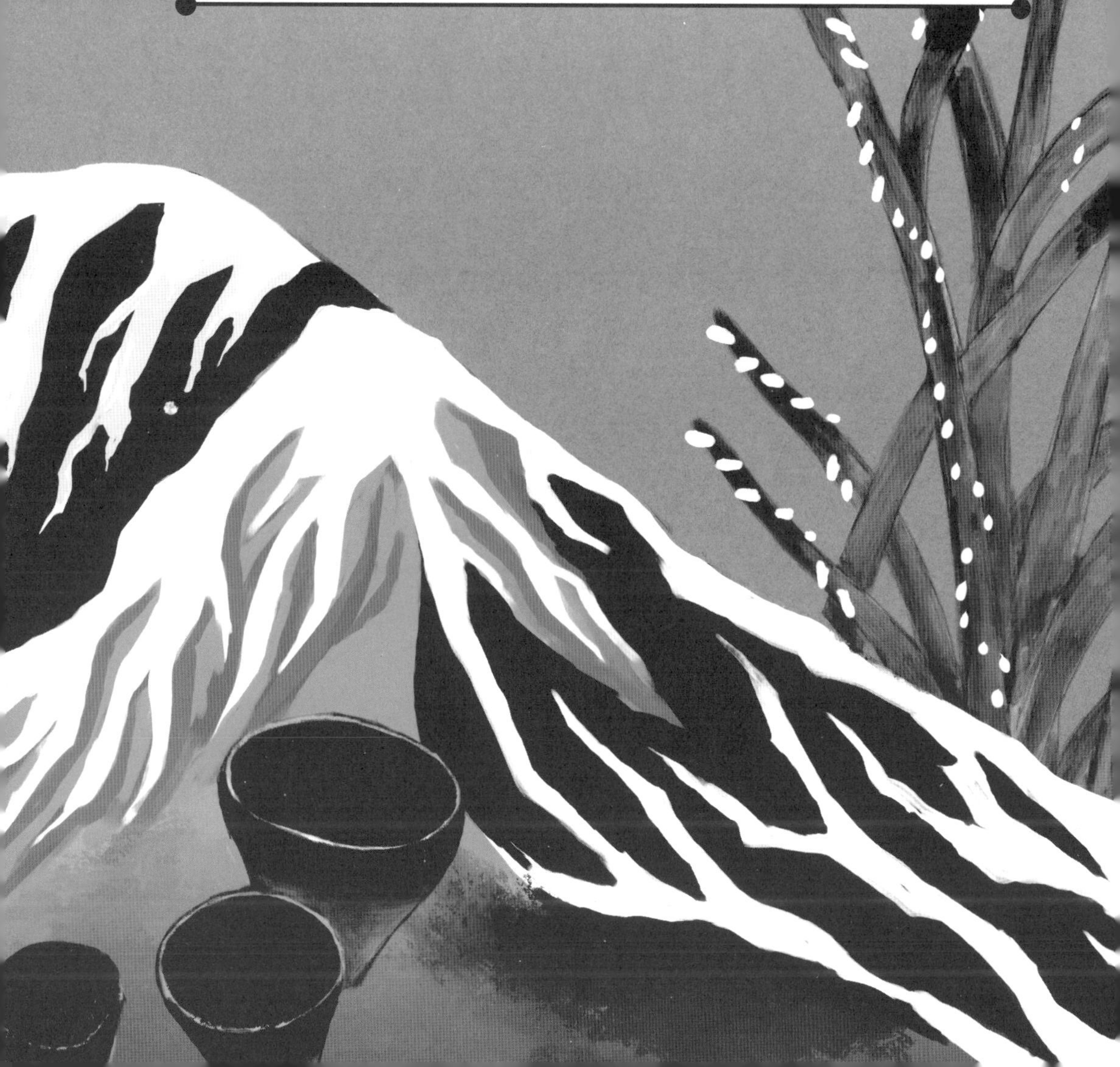

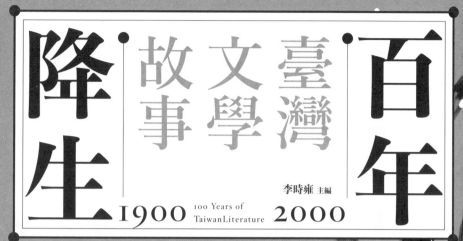

作者群簡介：

李時雍

臺灣大學臺灣文學研究所博士候選人。曾任《人間福報》副刊主編、《幼獅文藝》主編、哈佛大學費正清中國研究中心侯氏家族獎學金研究員。著有散文集《給愛麗絲》。

何敬堯

臺中人，一九八五年生，小說家，創作橫跨奇幻、歷史、推理。畢業於臺大外文系、清大台文所。獲全球華文青年文學獎、臺大文學獎。出版有：小說《怪物們的迷宮》、《華麗島軼聞：鍵》（合著）、《妖怪鳴歌錄Formosa》，編纂《妖怪臺灣：三百年島嶼奇幻誌》。

林妏霜

一九八一年生。時差庫存者。清華大學台文所碩士畢業，現為博士生。曾獲聯合文學小說新人獎、林榮三文學獎小說獎、台文館臺灣文學研究獎助、文化部藝術新秀補助等。碩論以歌曲切入解嚴後的臺灣電影，書寫異質文化與記憶。著有小說集《配音》。

馬翊航

一九八二年生，池上長大的卑南族，父親來自Kasavakan部落。臺大臺文所博士，現為《幼獅文藝》主編，國立臺北藝術大學兼任助理教授。

陳允元

一九八一年生。國立臺灣大學臺灣文學所碩士，國立政治大學台灣文學所博士。現為國立臺灣師範大學臺灣語文學系兼任助理教授、目宿媒體文學顧問。學術關鍵字為殖民地時期臺灣文學與現代主義。曾獲林榮三文學獎散文首獎等。著有詩集《孔雀獸》（2011）。與黃亞歷合編《日曜日式散步者：風車詩社及其時代》（2016），獲台北國際書展年度編輯大獎、金鼎獎。

盛浩偉

一九八八年生，臺灣大學日文系、臺灣文學研究所碩士班畢業。曾獲台積電青年學生文學獎、時報文學獎等。著有《名為我之物》，合著有《華麗島軼聞：鍵》、《終戰那一天》等。

詹閔旭

一九八一年生，國立中興大學台灣文學與跨國文化研究所助理教授，曾任北京大學中文系訪問學人（2010）、美國UCLA大學亞洲語言與文化系訪問學人（2012-2013）。著作《認同與恥辱：華語語系脈絡下的當代臺灣文學生產》（2013），譯作《搜尋的日光：楊牧的跨文化詩學》（2015，與施俊州、曾珍珍合譯）。

楊傑銘

一九八二年生，靜宜大學閱讀書寫創意研發中心助理教授，南十字星文化工作室有限公司主編。

鄭芳婷

加州大學洛杉磯分校劇場表演博士，現為臺灣大學臺灣文學研究所助理教授。研究領域包括：臺灣戲劇、表演理論、酷兒批判、島嶼論述。作品散見於Asian Theatre Journal、Third Text、《戲劇研究》、《考古人類學刊》、《女學學誌》等期刊及各藝術評論雜誌。

蔡林縉

國立成功大學中文系學士、現代文學研究所碩士，現為美國加州大學洛杉磯分校亞洲語言文化系博士候選人。研究興趣包含臺灣現當代文學、電影研究、詩學等領域。目前專注華語語系、定居殖民主義的研究框架和臺灣文學與文化生產之間的關連。

蕭鈞毅

一九八八年生，清大台文所博士生。曾獲臺北文學獎小說首獎、林榮三文學獎小說首獎等文學獎若干。作品入選九歌出版《一〇四小說選》，曾任電子書評刊物《秘密讀者》編輯同仁之一。主攻小說書寫與小說評論，研究則遙遙無期。

顏訥

一九八五年生，城市裡的鄉下人。清華大學中文研究所博士候選人，文章散見各副刊、雜誌、UDN鳴人堂與BIOS Monthly專欄，文學直播節目「作家事」主持人之一。曾獲全國學生文學獎、林榮三文學獎，創作以散文與評論為主，著有散文集《幽魂訥訥》。

編序　二〇一八，百年降生

李時雍

「一百年，一百個故事。」

這是德國作家鈞特．葛拉斯（Günter Grass）寫在小說《我的世紀》（*Mein Jahrhundert*）前言裡的話，他說，源於「一個簡單的想法」，想為一個世紀，留下文學的記錄。二〇一二年底，國立臺灣文學館曾展出鈞特．葛拉斯特展「鼓動的世紀」。那段時間，這本小說就擱在家中桌上，我偶爾翻讀其中的文字和繪畫，從戰爭與新技術揭開序幕的百年，有它的哀愁、它的疑惑、它的輝煌。

「一百年，一百個故事。」也是我在寫給本書作者們最先的邀稿信中，為將展開的寫作計畫所做的最簡單的解釋。那幾年，我正主編《人間福報》副刊，在工作備忘裡，擬下暫名為「二十世紀．文學的島」的專欄想法。我想，如果一週寫一年故事，一年即走過半個世紀，再歷秋冬，就行過百年。「她要往何處去？」最初的我們，或也無法預期，但至少會留下一百個故事。二〇一五年底，先邀請了何敬堯、盛浩偉、陳允元、楊傑銘四位，參與上半葉的寫作，這年代的範圍，主要含括於所謂的日治時期臺灣。專欄從二〇一六年一月十八日起每週一登出，定名為「20世紀台灣文學故事」，第一篇〈一九〇〇：最終與最初〉，從一個世紀的盡處，跨進新世紀的源頭。

最初看似簡單的想法，開始有了深刻而複雜的涵義。三個關鍵詞：「二十世紀」，有別於過往的斷代，無疑帶給我們一種觀看歷史的嶄新向度；回到每一年，卻又具有了充滿細節紋理的時間感。「臺灣文學」是敘事的主體，哀樂舞臺聚光下的主角。「故事」是敘述的形式，我們盛裝年月的盒子。

下半葉，已進入戰後的臺灣，邀請了林妏霜、馬翊航、詹閔旭、蔡林縉、鄭芳婷、蕭鈞毅、顏訥，連同我共同執筆。

所有參與寫作的朋友們，過去或創作小說、散文、劇場、詩，都是我們這個世代（一九八〇年代出生）已深具故事風格的創作者。大家皆投身學術研究，各擅不同領域；但特別的是，作者群主要出自臺灣文學系所，或曾以此為研究領域，或已教學其中。

何敬堯關注臺灣妖怪、推理等類型文本；盛浩偉的散文與評論都流露他深厚的日本文學底蘊；陳允元寫詩、也長期投入超現實主義風車詩社的史料工作；楊傑銘曾旅居香港，從事魯迅的思想傳播研究。他們寫下的上半葉故事，是交織於臺灣、日本、中國、世界之間，一個長夜，接連著另一個夜的黑；然而身在其中的人，卻總是等待著幻影盡頭的天亮。

林妏霜小說充滿內面的特寫，像她心繫的電影鏡頭；馬翊航有詩人的眼睛，出生臺東卑南族，帶領讀者凝視山海的憂鬱；詹閔旭是當前馬華文學重要的討論者；蔡林縉從現代詩跨足後殖民理論；鄭芳婷則在戲劇的背景下，著重與臺灣文學、政治交錯的小劇場史；蕭鈞毅研究當代小說、也寫作小說；顏訥如她關注的臺港現代主義者，對時代總有越尖銳、越溫柔的目光。下半葉的故事，在他們的筆下，是一波接一波的新浪潮，帶來了雨水，也帶來光焰。

整個寫作計畫為期兩年，最後一篇〈二〇〇〇：一一走進那良夜〉於二〇一八年一月八日刊出。幾個月之後，旋即展開這部《百年降生：1900—2000臺灣文學故事》的編輯工作。

二十世紀的臺灣文學，是一場漫長的降生，徘徊著文學者們思考與困惑的身影。卻唯有在此刻，當一個一個故事匯集成《百年降生》，歷時逐篇細讀後，才令人察覺，最初不知往何處去的，初始看似無路的，其實早已有了人，有了路。更重要的是，故事的形式，照亮了歷史的空缺，留了微光，給所有在長夜寫作的人們、給底層的心靈、給無名者。你因此將看見一個人，默默結束了他的時代，會看見被遺忘的故事，會看見終戰之時，鏡頭的焦點，留在南洋的密林、留在忘了將死亡帶回來的那人；風車接收到光年外的電波，現代主義成為六〇年代的底色，《劇場》反藝術的藝術家卻來到了臺前。故事的擇取，除反映寫作者敏銳的目光，確實也呈現了千禧後的二十年間，越成熟、更新的文學研究成果。

《百年降生：1900—2000臺灣文學故事》在此時編成，感謝所有參與寫作的朋友們；尤其感謝聯經出版公司，胡金倫總編輯、陳逸華編輯主任、黃榮慶編輯等人，為整部書所展開的細緻思考和編輯工作，朱疋為此書所做的影像設計。同時謝謝《人間福報》副刊當初所提供如此珍貴的平臺，現任主編覺涵法師的協助。亦感謝李時雋在專欄刊載期間，協助文章網頁運作，將故事傳播至更遠處。最後，由衷感謝這些在島嶼上寫下故事、傳遞故事、閱讀故事的人們。

我想起一個傍晚，曾搭乘列車，前赴宜蘭礁溪，參與一場關於小說家黃春明的國際研討會。第一天會議結束的晚會上，春明老師帶著他的劇團，演出了幾段文學改編的戲，現場並投影老師的撕畫作品。那是一個溫柔的夜晚。有一刻，春明老師上了舞臺，與我們說了幾個笑中帶淚的故事。

夜裡的礁溪，樹影扶疏，氣溫有點微涼，心卻莫名暖著。這幾年，往來了幾趟宜蘭，途經倒影著薄雲的水田，途經龜山島，因為小說家那幾行詩句，總也有一種遊子回家的感受。那晚上我帶著這樣的心情，返回留宿的房間，隱隱想起了擱在桌上的那本《我的世紀》。就在那晚，我決定開始這個寫作計畫。回臺北之後，寫了第一封信給朋友，我說，「一百年，一百個臺灣文學故事」。那是二〇一五年十月中旬，發生在我心裡的，一件小小的故事。此刻，將它們交到你的手上。

目次

1900-1909

臺灣本土作家漸漸脫離中國影響，

臺灣文學進入啟蒙階段。

一九〇〇 最終與最初

陳允元

一九〇〇年，十九世紀的最後一年，臺灣改隸第五年。翻開歷史年表，製糖會社的煙囪開始探出廣袤的原野，伸向殖民地的天空；一些近代律法如治安警察法、出版規則、保安規則等，也相繼穿過未經近代規訓的呼吸與身體，織疊成一張日漸嚴密的網。這是一九〇〇，斷代的最終與最初。在文學史上，似乎不是特別值得一提的年份，卻有什麼正隱然發生。五月中旬，雨季到來，蔡秋桐、吳濁流、葉榮鐘陸續降生，但他們的舞臺還在二十年後的未來；稍早一些的三月中旬，臺灣總督兒玉源太郎、民政局長後藤新平繼「饗老典」後又有新的策畫，邀請曾獲科舉功名的傳統士紳於臺北府城西門內的淡水館，盛大召開「揚文會」。他們打著什麼算盤？後來的研究者說，這是透過漢詩安撫攏絡這批前清遺臣，同時向之展示日本的威勢與近代文明（參考黃美娥研究），並藉他們的影響力推廣新學、培育新式人才（參考陳文松研究）。

日本時代，描寫進入新時代之舊仕紳最為生動者，當屬朱點人的短篇小說〈秋信〉（一九三六）。斗文先生十九歲中秀才，二十七歲那年正要上省應試，卻遇上臺灣改隸。原來的人生勝利組，一夕間成為魯蛇（loser）。作為虛構人物的斗文，在設定上當然具備受邀參加一九〇〇年揚文會的資格；但按人物性格推想，他是不會參加的。「他的家裡藏著一本臺灣的詳圖，當臺灣要開始新政治的時候，因為不諳於臺灣事情，好幾次要請他幫忙，但他不但執意不肯，而且還要謝絕一切的政客」。只是，看似隱居的斗文，胸中仍奔流著民族的熱血。他閱讀孫兒從上海寄來的《國事週聞》（柳書琴認為它的現實指涉是《國聞週報》），也曾在島內社會運動風起雲湧之際成立詩社、提倡擊缽吟，挽救作為民族命脈的漢文。遺憾的是，斗文的努力終究不敵統治者以國家機器推動的新學（國語＝日本語教育）；他視為民族命脈的漢文，也在統治者的懷柔下成為應酬的酒器。

儘管形象有些滑稽，但朱點人對斗文是抱持同情的。並藉由斗文北上參觀「始政四十周年臺灣博覽會」在故地迷航與諸多的不快、戰慄，諷刺殖民進步假面下的暴力性。只是說到底，斗文仍是新知識人形構的落後於時代的傳統文人，並在後來定型成為我們對傳統文人的刻板印象。事實上，正如黃美娥在《重層現代性鏡像》指出的，在日本時代這樣一個全球化下的新興文化場域，傳統文人並非僅是抱殘守缺，而是與新知識分子一樣，也追求文明的脈動，回應他同樣無可迴避的新時代與殖民地情境。

除了黃美娥在研究中列舉的《臺灣日日新報》漢文部的魏清德、櫟社的王石鵬等，我們可以看看楊宜綠的例子。今天楊宜綠也許不是那麼知名，但他的長子即是一九三〇年代與李張瑞、林修二等結成高舉超現實主義之大纛的「風車詩社」的楊熾昌。

一八七七年生的楊宜綠，有著舊式的字（天健）與號（痴玉），也與他那一輩的傳統文人乃至斗文先生有著類似的經歷：改隸後的一八九七年與連橫、陳瘦雲等人重振「浪吟詩社」，一九〇六年參與「南社」創立。是否參加揚文會則未可知。但楊宜綠畢竟走上稍稍不同的路。一九一五年，他與摯友謝國文同道赴日深造，並帶著年僅八歲的小楊熾昌同行。返臺後，楊宜綠任職《臺南新報》漢文欄記者，參與臺灣文化協會臺南支部活動。一九二七年文協分裂，楊宜綠亦擔任由連溫卿、王敏川主導的左傾之新文協的臺南州中央委員。一九二八年，臺南發生了一件大事。為紀念昭和天皇登基，臺南州廳欲徵收大南門外公共墓地建設綜合運動場而引發眾憤，史稱「臺南墓地事件」。時任記者的楊宜綠曾在《臺南新報》為文批判。當抗爭層級升高，陸續發生暴力行為、潑糞、州廳塗鴉事件，新文協成員被指為重要嫌疑者。連溫卿、王敏川、洪石柱等被捕，楊宜綠亦被控煽動群眾的匿名信乃出自他的手筆，因而入獄十月。該年份的《臺南新報》今已不存，但翻閱《臺灣日日新報》仍可見幾則相關紀事。

一九三四年初，在獄中搞壞身體的楊宜綠罹患肝病，八月病逝。時長子楊熾昌已自東京的文化學院輟學返臺，一九三二年起陸續於《臺南新報》發表超現實主義詩作、詩論，組織「風車詩社」，接任紺谷淑藻郎的《臺南新報》學藝欄編務，活躍於臺灣文學界。楊氏父子倆，楊宜綠出身傳統文人卻不守舊，赴日進修、參與文化協會——甚至是分裂左傾的新文協，並以近代新聞媒體為公器批判殖民政府；楊熾昌則接受完整日本新式教育，並負笈東京，帶回與日本乃至二十世紀西方世界同步的前衛藝術思潮，在殖民地臺灣進行在地實踐。

一九〇〇年，臺灣改隸第五年，二十世紀近在眼前。舊文人並未完全為權力豢養，淡出歷史舞臺，或不合時宜地存在於另一個平行時空。他們也以自己的方式，思考現代、回應臺灣的殖民地情境。並與即將誕生的新知識人，一同踏上嶄新的、然而路途險阻的二十世紀。

一九〇一　迷路

盛浩偉

搭乘輪船航過淡水河的時候，中村櫻溪靜靜站在船尾，望著濺起的水波，想起了剛才在觀音山裡見到的花草。

時值辛丑，三月十日傍晚。來臺快滿兩年的中村櫻溪，趁著總督府國語學校工作的閒暇，照例與友人相約，遊歷臺北。大直山、屈尺、七星山的山水，他早已無比熟悉，也已寫下數篇遊記，無論日人臺人，凡看懂漢字者，讀過的無一不稱讚其記述詳盡、敘事華美。——只是，這一次挑戰攀登觀音山，他卻意外地迷了路。

「一開始迷路的時候，真是嚇死我了。」「就是說。但是，那條小路旁的花，還真漂亮。」「那是野桃花吧？」櫻溪的背後，橋本武、渥美銳太郎這兩位同事，正你一句我一句閒聊著。「是啊，野桃花，還有杜鵑。」國語學校第一附屬學校的前田孟雄插進這麼一句話，「花那麼大一朵，顏色又那麼鮮豔，真是罕見，真是罕見。臺島果然和內地不同。」

「這樣啊，」櫻溪心想，「野桃花，還有杜鵑……」

「伯實，在想什麼呢？」橋本親切地喊著櫻溪的字；那一輩的日本人，一大部分都還仿效著中國傳統文人的稱呼方式呢。

「我在想，如何記錄方才的景象，」櫻溪回答，「你們看，這樣如何：『間見野桃，輕風時至，零紅簌簌可愛；又見紅杜鵑，點綴崖谷石間，腥血如滴。』」

「真不錯，真不錯，」渥美說，「還是你文筆好。這麼寫，都讓我想起柳宗元的遊記了。」

「不如就仿〈永州八記〉，多寫幾篇，發揚臺島山水之美吧。」前田說。

「呵呵，那可是個大工程，」櫻溪笑道，「只是迷了路，沒能登頂，實在可惜。」他望著頭頂那片將雨未雨的雲海，隨著船越行越遠，飄渺的觀音山也更加朦朧。

那時中村櫻溪並不曉得，在他將這次出遊經歷寫成〈登觀音山記〉的三年後，他還會重新爬一次觀音山；這次，他不會迷路，將順利登頂。並且，他在〈再登觀音山記〉裡，寫下了這樣的心得：「前遊所失之路，分歧脈絡，隱隱可瞰矣。乃知世路糾錯，惟達觀者能不惑也。」——從迷路，到不惑。櫻溪迷失在山水蜿蜒曲折的空間裡，但不只如此；這時二十世紀已揭開了序幕，這是新世紀的第一年，而接受殖民統治的臺灣，抗爭仍然持續，世界的動盪也從未停歇，整個臺灣的命運、亞洲的命運，也彷彿漸漸迷失在顛簸的時間巨流當中。達觀，說得容易，但大時代底下的人們，又真的能夠這麼容易地做到嗎？

如果沒有經歷過迷失，沒有經歷過生命的混沌，時代的摧折，人們有可能這麼輕易地達觀嗎？

可是話又說回來，是否只要耐得住這些磨難——一次，只要經歷一次就好，人們就能夠知道什麼是真正的不惑，學會面對自己內心的真實呢？而二十世紀的臺灣文學裡，有那麼多懵懂愚騃、那麼多苦痛傷悲，是否都是為了讓後人有更堅毅的精神，所作的預演呢？

——回到淡水河上那艘輪船的船尾。櫻溪這時仍只能看著眼前一片霧濛濛，白茫茫，不知有什麼在那背後等著。或許那是他最渴求的東西，最嚮往的美好；這一次，他並沒有如願得到。可是，他心裡隱然浮現了這句話：「亦足以舒一日之懷矣」，他覺得，這句話，適合放在文章的結尾。

「登頂自有登頂的好。但迷路，」他想著，「大概也自有迷路的美吧。」

一九〇二 不滅的火種，總在絕望處新生

楊傑銘

一九〇二年，看似平凡不過的時間點，卻是臺灣轉折的重要時刻。日本領臺邁入第七個年頭後，擊潰各地的游擊武裝部隊，進入統治的穩定期。自一八九五年乙未割臺開始，臺灣武裝反抗行動未曾歇息，最早的「臺灣民主國」曾經創造一個夢，只是太過短暫，也太易凋謝。然而，面對脫亞入歐的大日本帝國，又有多少國家能夠抵禦得了？

其後大半的時間，臺灣本地鄉紳組成的游擊隊在山區、荒野與日軍纏鬥，吳湯興、徐驤等人頑強抵抗，為反抗運動留下血淚的一頁。特別是一九〇二年林少貓在臺南戰死，臺灣總督府宣告「全島治安恢復」，這一布達標示著武裝抗日運動的完結，真正進入日本殖民統治的時代。在「孤臣無力可回天」的聲聲喚中，隨著海潮而下的日本軍隊與殖民政府，在殖民統治中也帶來現代化的視野。

一九〇二年的時代巨輪，無情的帶走反抗志士的英靈，也迎來了一出生就活在異族統治的新一代。臺灣作家謝春木誕生於這樣的一九〇二年，他並沒有上一代身為滿清遺族的國仇家恨，成長於新舊式教育交混的時候，令其更明白傳統教育與封建社會綁架了臺灣人民的未來。

二十歲時的謝春木，在臺灣新文學發展之初，以新文學的形式宣揚自由戀愛的新思潮，寫了〈她要往何處去〉（一九二二）的小說。他在那樣的年紀，就以銳利的眼光看透了封建的幽靈依舊纏繞著漢人的社會，新生的一代肩起黑暗的閘門，在名為自由的時代對抗著不自由。

小說以桂花的角度敘寫，談論十多歲情竇初開、行事天真浪漫，且熱愛緞帶和泳衣的摩登女，如何在媒妁之言的婚姻中受到退婚的傷害。他以此控訴封建禮教社會對女性自主婚姻的囿限，也傳達出生活在傳統社會道德價值觀的人們，無論是遭受毀棄婚約的一方，或是崇尚自由戀愛的一方，都難以逃脫這個社會的異樣眼光。

小說副標「給苦惱的姊妹們」，訴諸的是在同時代受到傷害女性同胞，在愛情的人生功課裡，遭遇到莫名且難以迴避的傷害。對她們而言，「人生是苦的，結婚是這麼麻煩的，社會是這麼殘忍的……」一如故事最終受到退婚的桂花，人生留下難以抹滅的汙點，也是追求自由戀愛下的犧牲品。

魯迅在〈娜拉走後怎樣〉曾說道：「人生最苦痛的是夢醒了無路可走。」面對世俗眼光建構起的難以翻越的高牆，謝春木嘗試給予傳統婚姻制度犧牲品的女性，指引一個充滿希望的方向。小說在結尾處，桂花乘上開往日本的信濃輪到日本求學，從一個受到舊傳統壓迫的受害者，搖身一變成為新時代的女性。這個轉變靠著留學、學習現代化的知識，洗滌受到封建社會傷害的疤痕，翻轉女性在社會的地位。

在這裡，日本不再是臺灣人心中殖民者的侵略者形象，而成為提供現代化思想，以及提供改變臺灣的希望之地。愚昧無知是一切痛苦的根源，為了擺脫如此的宿命，除了出走，再也想不到其他辦法。在渡輪上桂花與女伴的促膝長談，說起自己這趟到東京，不是像一般女學生去作夢，而是要去追夢。畢竟遭遇過退婚的不名譽，桂花身上背負著女性無以名狀的重擔，也因此她的前進日本是具有解救臺灣女性同胞的使命：「我們必須為臺灣的婦女點燃起改革的火焰。時機到了。讓我們為被虐待的臺灣婦女，努力讀書吧。」讀書成為改變一切的起始點，不只是對女性是如此，對新一代的臺灣青年來說也是如此。換而言之，謝春木表面上描述臺灣女性處於封建婚姻的桎梏，實際上是透過女性問題隱喻臺灣由舊社會走向新社會的陣痛，以及新世代青年必須透過學習肩負起改造臺灣的使命。

理想主義者是無可救藥的。謝春木不只在小說中傳達改革的理念，現實社會裡也身體力行成為社會運動的中堅分子。除了在《臺灣民報》撰寫政治、文化評論，並出版《臺灣人如是觀》、《臺灣人的要求》等著作，也與蔣渭水等人共組臺灣民眾黨，走向中間偏左的社會主義路線。之後因為日本軍國主義的抬頭，肅清日本內地與臺灣本島的左翼運動分子，以致謝春木遠渡中國避難，並與中國共產黨有密切的聯繫，最終成為中國共產黨的一分子，找尋到生命的出口。

其實地上本沒有路，走的人多了，也便成了路。一九〇二年，看似平靜的年代，孕育著臺灣新一波的反抗運動。

一九〇三　文學島的麒麟兒

何敬堯

臺灣在日治時期，自從謝春木發表了第一篇白話小說〈她要往何處去〉之後，臺灣文學家便致力於臺灣現代白話小說的創作，為臺灣新文學運動推波助瀾。其中，被譽為「臺灣創作界的麒麟兒」的小說家，即為來自臺北萬華的朱點人。

西元一九〇三年，明治三十六年，小說家朱點人出生於臺北城外的淡水河畔，繁華艋舺的龍山寺市街之上。他本名為朱石頭，後來改名為朱石峰，「點人」則是他日後寫作時採取的筆名，因此稱為「朱點人」。

當他在一九一八年畢業於萬華區的老松公學校（今日的老松國小），便進入臺北醫學專門學校（今日的臺大醫學院）任職，在南方熱帶醫學研究所擔任助手，專研細菌學。而在工作之餘，嗜讀文學書籍的朱點人，也嘗試揮灑文墨，寫作情詩與小說。

貧寒的家境，讓朱點人擁有早熟的心性，二十八歲的朱點人在《伍人報》發表了處女作〈一個失戀者的日記〉之後，便創作不輟。同時，朱點人也開始推廣藝文運動，與郭秋生等人共組「臺灣文藝協會」，發行文學雜誌《先鋒部隊》。

從三〇年代伊始，朱點人在十三年的創作生涯中，寫下了十多篇的白話文小說，例如〈紀念樹〉、〈秋信〉、〈蟬〉、〈安息之日〉、〈長壽會〉等名作。他的產量雖少，卻是以樸實觀察，精準地批判日本政府的殖民政策，以及資本主義所造成臺灣社會貧富不均。

對照日本政府在一九三一年引起九一八事變，以及一九三七年的盧溝橋事變，朱點人創作生涯的全盛期，與此段政治史實相應。因此，讀者也能感受到朱點人在文章中敘述的族群矛盾、文化認同的焦慮。並且，朱點人也毫不留情地批判殖民體制的僵化，認為日本政府的統治，讓臺灣人陷入迷惘與掙扎的噩夢。

例如，在〈脫穎〉這篇故事中，便以美夢與惡夢重疊的劇情，講述臺灣人對「內地人」身分的認同，也是一場「長夢不願醒」，因為醒來也只能接受「不可能」的現實。朱點人的故事，並非直白露骨的批判，而是運用含蓄而內斂的文學手法，來彰顯社會批判的主題。因此，在他的小說中，故事角色的死亡、失蹤、自殺……等等情節描述，都是為了呈現出當時臺灣社會的壓迫感與毀滅感，讓人毫無立足之地。最能表現朱點人的「抵抗美學」，莫過於他的小說〈島都〉。

朱點人在一九三二年刊登在《臺灣新民報》的小說〈島都〉，是他的成名作，他也藉由這篇小說，宣告著充滿抵抗精神的「左翼文學」，說明這一座「蒙著蓬萊仙島的美名的孤島」，實情卻是不公不義的現狀，島民的性格迷信且惡劣。身在島中的臺灣人，因為政治與社會的無情，只能一步一步逐漸喪失自我的身分。

小說故事敘述，主角史明「自幼就飽嚐人世的辛酸」，小時候母親就病死，家中經濟情況困難而貧窮，生活拮据。反觀當時的政府高官，卻無視人民的經濟生計，獎勵迷信，勞民傷財的宣傳K寺的建醮，背地裡則是在大酒館自私享樂。

而父親史蓁，半強迫地被地方上的頭兄和書記索取寺廟建醮的捐錢。史蓁為了要籌措金錢，就將史明的小弟史蹟，賣給了隔壁家的趙媽。最終，父親因為受不了內心的屈辱與無奈，因悲傷而自殺，死於橋下。

飽嚐人間苦味的史明，便不禁感嘆著：「為什麼天公一些人獨厚？對一些人又苛薄？它們醮壇上的看板不是寫著『普天同慶』嗎？……」

但儘管史明對人類抱持著憎惡，也嫉恨著社會，但他經歷一連串的苦難後，仍然努力奮鬥生活。當他在N塗工所工作時，目睹了工人們的窮苦艱困，領悟了「越勤苦越窮困」的道理。

這時，史明便開始全力支持工人運動，領導工運團體。此時，史明的心情不再是以往「默默忍受」的態度，他一反先前的消極作為，轉而思考自己的未來，以及工人們的未來。

因此，就算工運的活動被日本政府所破壞，遭受壓制的史明仍然沒有喪失鬥志。當小說結局颯然降臨，故事安排史明最終行蹤不明，但開放式的結局，也暗示著史明仍持續在地下進行抵抗運動，仍舊在黑暗的長夜中，努力爭求社會正義的光明理想。

一九〇四　衣洲與南菜園

盛浩偉

一九〇四，沒有什麼劇烈起伏的一年。

二十世紀剛拉開序幕，臺灣成為日本殖民地未滿十年；如今人們所熟悉的新文學，仍舊在暗中醞釀，要再過十數年才可見得一絲曙光。但是，在這個文學發展仍舊平靜無波的年代，卻有一個人悄悄地結束了屬於他的時代。

「屬於他的時代」，是一個稍微含糊的說法。事實上，他並未開創什麼，也沒有領導什麼，可是，如果當初沒有來到臺灣，勢必不會有這樣的舞臺——文學的舞臺，也是政治的舞臺。

他是籾山衣洲。

明治以前，江戶時代的日本，在正式場合所用的文書用語，是漢字文言文；而賦漢詩、作漢文等能力，則被視為一種高級素養，象徵著階級地位，是最珍貴的文化資本；就連進入明治（一八六八）之後，即便日本舉國維新西化，但文化上卻反倒出現了漢文學的隆盛，整整持續了二十年；是要到明治二、三十年之後，漢文學才開始慢慢式微。

而衣洲出生於江戶舊時代，自然有一身自幼習得的漢學素養，能作詩為文，年輕時已在日本漢詩壇出頭，不過名氣甚小，又離權力核心遙遠，只能憑著識字寫字，當個小記者勉強餬口度日。一八九八年，衣洲四十歲，獲邀來臺灣這個新殖民地擔任《臺灣日日新報》漢文部主任；之後，他與第四任臺灣總督兒玉源太郎結識，受到禮遇，成為御用的文藝顧問，至此，才晉升權力核心。

籾山衣洲是怎麼得到這樣的機會的呢？回顧歷史，從政治的觀點來看，站在臺灣的角度，成為殖民地，自然受到日本帝國的宰制與剝削，也曾有許多無情的鎮壓與殘殺，是一段不可遺忘的血淚教訓；但是換個觀點、換個角度，情況卻會變得有些微妙。

先從日本的角度來看：當時剛被納入版圖的「外地」臺灣，既尚無建設發展，且氣候環境相異，又仍有諸多動亂抗爭未平，其實，是毫無吸引力了；而那些「願意」來臺灣的日本人，實際上也多半是在「內地」沒什麼出息，甚至走投無路，才會想要來這個未知的新天地一搏。另外，若從文化的觀點來看，那個時候日本國內的文學與文化發展，漸漸開始拋棄過往那種凡事以中國為尊的觀點，轉而關注西洋、關注自身與在地，變動十分劇烈；但是，在這劇烈的變動裡，卻也有許多習慣了舊時代的人們無法成功跟上新時代的腳步，只好空守著滿腹漢文學素養，卻逐漸失去揮灑的舞臺。

——對這些人來說，新成為帝國版圖的臺灣，無疑是一個可以重新揮灑自身文化資本的空間。

弔詭的是，他們來到臺灣，雖然多少沾染了大日本帝國那時強盛的氣勢，或是有著愛國情操，但或許並沒有抱持著太大的統治者自覺；可是，卻在他們揮灑自身文化素養的同時，與總督府的統治手段結合，而成為懷柔政策裡的一部分。

這就是籾山衣洲受到賞識與重用的背景了。兒玉源太郎為了懷柔統治，模仿中國傳統的鄉飲酒禮，於一八九八、九九年，在臺北、彰化、臺南等地舉行了饗老典，更於一九〇〇年舉辦揚文會，以文化活動拉攏臺灣當地仕紳。活動中多有交際唱和，此時便需要籾山衣洲，來發揮他豐富的漢文學素養。

除此之外，兒玉在臺北城南蓋有一棟別墅「南菜園」，他讓籾山衣洲住在那裡，之後，漸有許多文人往來，南菜園成為吟詩作對的傳統沙龍，衣洲也因此成為當時臺灣漢詩壇重要的代表人物。

傳統漢文學與殖民統治，便彷彿一體兩面——或許不是為了統治，但卻不能說跟統治無關，反之，或許不是為了文學，卻也不能不說是文學。它比新文學那種強烈鮮明的抵抗意識來得複雜難解，很難說其中有完全獨立的文學藝術性，卻也不能一概抹為統治手段與殖民妝點。這是殖民情境的難題，是日治時期臺灣文學史反覆出現的旋律，在衣洲之後，仍舊繼續上演；甚至到了今日，也仍以美學與倫理的難題，考驗著研究者與讀者。

——但那是大的時代。

臺灣這個舞臺上，殖民者，被殖民者，傳統文人，再不久新知識分子也要登場了；可是籾山衣洲個人的時代，在一九〇四年，隨著他失勢，離開《臺灣日日新報》、黯然回到內地日本，就這樣無聲無息地結束了。

一九〇五　肉筆上色的記憶

陳允元

一九〇五年，當北方的戰場傳來新興的日本帝國擊敗曾雄霸一時的俄國的捷報，十年前在日清戰後成為日本第一個海外殖民地的臺灣，已在民政長官後藤新平（一八五七—一九二九）的治理下，被逐步整併入帝國的秩序、奠定近代化的基礎。在後藤招聘來臺的官僚之中，有一位任職於總督府財務局、名為立石義雄的男子。這一年，立石之妻芙美，在臺北東門町產下他們第五個孩子。這個出生於臺灣的日本男孩，便是日後以油畫、裝幀、臺灣民俗版畫聞名的畫伯立石鐵臣（一九〇五—一九八〇）。

身為「灣生」的立石鐵臣，初上小學不久（一九一三年；一說一九一一年），便因父親調職之故舉家返日。直到二十年後的一九三三年，時已二十八歲的畫家立石，才又為了寫生重新踏上這座懷有童年記憶的島嶼。滯臺三個月期間，立石描繪臺灣風景的作品《萬華》、《多雲日子的河岸》、《山丘小鎮淡水》、《植物園之春》，在返日後大受好評。翌年七月，他又帶著油畫具遷居臺灣。這一次待了兩年半的時間。除了創作，立石也受顏水龍（一九〇三—一九九七）之邀，參與了臺陽美術協會的創立，並與西川滿（一九〇八—一九九九）一同成立版畫創作會。一九三六年立石返日，一九三九年十月，又受臺北帝國大學理農學部長素木得一之邀，來臺從事標本描繪的工作。直到這一次，立石才真正在出生之地臺灣安定下來，並在這裡娶妻、生子。一九四五年八月十五日，日本戰敗，立石並未立即被遣返，而是以日僑身分留用。一九四八年十二月五日，他與家人搭上引揚船「海王丸」，永久離開出生之地臺灣。

在目前的臺灣，立石最廣為人知的作品，大概是一九四〇年代在《民俗台灣》刊登一系列的「臺灣民俗圖繪」版畫、《文藝臺灣》封面、為西川設計的裝幀如《華麗島頌歌》（一九四〇）、《赤嵌記》（一九四二）、《華麗島民話集》（一九四二）等，以及戰後《臺灣畫冊》（一九六二；一九九六年由臺北縣立文化中心重新編印出版）的臺灣畫作——特別是那張以「吾愛臺灣」為標題的畫，一再為人提起：引揚船駛離基隆碼頭，前來送行的臺灣人在岸上以日語合唱《螢之光》，被遣返的日本人也在船上向以為能夠安身立命、卻已逐漸遠去的臺灣揮著手。畫作落款前，立石再度寫下了「吾愛臺灣、吾愛臺灣」八個字，並在每個字旁附上朱紅色的強調記號。當立石的作品在戰後的臺灣被重新注目，臺灣人對之的共鳴，除了作品本身的美，應是感動於一個「日本人他者」對臺灣風土·民俗投注的認同與愛吧——立石筆下的臺灣之美，竟是戰後在另一個「他者」的教育下疏離於自己的土地文化、歷史的臺灣人所未曾發現的。這種以遙遠的「內地」為尚的傾向，一九四〇年，立石曾在《臺灣日日新報》上發表〈荒涼的景象——期待風土的花朵盛開〉，批判那種在臺灣完全沒有根源的、僅是迎合日本內地風尚的流行：「那些人何時才會真的成長於此風土？在此風土吹拂的風，在此地所結的果實，或此地的鳥獸魚介，或在此地曾誕生的美麗，他們可曾以愛心和喜悅的眼光來欣賞呢？請看麵包樹寬闊的葉子上和緩地流散開來的葉脈，那樣比例恰到好處的美，或眾多的蝴蝶翅膀上華麗的紋樣，或夕陽晚霞的七彩燦爛。如果能從內心抱著愉悅的心情欣賞此地的風土之美，那麼那些在街上盛開的花樣的女性，自然能展示出此地的驕傲，並象徵健美的新臺灣之花。」（顏娟英譯）當然，認同與視線的問題，必須更謹慎、細緻地討論。但透過繪畫所必需的觀察、及與人群接觸，作為灣生的立石，顯然已逐漸土著於此了。

儘管已在臺灣生根，命運畢竟不由得人選擇。被從臺灣連根拔起、拋擲至戰後殘破日本的立石，作品完全轉向抽象、冰冷、空寂的超現實風，並以細密畫的工作維生。只有在一九六二年為贈給已故恩人遺族而作的《臺灣畫冊》，才恢復臺灣時期的溫暖與生命力。然而值得注意的是，《臺灣畫冊》中有許多作品，完全是以戰前「臺灣民俗圖繪」的重繪。不僅構圖，連細節都極為忠實。為什麼立石不大刀闊斧地繪製新作呢？遣返時僅帶了衣物、作品全都留在臺灣的立石，能夠憑藉的，只有心中的記憶、以及印在薄薄紙頁上的版畫了吧。或許，這是他面對臺灣記憶時的謹慎，以及情怯。

雄獅出版、邱函妮著的《灣生．風土．立石鐵臣》（二〇〇四）的第一六七頁，收錄了一張立石的手稿。他羅列了幾件希望能再見到的作品。特別是一九三三年初次來臺寫生時描繪淡水河的《多雲日子的河岸》：「此畫為臺北放送局所藏。如今不知道還在不在，若是調查後找到了，由於此畫是我的代表作，請翻拍成彩色的。」這些遺留在臺灣的畫作，不僅是失落的記憶，也是人生。

將臺灣時期的「臺灣民俗圖繪」重繪為《臺灣畫冊》的立石，或許正虔誠地，讓手中的畫筆再次履上曾一刀一刀刻進木頭裡、蘸墨拓印出來的記憶線條行進；同時也召喚記憶中的光線、溫度、以及氣味，為單色的版畫，肉筆敷上臺灣的色彩，宛若一種回家的儀式。

一九〇六　南面而歌

楊傑銘

終究要離開的，對殖民者來說。

一九〇六年，日本殖民政策的重心北移，臺灣總督兒玉源太郎與民政長官後藤新平雙雙被調往滿洲，結束了日本治臺的第一個十年。

星星之火，可以燎原，反抗的種子一旦埋下，總會隨著春風吹過而再生。統治容易、民心難得，大和民族與漢民族是太陽和龍，身上流著相異的血液，就有著不同的認同。即使宰相李鴻章以「鳥不語、花不香，男無情、女無義」形容臺灣島上的一切，但是期盼天朝的恩澤與解救，時時成為臺灣人的夢。一個可笑卻又期待的春秋大夢。

面對民心浮動的臺灣，日本殖民政府以兩手策略，一方面振興傳統詩社，藉由安撫臺灣仕紳階層，達到收服民心之效；另一方面，實行新式教育，管制漢民族的文化習俗，教導符合日本殖民政策的內容。南臺灣最大的詩社——「南社」，便在這樣的社會氛圍中成立。事實上，南社的前身是「浪吟詩社」，為了因應逐漸增多的成員，希望建立完整的組織架構，才以「南社」為名再出發，與臺北「瀛社」、臺中「櫟社」遙相呼應。

南社的第一任社長由滿清舉人蔡國琳出任，也因為他在地方上的名望，使得南社在南部地區受到矚目。相較之下，謝汝銓、魏清德等人的瀛社與日本殖民政府關係密切；而林獻堂、傅錫祺等人的「櫟社」則具有濃厚的抗日色彩；「南社」則將重心放在致力於保存漢文化的傳統，未在政治態度上明顯表態。

這種同人性質的社團，透過「擊缽吟」、「詩鐘」等活動切磋詩藝，以文學交流與好友聚會為最大目的，所以成員的政治光譜多元不一，大致可以分成三派：一派為楊宜綠、林秋梧、謝國文、陳逢源等人，他們是社內最積極抗日的一群，不但在詩文創作上譏諷日本殖民政府，也投身於新文化與社會改革運動；至於蔡國琳、趙鍾麒等人，雖不趨炎附勢的依附日本，但是他們始終心繫祖國以滿清遺老自居；另外，像是黃欣、連橫等社內成員，因為家族的商業利益，則和日本殖民政府相處緊密。然而，不論「南社」裡的成員政治立場為何，都能在詩文唱和時看到成員一心以延續漢文化為使命，相互取暖並掛念著中國的政治局勢。

有趣的地方是，南社成員裡有許多的新聞媒體工作者。這種現代化的職業帶給傳統文人新知識與新視野，很多外國事件順勢成了傳統詩文創作的題材，例如，〈題南北戰爭史〉寫的是林肯解放黑奴的故事；〈讀盧梭民約論〉則談及文人戰勝專制政體的事蹟。這些舊體例新思潮的書寫，是新舊文化轉換期經常可以看到的景象。而有更多的傳統文人，除了傳統詩文創作之外，也開始嘗試使用新文學體裁來書寫，成為新文學、新文化運動的先行者。

像是又名謝星樓的謝國文，介入社會運動極深，他曾說過：「幸顯榮比顏智（甘地），蕃薯簽比魚翅，破尿壺比玉器。」這一句膾炙人口的俗諺，也寫過章回體的白話小說〈犬羊禍〉諷刺御用仕紳在利益之下成為依附殖民政權的投機分子。另外，還有陳逢源、林秋梧白話文的文化評論，以及許丙丁以臺語文所寫的通俗的章回小說〈小封神〉，這些人都是南社的成員，也為南方的文學帶入不一樣的風景。

「南社」以詩言志、以文會友，透過詩文創作為漢民族文化保生機。畢竟在烈日當頭下，故鄉或許就像一陣風，隨著時間走向過去。而島國的人民，為了人基本的生存，學會「妥協」，也學會在黑暗中找尋光。

人生都是這樣的，所以我們對一切都感到珍惜。在新舊交替的年代裡，為自己的存在找尋意義。

一九〇七 東門官舍之佛

盛浩偉

一九〇七，動盪的一年。大日本帝國的擴張，造成了各種反抗。在臺灣，北埔事件爆發，客家、原住民武裝抗日，各方死傷慘重；而在東亞，韓國亦亟欲脫離大日本帝國勢力範圍，故派遣密使前往海牙，一方面向國際控訴日本，一方面則意圖獨立，但很遺憾地未能成功，反倒促成第三次日韓協約的簽訂，致使韓國內政在實質上完全為日本所掌握，離三年後大日本帝國「合併」朝鮮又更進一步。然而，在動盪的不安裡，也誕生了許多文化的希望，諸如二十幾年後文學集團「鹽分地帶」代表人物之一的吳新榮、楊三郎、「臺展三少年」的林玉山、陳進等藝術界的重要人物，都生於此年。

這大概是這一年的基調了：動盪晦暗，而星辰準備輝亮；到處充滿不安，也正醞釀著希望——萬事無常，禍福相倚，這是高深卻也簡明的道理，但身處當下的人們，未必能夠懂得；就算懂得，也未必能夠看破。

不過，或許只有一個奇人例外——

這一年的五月，在臺灣，開始發起了學術研究會，參與的人並不多，而討論的主題，相對於那處處艱困的時代氛圍，也似乎有點過於抽象、過於遠離現實；但特別的是，這場研究會的舉辦，卻在報紙上占據了一格版面。

很可能，是因為這場研究會的參與者當中，就有兩位「臺灣三變物」——「臺灣三變物」，這是前一年，一九〇六，《臺灣日日新報》上某篇報導提出的稱呼，指稱當時在臺灣的三位奇異人物：**官邸孔子，南洋商會之神，東門官舍之佛**。

官邸孔子，指的是日本漢學者館森鴻。他精通經學、漢文造詣高深，故受後藤新平之邀禮遇，座鎮其官邸，朝讀經，夜修史，也廣泛與臺灣、日本的漢文人交遊，名聲甚高。而南洋商會之神，則是至今仍十分重要的人類學家伊能嘉矩。他畢生致力於人類學研究，更為了調查臺灣原住民的語言、習俗，早在日本殖民臺灣的第一年便來臺進行田野，也留下了極為龐大豐碩的研究成果。

如今人們不太熟悉的，恐怕是東門官舍之佛，也就是這位能夠看破塵世的奇人：小泉盜泉。盜泉，應是取自先秦典籍《尸子》典故：「孔子過於盜泉，渴矣而不飲，惡其名也」——此典暗喻孔子潔身自持、不輕易妥協的個性，而這也與小泉盜泉的個性有相應之處。許多當時的文字都形容他超凡脫俗、好惡分明，至於外貌，則留著長髮長鬚，不修邊幅，卻有任真自得的風采。另外，《尸子》乃雜家經典，而小泉盜泉的學思學養也頗為複雜，精通儒釋道三家，愛讀老莊，更熟於西洋哲學與科學，可謂學貫東西，真正上知天文，下知地理。更驚人之處，則是他博聞強記、過目不忘的能力，除了自幼就因此被稱為神童，報紙上更載他不僅能背誦四書五經，更能背誦《金剛經》、《法華經》、《涅槃經》、《楞嚴經》等佛典，以及《古事記》、《萬葉集》等古典日本文學。

盜泉在臺灣，曾擔任過一些總督府職務，也曾在《臺灣日日新報》工作過，更有不少詩詞與論述文章刊登其上，一九〇一年，他還曾寫文章抨擊過伊藤博文內閣。幾年之後，他因緣際會認識後藤新平，深受賞識，成為後藤的後賓祕書。

——再回到那一場五月的學術研究會。參加者有編纂《臺日大辭典》的語言學者小川尚義、宗教思想家中西牛郎，以及「官邸孔子」館森鴻。而講者，便是小泉盜泉。該次講題為《莊子》，而報導形容當時情境，無比精彩——「盜泉氏講《莊子》，議論風發，註解精緻，莊子其人彷彿眼前」。

——但我們不能被這個假象給騙了。如果小泉盜泉真的那樣神采飛揚、意氣風發，那麼在《盜泉詩稿》當中所收錄的該年詩作，就不會顯得那麼悲觀消極了；更甚，他也不會在隔年的九月留下遺書後，就此失蹤，飄然離世，而屍首未尋。

如此看來，小泉盜泉之於臺灣，之於一九〇七年，便彷彿一顆畫破暗夜的流星，趕在其他星辰綻光以前，剎那即逝，消失無蹤，只留下一片長長的夜。

一九〇八　島嶼及來自外星的電波

陳允元

一九〇八年，日本統治下的臺南誕生了兩位詩人。一位是臺南市小北仔的楊熾昌（一九〇八－一九九四），一位是佳里的郭水潭（一九〇八－一九九五）。前者於一九三三年籌組引進超現實主義的「風車詩社」，後者則為深具寫實、左翼精神的「鹽分地帶」代表詩人。儘管二人親交，但在美學屬性上，他們往往被置於光譜的兩端。在臺灣文學史的脈絡中，這光譜的兩端並不是平衡的。深具寫實、左翼精神的作家，我們可以輕易舉出一支軍容壯盛的隊伍。賴和、楊逵是最為人所熟知的；然而現代主義的作家——特別在詩的領域，風車詩社的同人大概是唯一的孤例，楊熾昌更是這小小的星座裡最閃耀的一等星。研究者往往稱他們的文學實踐為「失誤現象的見證」、「奇異花朵」、「異常為」、「孤岩的存在」，宛若臺灣文學發展的基因突變種。其同人數少、發刊期短、每期又僅出刊七五冊，它的同代影響力也被遭人質疑。但有趣的是，這並不影響其在臺灣文學史上的地位，反而更顯其獨特。終戰之後，由於國民政府的屠殺與白色恐怖政治、加上語言的斷絕，死亡與絕筆，使得這一股超現實主義的風，終究沒有吹到戰後，直接影響下一代的現代主義運動；而是宛若一塊美麗的琥珀，永久封存在一九三〇年代。它一度失落，埋藏在歷史的岩層。然而一九七〇年代末再度被尋獲時，澄澈的固態液體裡，依舊閃耀著永遠年輕的新精神。

孤寂、前衛，美，這三種印象完美地契合著，構成一則迷人的神話。就臺灣文學的主流來看，它橫空出世，沒有同類，神祕如接受外星文明的私相授受卻忽然滅絕的古文明。然而這種神話般的美麗光暈，有時也成為阻礙我們想像力的結界。

一九三〇年代，短暫留學東京的楊熾昌，躬逢了「新精神」昂揚的《詩與詩論》的時代。那個時代儘管沒有電腦，然而印刷資本主義以及人的移動，就是他們的光纖網路，開啟了世界規模的超連結。未來、立體、構成、達達、超現實，各種最基進的美學思潮跨越了國境與藝術的類別，相互刺激、混生、變形，一場世界性的前衛運動於焉展開。楊待在東京的時間儘管短暫，然而一旦接觸過這樣的刺激，就再也回不去了。事實上，全球性的知識傳播並不限於前衛運動，殖民地臺灣的知識人莫不在這龐大而流通的知識網絡中尋找各自的思想啟蒙與戰鬥位置。楊熾昌並非接觸了外星文明。只是，在文明初啟的年代，他在藝術上選擇了最前衛的路線。

一九三二年一月，楊熾昌開始在《臺南新報》發表超現實主義風的詩作，並於一九三三年秋與李張瑞、林修二、張良典等籌組風車詩社，同時以《臺南新報》、《臺灣日日新報》為據點，持續活躍著。風車詩社鼓吹的超現實主義美學在當時的臺灣到底有沒有影響力呢？這是個不好斷言的問題。以追隨者與理解者來說或許不多；然而這也絕非關在同人的小圈圈內孤芳自賞的遊戲。除了風車同人的鼓吹，一九二〇年代以降《臺南新報》與《臺灣日日新報》也陸續刊載了前衛美學的相關文章，儘管較為零星；而風車同人在報刊發表詩與詩論的一九三〇年代中期，這兩份報紙每天可是有兩萬份至五萬份的發報量，遠遠大於島內任何同人刊物的傳播半徑。

現代主義者對於詩論的執著，並不亞於詩的創作。詩觀的辨析與宣示是無比重要的。楊熾昌認為，詩的對象不能直接成為詩，必須透過知性的裁斷、組合，才能創造出思考的世界。這便是詩人的精神祕密。他是如此看待詩的：

燃燒的火焰有著非常理智的閃爍。燃燒的火焰擁有的詩的氣氛成為詩人所喜愛的世界。詩人總是在這種火災中讓優秀的詩產生。吹著甜美的風，黃色栴檀的果實喀拉喀拉響著野地發生瞑思的火災。我們居住的臺灣尤其得天獨厚於這種詩的思考。我們產生的文學是香蕉的色彩、水牛的音樂，也是蕃女的戀歌。十九世紀的文學生長於以音樂的面紗覆蓋的稀薄性之中。現代二十世紀的文學恆常要求強烈的色彩和角度。這一點，臺灣是文學的溫床，詩人也在透明的慢幕中工作。我想牧童的笑和蕃女的情欲會使詩的世界快樂的。原野的火災也會成為詩人的火災。新鮮的文學祭典總是年輕的頭髮的火災。新的思考也是精神的波西米亞式的放浪。我們把在現實的傾斜上磨擦的極光叫做詩。（〈燃燒的頭髮——為了詩的祭典〉，一九三四年，葉笛譯）

「我們居住的臺灣尤其得天獨厚於這種詩的思考。」楊熾昌是如此看待孕育他、也孕育其文學的福爾摩沙的。僅管他拚命地伸出天線，接收來自外星的電波，然而島嶼長成的臺灣超現實，才是他參與世界前衛運動的立場與方式。

一九〇九　百年前的臺灣CSI

何敬堯

近年來，臺灣的推理讀者，很習慣閱讀日本與歐美作家的偵探推理小說。但是，臺灣的偵探故事並非寂然無聲，也有許多作者不斷努力開拓臺灣偵探推理的文學版圖。從二〇〇二年伊始，經由臺灣推理作家協會培育的小說家如既晴、林斯諺、陳浩基等人，皆在文壇引領風騷。

但其實，臺灣的推理文學，早在一百年前就開始起步，眺望淵遠流長的歷史，甚至可以追尋到日治時期的日人小說與漢文作品。

日本的推理文學，最早可以溯源到江戶時代的岡本綺堂。岡本綺堂受到了柯南．道爾的《福爾摩斯》影響，為了創作「日本版」的福爾摩斯，而寫出了《半七捕物帳》。也因此，當新型態的捕物故事（警察小說）開始流行，日本作家也相繼創作許多不同風格的推理劇情。

至於臺灣第一篇推理小說作品，則是日本人さんぽん在一八九八年的《臺灣新報》連載的〈艋舺謀殺事件〉，講述臺北的艋舺龍山寺附近，水潭中發生命案，經由臺日人新聞記者和警察的共同探案，而追查到案件始末。〈艋舺謀殺事件〉是首篇以日文寫下的臺灣背景的偵探小說，也讓偵探題材的故事在臺灣流行。

因此，當時的漢文人接受了西方與日本的通俗小說的影響，開始思考如何在小說的文體中，加入推理、探案的元素。

所以，在日治時期，臺灣諸多漢文作者，嘗試在中國傳統的武俠小說、公案小說、章回小說的文體基礎上，融入了西方偵探小說的敘事結構，試圖開創出一種新型態的通俗小說文體。例如李逸濤、魏清德、謝雪漁等人，便以文言文的語言形式，寫作出紋理殊異的漢文推理故事，在當時的新聞報紙上，連載許多拍案叫絕的偵探小說。

第一篇以中文寫成的偵探劇情故事，則是李逸濤在一九〇九年發表在《漢文臺灣日日新報》上的小說〈恨海〉，講述了一則具有異國情調、情節曲折離奇的冒險推理劇。

李逸濤（一八七六—一九二一），本名為李書，字逸濤，號亦陶，臺北人。

李逸濤是一名博覽群書的傳統漢文人，嫻熟古文，也能閱讀日文。爾後，當他成為《臺灣日日新報》的記者時，接受了新世紀新觀念的洗禮，認識到作為記者所擁有的「啟蒙力量」，於是開始在報紙上發表社會評論，並翻譯來自外國的政治消息。

在新聞媒體所捲動的「新文明旋風」之下，李逸濤為了能更順利傳達新知識，他的筆墨便針對一種更適合大眾閱讀的新興文類——包含偵探、言情、冒險、俠義故事的通俗類型小說。李逸濤在一九〇九年所撰寫的〈恨海〉，刊登於《臺灣日日新報》的漢文版，便嘗試運用了偵查的情節。

故事描述，羅馬的猶太人「禿爾花」有一位美貌女兒「鏡花」，從小與鄰居「蒼狗」為青梅竹馬，互相愛慕。但禿爾花嫌棄蒼狗貧窮，不願將女兒嫁給他。這時，有一位六十多歲的富豪向鏡花求婚，禿爾花因為恰巧捲入凶殺案，只好被迫答應富豪要求，讓鏡花嫁給富豪。

鏡花結婚後，悲傷度日，尤其是聽聞了蒼狗遇到船難失蹤之後，心情更是哀痛不已。沒想到，鏡花隨富豪到法國度假時，竟然巧遇大難不死的蒼狗。鏡花與蒼狗兩人久別重逢而深情一吻。

但樂極必反，在富豪打獵的過程中，富豪的隨從意外被人槍殺。當時，人在現場的蒼狗，便成為嫌疑犯。

慶幸的是，經過警方調查，比對兩者子彈，還給蒼狗清白。而被富豪逐回娘家的鏡花，也被父親禿爾花嫌棄。最後，雖然鏡花無路可走，但在蒼狗的朋友「俠兒」的建議下假死，騙過了富豪與禿爾花，而能夠與蒼狗終成眷屬。

小說提到的兇殺案偵查、子彈比對，都屬於當年最流行的科學辦案。而小說場景設定在羅馬與法國，雖然與現實有所差異，只能說是一種「想像的再現」。但不可否認的是，藉由小說異國場景的設置，也能一饗臺灣讀者對於外國世界的好奇心。

藉由李逸濤通俗而奇妙的筆觸，在劇情離奇的故事與濃厚的西洋想像裡，臺灣讀者也同時聆聽了文明啟蒙的話語。

1910-1919

日治時期，日人漢文家、
本土作家撐起的臺灣文學，
正式成為獨立個體。

一九一〇　追求文學之美的浪漫教主

何敬堯

日治時期，在臺日人作家西川滿的文學表現，風格縹緲神祕，是當時文壇獨領鰲頭的文學家。在他的浪漫筆墨下，臺灣風土猶如一場可望不可及的朦朧夢境。

西川滿出生日本的福島縣會津若松市，一九一〇年他跟隨父親西川純，踏上了臺灣島的土地。這一年，幼小的西川滿親眼目睹福爾摩沙的壯麗島景，從此與臺灣結下一輩子深厚緣分。

在臺灣度過童年時光，讓西川滿視臺灣為第二故鄉，就算返回日本求學念書，仍對臺灣念茲在茲。所以他畢業後，也決心要返回這座南方華麗島，在島上開創自我的文學之道。

而他的文學觀，受到西方象徵主義、韓波詩學的影響，讓他萌生對於浪漫美學的熱切追求，「抽象之美」、「超越現實之美」成為西川滿的文學終極目標。

西川滿在《臺灣時報》發表文章〈寫實的問題〉，嘗試解釋文學與藝術的神祕世界：「大眾怎麼想都無所謂，文學和美術，歸根究柢是藝術ART，為免引起大眾誤解，別扭曲了藝術。而扭曲，的確是事實。因為藝術的世界，起源於超越現實。」

秉持著唯美浪漫的藝術觀，當他在一九三九年設立「臺灣詩人協會」，並改組為「臺灣文藝家協會」，發行機關誌《文藝臺灣》之後，也創作不歇，文字風格華麗耽美，擅長以炫麗幻想的情趣來描繪臺灣風土民俗。

西川滿發表在一九四〇年《臺灣文藝》的〈赤崁記〉，便極具個人獨特美學品味。在這篇小說中，西川滿呈現出臺灣民俗的「再書寫」，追尋浪漫主義者的論調。

小說劇情描述，主角受邀至臺南演講，在參觀赤崁樓的行程中，意外認識陳姓青年，並在其人贈送的陳迂谷詩作《偷閑集》中，對於臺灣曩息歲月浮想聯翩。同時，故事主角也陷入鄭成功家族歷史故事的幻想之中。

字裡行間，西川滿運用時空的交錯，交織出一段如夢似幻的歷史舞臺，讓主角帶領讀者穿梭古老臺灣風景，綜觀鄭氏家族興衰，品味著鄭克𡒉與文正女淒美的悲劇。

在虛實交換之間，陳姓青年的存在、陌生女子的曇花一現，猶如神祕莫測的「幽靈們」，引領著我們眺望臺灣過往歷史。

除此之外，西川滿對於裝幀藝術也情有獨鍾。他在臺灣親手裝訂、出版的限量版著作有二〇多種，一生裝幀書籍，則有三百冊之多。在他的創作生涯中，裝幀藝術與小說寫作，是同等重要。

西川滿詩集、小說集、隨筆集，多以臺灣風土民情為主，每一本書也會強調特別裝幀限定本來發行，經由畫家立石鐵臣負責封面圖繪與內頁插畫。

在西川滿的限定本中，「圖文並置」是一貫的設計概念。例如，他的小說〈劉夫人的祕密〉中所配合的插圖，立石鐵臣厚重而樸拙的版畫，提供了閱讀文本另一層的視覺享受。不論是淡水城樓景觀的描摹，或是臺灣女子的全身肖像，都具有提示文本的作用。藉由文字與插畫的閱讀順序，讀者也能遙想作者所創造出的神奇時空。

因此，只要是西川滿出版的每一本雜誌、書籍，都是充滿藝術美感的限定精裝書，讀者能深深感受到書本的活字版、裝釘都別具匠心。

時至今日，經由西川滿裝幀之書，也成為許多收藏家奉為珍品的藝術瑰寶。

一九一一 彼岸的人

楊傑銘

乙未年之後，島嶼的人們對於不遠的彼岸，總藏著一分期待。

騷動的時代，勇氣是紅色，希望是白色，未來卻是黑色的。經歷反動之後的臺灣，在日本殖民政府的懷柔政策下，以鄉紳為首的反抗勢力日趨瓦解。全臺各地的詩社，為保存漢文化的一線香火相互取暖、唱和。

那是在無可奈何中學習妥協。只願走更長遠的路。

一九〇二年由林癡仙、林幼春、賴紹堯等人成立的「櫟社」，不但是全島最大規模的詩社，也聚集最為特別的一群傳統文人。初始，櫟社與其他詩社一樣，以擊缽吟、徵詩、集詩等活動相互交流，有濃厚的同人性質。然而，發展到後來，特別是新一代的林獻堂、蔡惠如等人的加入，與林幼春成為社內的核心骨幹後，主導櫟社走向文化啟蒙與反抗殖民統治的道路。

事實上，櫟社成員會脫離遺民意識，除了新一代的文人沒有太多的原鄉經驗外，櫟社成員與梁啟超的交往，也是改變這群傳統文人想法的主要原因。

一九〇七年，林獻堂和梁啟超在日本巧遇，兩人談及臺灣問題時，梁啟超感慨的表示：三十年內，中國沒有能力救援臺灣，希望臺灣人能效法愛爾蘭抵抗英國統治的模式，以求在日本殖民統治下做出最有效度的反抗。這句話深深的影響林獻堂，讓他務實的面對臺灣社會處境。

當時的梁啟超正傾力在中國推動君主立憲，但因中國內部意見分歧、保守派勢力反撲，使梁啟超對中國的前景相當憂心。所以梁啟超認為，中國無法分心協助臺灣對抗日本，希望臺灣人能自立自強，爭取自己的權益。

這樣的說法是當時中國知識分子普遍對臺灣的思考方式，像是魯迅在回應張我軍提問時也有類似的解釋，希望臺灣人必須務實的面對現況，不要再對中國抱有太多的期待。

來自彼岸的人，帶來殘酷的真相，敲碎島嶼上的人們，寄望原鄉援助的不切實際想像。

然而，也因為林獻堂與梁啟超的這一次巧遇，開啟了兩人之間的聯繫。一九一〇年春天，林獻堂帶著長子林攀龍、林猶龍到東京遊學時，特地拜訪梁啟超，又再次誠摯的邀請他來臺。

就這樣，雙方約定在一九一一年的春天，在南國的土地上聚首。

一九一一年梁啟超攜女來臺，除了臺灣文壇高度關注、爭相走告外，日本殖民政府也高度注意這中國的改革運動者，並施壓要求他在臺灣不能公開談論時政。

在櫟社為其擺設的宴席上，梁啟超委婉表達自己的處境，不希望造成東道主林獻堂的麻煩：「今與獻堂君相契，故得與諸君晤面；又逢貴櫟社開會，殊屬幸遇，但今夜酒席中俱文雅之人，只好談風月，國家政治不必提及。」

雖然短暫十餘日的遊臺過程，梁啟超並沒有參與臺灣的政治運動，也沒有公開發表任何政治言論，但卻對臺灣文化、社會造成不小的影響。像是他私下與林幼春、林獻堂等人交流，討論中國和日本社會、政治情勢，並且勉勵他們：「勿以文人終身，須努力研究政治、經濟、社會思想等問題。」希望文人能介入政治，而非耽溺於風花雪月之中，真正的為臺灣人民爭取權益。此外，根據甘得中所述，自梁啟超來臺後，臺灣文壇流行起談論「主義」、「思想」、「計畫」等新式詞彙。

由此足以想見，「梁啟超來臺」一事，讓傳統文人重新追尋與世界思潮接軌的方式，除了坊間引進《民約論》、《社會平權論》、《天演論》的中譯本外，一九一八年蔡惠如成立「臺灣文社」，出版《臺灣文藝叢誌》，引介外國新思想、新思潮，也令臺灣文化圈產生重要質變，以及跳躍式的成長，為一九二〇年代臺灣文化運動拉開序幕。

梁啟超，一個惶惶然的幽影，在中國的破曉前走過臺灣，用一個轉身的時間，為臺灣的啟蒙運動，留下一個逗號的距離。

彼岸的人，島嶼的故事。

一九三二　他的笑聲究竟是屬於哪一個母國呢？

陳允元

一九三二年四月，殖民地朝鮮作家張赫宙（一九〇五—一九九七）以日本語小說〈餓鬼道〉入選《改造》懸賞創作二等賞（一等從缺），開啟了殖民地文學青年「進軍中央文壇」的夢想。一九三四年以降，臺灣出身的張文環、楊逵、呂赫若、翁鬧也跟上腳步，相繼在中央文壇嶄露頭角；一九三七年四月，原本沒沒無聞的銀行行員龍瑛宗，也以小說〈植有木瓜樹的小鎮〉獲《改造》懸賞創作的佳作推薦，一躍成為中央文壇最具代表性的臺灣作家。這樣的奇幻旅程，簡直就是從CPBL直升美國職棒大聯盟。儘管已是難得的成就，但殘酷的是，在中央文壇，臺灣出身的作家仍難以長期站穩先發輪值。更多的文學青年徘徊於文壇外圍，不得其門而入。翁鬧（一九一〇—一九四〇）曾在〈東京郊外浪人街〉（一九三五）寫道：「K氏啊。汝立志文學北上來京已十餘載，早已過了而立之年卻未能立，竟要用此法來餬口謀生。如今你仍胸懷大志似地要說：『進軍文壇』嗎？或許把屁放向天空，才是捷徑呢。暗地裡我雖如此揶揄著他，但，面臨這種遭遇的人，何止他一人呢？」（陳藻香譯）道盡了殖民地文學青年逐夢的辛酸。

然而有一位詩人例外。他可能是戰前中央文壇最活躍的臺灣出身者。他是饒正太郎（一九一二—一九四一）。一九一二年出生於花蓮，父親是擔任鳳林區長的客家籍本島人饒永昌，母親ワイ則是日本人。換言之，饒正太郎雖出身臺灣，卻非完全的本島人，而是具有臺日混血的雙重身分。根據資料，他最遲中學時期便已赴日，一九三二年至一九三六年間就讀早稻田大學政治經濟學部。關於他的神貌，摯友川村欽吾曾描述：「白皙削瘦、對於裝扮有一定的講究，不戴庸俗的角帽之類的東西，比起政經學部，更給人一種文學部出身的感覺。那一陣子流行的把黑色軟帽壓扁的那種釜帽更適合他。總是以從容不迫、略低著頭的樣子走路」。（引文筆者自譯，下同）一九三二年四月，饒以明顯受安西冬衛「短詩運動」影響的組詩〈海岸〉在百田宗治主持的詩誌《椎之木》登場，陸續發表大量詩作。同時期在《椎之木》發表詩作的臺灣出身者，還有當時也在早大的西川滿，以及遠從臺灣寄稿的翁鬧。

歷經《椎之木》、《cahier》時期在象徵詩、超現實主義的摸索，一九三四年十二月，饒正太郎糾合了一批出生於一九一〇年前後、被日本學者和田博文稱為「都市現代主義詩第二世代」的年輕前衛詩人，創刊詩誌《二〇世紀》。饒在發刊宣言以先鋒的姿態寫道：「《二〇世紀》是嶄新的詩學的實驗室。同時代性對我們而言是必要的。是對傳統進行革命呢，或是放棄傳統呢。以像詩人般的詩人來期待我們是沒用的。我們積極地面對文學。世紀末的頹廢主義者與感傷主義詩人與修辭學的盲信者與感性過多的詩人們已經病入膏肓了。我們要訣別這些病人。毫無變化的詩人就跟毫無長進的詩人一樣，我們是不會認可的。我們希望以二十世紀腦袋審視一切。已經沒有必要將韓波當作天才了。天賦啦或是天才這樣的詞彙，只有在中學生的教科書裡被當做一回事。天才是正在睡眠的狀態。而馬拉美的詩呢，也沒有必要愁眉苦臉地閱讀。我們追求更大的自由。二十世紀的思考，就是自由」。這批年輕詩人，奉「主知」為圭臬，積極地譯介外國最前衛的美學思潮，與日本詩壇主流的象徵詩及抒情詩徹底站上對立的位置，並以批判的姿態，仰望眾星般的現代主義的前驅者們如安西冬衛、北川冬彥、春山行夫等。這個時期，他以連載長達一年餘、長達五十五節的連作〈一三七個雕刻〉在詩壇颳起旋風。其後，在歐洲陷入混戰、中國戰場煙硝布滿的一九三七年五月，饒在戰時最重要的現代主義詩誌之一的《新領土》創刊號宣示：「新領土這個名稱的意義，並非奪取土地，而是新領域的開拓。在這個意義上，它並非國家主義的，而毋寧是標榜極端的國際主義。……抱持改造環境、修正環境的誠意，不光是我們，對於現在所有的知識階級者也都是必要的。」他逐漸揚棄了詩的純粹性，重新連結了詩與現實、社會，以深具諷刺性的〈青年的計畫〉連作，批判法西斯主義，聲援國際的人民戰線。

相對於在美學上始終採取的激進姿態，關於自己的臺灣出身，饒正太郎卻顯得低調保留。一九三三年椎之木社出版的《詩抄二》，二歲來臺的日人作家西川滿在小傳清楚寫下：「在臺灣度過少年時代，臺北第一中學畢業。」花蓮出生、臺日混血的饒正太郎，對於臺灣卻隻字未提。相對於西川詩中充滿大量臺灣民俗典故、語彙、臺語標音，在饒的詩中，臺灣卻被模糊化為相思樹、島嶼、午後雷陣雨等南島意象。（參考藤本壽彥研究）只有〈一三七個雕刻〉的第十二節以及〈郵便局長的二樓建築〉，可以明確定位至花蓮港廳的殖民地小鎮，並隱含著對殖民現代性的批判。與饒親交的詩人江間章子，曾在戰後回憶：「在饒的內心，有著許多皺褶，亦即在超越民族、與我們親交的同時，應該也時常抱持著與此相反的自己的立場的苦惱。」或許將民族問題留在內心的暗處，採取前衛姿態大大發揮其文學稟賦，是饒正太郎能無礙地活躍於中央文壇的生存之道吧。

一九二九年，春山行夫在筆記式的〈poesie論〉沒頭沒尾地寫下這麼一個句子：「混血兒擁有兩種母國語。然而他的笑聲究竟是屬於哪一個母國呢？」對春山而言，這或許只是純粹的詩的實驗。然而若饒正太郎偶然讀到這樣的銳利詰問，在餘裕的外表底下，又豈能波瀾不興？

一九一三　已然置身夢界

盛浩偉

一九一三年，新時代的第二年。前一年，明治天皇駕崩、大正天皇即位，不僅是年號更迭，在大日本帝國內地，人民擁護憲政、追求民主、反對藩閥控制的聲浪四起，「大正政變」於焉發生，確立了政黨內閣，而此前十年由桂太郎與西園寺公望私相授受政治權利的「桂園時代」終於被推翻。而同一年，在中國，辛亥革命推翻滿清，民國的歷史也由此展開。而夾在中日兩大國之間的臺灣，也不可避免地被捲入宏偉的歷史漩渦裡，抗日行動隨革命風潮四起，羅福星、張火爐、李阿齊、賴來……此外，在激烈的政治行動之外，還有眾多新人準備登場，眾多事件準備發生——

可是此刻，讓我們暫時把目光從時代的流向移開；移到後方，移到那些屬於舊時代、被新時代汰換掉的那一方；讓我們把目光，移到一位名叫闕口隆正，這位過去不太引人注目，現在也沒引起多少注意的人身上。

為什麼要將目光放到他身上？他有什麼特別的呢？

其實，說特別，也不是太特別。只是在這一年，他好不容易在臺北撫臺街（今延平南路）

開了一間出版社，臺印社；還出了一本書，《夢界叢書》。書的開頭，有這樣一段短語，揭露了編輯出版的初衷：「儒家子孫，燒失祖考藏書萬卷後，始知斷篇零冊之重；猶如俗人費消儲金千金，俄愛一文半錢。於今之時，方輯此不值一文半錢之斷篇零冊，題為叢書，公開於世，目的固非射利。此明瞭也。」——人們都是要在事物消逝之後才能體會其價值美好，而關口隆正在這一時節編輯出版此書，既然不是為了營利，想必就是因為他經歷了某種失去吧。而在這底下，還有一小段話：「然若有同情之君子，賜購讀之榮，能諒追報之意；能於衍波皺紙之際，認屠龍三世之一片鱗，則我願足矣。」

「屠龍三世」，指的是關口隆正本家的父祖輩，清水赤城與清水礫洲。清水家一家，自江戶末期，便是頗具聲名的兵法、儒學世家，而幕末提倡尊王攘夷的志士大橋訥庵、大橋陶庵，血脈亦出自此家。然而時序入明治，這群在幕末曾經走在前端的人們，並未取得政治勢力，反倒因為現代化之風襲捲，加速了清水家的衰敗。而明治這個大時代的休止，亦喚起了關口隆正對本家清水家無以為繼的記憶吧，那是在終結以後，才開始產生的追懷，眷戀，不捨——卻永遠無法復得了。

不只是明治，不只是本家清水家。空有一身漢學素養，卻不得賞識、無處發揮的關口隆正，到了大正年間，也即將被時代所終結。大日本帝國的內地，這類舊時代人物的容身之處已漸漸消失，而關口隆正執拗的個性也讓他無法成功轉換、適應新時代。其實，他並不是沒沒無聞、平庸無為的小人物，在臺灣，他曾經長時間擔任彰化辦務署長、臺中辦務署長，治理臺灣中部十分有成，他所著的《臺中沿革誌》至今仍有不少研究引用，而他另一本著作《臺灣歷史歌》更是當時頌揚大日本帝國史觀而廣泛在教育場合被閱讀。此外，他也曾造訪中國東北，任職南滿洲鐵道會社等，經歷十分豐富，絕非毫無影響力。

只是，不知道為何，他的名字總是不太被提及。或許是一種命運吧？正如同後世歷史學者評論他的養父關口隆吉是「被隱沒的維新偉傑」一般，關口隆正也似被隱沒在這歷史洪流中。所以，在日本內地舞臺無容身處的他，只好跑到臺灣這個當時的殖民地，才能勉強擠得一方天地，勉強出版書籍，試圖在洪流的淘洗下留下些什麼。——不過，實際後果並不理想，隔年，出版社就因經營不善而倒閉，《夢界叢書》成為這間出版社唯一的出版品，而其普及流通率之低也可想而知。關口隆正的努力，好似終究沒能保留住什麼。

或許是預知了這個悲劇的下場，預知了自己終究無力，才讓他心中總是積怨吧。這分積怨，促使他寫下了一篇狂放怪誕的奇文〈夢界記〉，這是《夢界叢書》收錄篇章中唯一為關口隆正所著。這篇文章以漢文寫成，內容簡直就是文言文的奇幻文學，除了正文裡頭介紹「夢界」、敘述不知何處的歷史之外，他還加上了密密麻麻的註釋，說明典故、講述緣由。但讀來，還是無理難解。但這種姿態，他的友人中村櫻溪最理解，故他曾云：「（關口隆正）託荒唐之誕辭，以敘古今之實事，且以述自家境遇。猖狂恣睢，無限深慨」——這真是再貼切不過了。

被時代淘汰的人們自知已然置身夢界。或許，這也表示屬於臺灣的文學的歷史，正準備甦醒。

一九一四　N市北郊的母校紅磚與夢之卵

陳允元

一九一四，大正三年，日本領有臺灣的第二十年。殖民地臺灣的第二所公立中學校——「臺灣總督府臺南中學校」（現臺南二中），在鳳凰花即將全面綻放的初夏五月，正式開校。一九二二年，第二次《臺灣教育令》公布。提供臺籍青年就學的「臺南州立臺南第二中學校」（現臺南一中）成立後，以日籍學生為主要對象的臺南中學校，則更名為「臺南州立臺南第一中學校」。終戰之後，兩校奉令互換校名，一變成二，二成為一，直至今日。

日本時代結成於臺南、第一個鼓吹超現實主義詩風的「風車詩社」的四位臺籍成員中，水蔭萍（楊熾昌，一九〇八—一九九四）、利野蒼（李張瑞，一九一一—一九五二）是州立臺南二中的校友；較年輕的林修二（林永修，一九一四—一九四四）、丘英二（張良典，一九一五—二〇一四），則出身多數為日本學生的州立臺南一中。翻開一九四〇年版的《臺南州立臺南第一中學校同窗會員名簿》，第十五回（一九三三年畢業）的七十二位畢業生中，只有五名本島人。林永修與張良典的名字宛若說好的一般，緊緊陪在彼此身旁。

林修二生於一九一四年的麻豆，正好與母校誕生同年。中學四年級時，在網球社團認識同級的張良典。與水蔭萍的來往同樣始於中學時期，但要更早一些。呂興昌老師編訂的《林修二集》（二〇〇〇）中，收錄一張署年一九三〇年十月二十三日的兩人合照。十六歲的林修二著學生制服、戴黑色制帽，眉宇間已浮現英氣，然而稚氣未脫。他的手搭在水蔭萍的肩膀上，水蔭萍則神情沉穩地坐著。當時水蔭萍已經二十二歲了。儘管或許尚未啟程赴日，在國際大都會、也是帝國首都的東京蛻變成為超現實主義者；然而不難想像，當他後來在遠方接觸了最前衛的文藝思潮與實踐，應該也無法按捺心中的激動情緒，急著想告訴仍在南國故鄉的文學少年林修二吧。

一九三三年秋天，歷經中央文壇短暫洗禮的水蔭萍，在臺南成立「風車詩社」。林修二雖受邀為同人，但此時已離開臺灣，在東京就讀慶應大學預科。一九三六年四月，林修二入慶應大學英文科本科，正式成為超現實主義詩人西脇順三郎（一八九四—一九八二）的學生。一九三三年上京投考大學預科的林修二，其實同獲慶應大學及早稻田大學錄取。然而何以捨早大而就慶應？雖然沒有直接證據，但合理推測是因為在慶應任教的西脇順三郎吧。這樣的決定，說不定是與耽讀西脇的詩與詩論的水蔭萍討論的結果。水蔭萍，這一位中學時期即密切往來、見多識廣的文學前輩，其在文學之路獨自高舉「新精神」（Esprit Nouveau）前行的背影，想必也是少年林修二始終仰慕而憧憬的吧。於是中學畢業後，林修二也來到東京，跟隨了詩人最景仰的西脇教授，也如追星般留意著在世界旅行中短暫訪問日本的法國詩人考克多（Jean Cocteau，一八八九—一九六三）的消息，並帶著詩集到橫濱碼頭送別。這些令人欽羨的際遇，都是必須照顧患病的父親不得不匆匆中斷學業返臺的水蔭萍一生所渴求、然而只能放在心底的願望吧。

儘管在東京追逐詩人之夢，林修二也有他的苦悶，只能寄予眷戀的故鄉友人。一九三六年二月，他在大雪的東京寫了一首詩，給遠方的水蔭萍兄：「白色的玻璃窗外／白色的東西正在降落／（……中略……）／結凍了的鶴形噴水池裡降下白粉／降下的白色東西上／又降下了白色的東西／宛若天使撒下的白色薔薇花瓣／那樣的白色的隨想呦／為了反映色彩／點亮紫色的燈心吧／白帽子／白鞋子／受了霜凍街角的郵筒變成紅色」。（陳千武譯，以下引文同）這首以〈雪〉為題的詩，雪被抽象為白色，白色又被聯想為天使撒下的白色薔薇花瓣，成為各種白色的隨想。世界只剩下一片單調的白，彷彿視覺失調。為了恢復色彩，於是點燃燈心借來了光。然而光並沒有發揮作用。倒是思念遠方友人的心，讓街角的郵筒在一片白茫茫的世界中，成為鮮豔而熾熱的紅色。另一個寒冷的日子，林修二又向故鄉寄了一首詩：「在洋燈的燈影下，我叼著菸斗呼喊。如斷雲般流逝的空虛日子，宛若候鳥般飛散我無彩色的歌。菸斗不鳴了嗎？詩歌之卵不再孵化了嗎？」在林修二的詩中，「菸斗」往往意謂著詩，是燃燒的思維，想像力的飛躍；而「卵」即是孕育著詩人之夢的「夢之卵」。一九三五、一九三六兩年，是林修二最多產的時期。然而他的創作水位，卻在進入一九三七年後明顯下降。作為轉折的一九三六年，似乎是林修二在成為詩人之路篤進的同時，也頻頻停下自我檢視、自我懷疑的碰壁時期。「像白色練習船般／追逐著夢的我的詩／何時，會揚帆啟程呢？」他望著「從手指昇起的蒼煙」，如此詢問自己。

同年四月，偶然聽見代代木原演習的騷音與喇叭聲，讓人在異鄉的林修二想起中學時期的青春記憶。那是文學的初衷，詩人之夢的原點：「聳立於N市北郊的母校的紅磚，廣闊的練兵場，暗地裡為想家而流淚的學生宿舍窗邊，還有種種無限的夢想。曾在綠色椰子樹的葉影下，懷著憂愁一起散步的朋友，現在患上胸疾遠離了學校。我懷念那個朋友。而過去的那些日子的夢想，也令我懷念。」四年後，林修二染上肺結核，並在壯年的三十一歲如蒼星般殞落了。八十年後的今天，N市北郊母校的紅磚、操場、與椰子樹，仍聳立在南臺灣的豔陽下，繼續孕育青春少年們的夢之卵。或許，在少年之中，會有那麼一兩位，同樣懷著詩人之夢，並偶然地，在什麼地方讀到這位老學長留下的詩句，薄薄的卵殼下起了一陣小小騷動，而更嚮往於飛翔。

一九一五　被遺忘的故事？

盛浩偉

時序來到一九一五，大正四年。對臺灣文學史來說，這是非常特殊的一年，若翻閱各種現行常見相關書籍所附錄的年表或大事紀，在這一年的記述中，關於文學的部分，往往都付之闕如。換句話說，這可說是臺灣文學史上幾近「空白」的一年——這個「空白」，並不是指在這一年沒有任何值得紀念的事件或作家出生，例如重要的客籍作家鍾理和，就是出生在一九一五年的十二月；我所謂的「空白」，指的是一種弔詭的狀況。

弔詭。讓我們再回到那些年表或大事紀。雖然記述中關於文學的部分寥寥無幾，但肯定會有另一項文學以外的記述，亦即是年七月的「武裝抗日事件」，「噍吧哖事件」，別稱「西來庵事件」、「余清芳事件」。

噍吧哖為地名，其由來為平埔族社名Tapani，而日本殖民統治之時改為發音相近的玉井（Tamai），沿用至今，而因為此事件大小戰役多發生於此，故以之為名；西來庵，為臺南一座王爺廟，是事件策畫者們集會、密謀起事的據點；而余清芳，則是策畫行動的總指揮，另外核心人物還包括江定、羅梭，以及共同策畫者蘇有志、鄭利記等人。據記載，此事件約從一九一五年夏天六、七月開始，至隔年九月落幕，其持續時間、動員參與人數，都可謂日治時期之最；而起事地點死亡人數則高達數千，最終被判刑者亦有接近一千四百多人，可說是武裝抗日事件中規模最大也最為慘烈的一起。事件之後，也刺激了日本轉換殖民統治方針，影響不可謂不深遠。

然而，所謂文學史上弔詭的「空白」，也是在這裡：另一起大規模武裝抗日的霧社事件，其於事發之後，就經常成為無論臺灣或日本作家的作品題材，直至今日也持續有小說、電影等創作，使之深入文化記憶當中；相對於此，西來庵事件這如此龐然、如此悲壯的歷史事件，卻鮮少成為文學或影視作品的題材，大眾也似普遍對此事件感到陌生。即便到了戰後，一九七七年李喬曾出版長篇小說《結義西來庵》，算是以該事件為題材的重要著作了，但在序中，李喬也提到他在研究史料、實地踏察之後，「已不忍，不敢，也不能以虛構小說處理」，所以小說中的人物，「盡量廣納，結果出現部分人物錯落，旁枝情節瑣尾的現象。這是無可奈何的」——更可惜的是，在其努力後，依然尚無其他小說家以更為完善的文學方式與手法，來處理這個題材。

為什麼噍吧哖事件在文學裡幾近隱身了呢？這是一段臺灣歷史與臺灣文學史上，被遺忘的故事嗎？

這是一個龐大的問題，有許多切入角度，也涉及複雜的詮釋問題，憑本文的篇幅勢必難以回答；不過，「遺忘」或者「空白」，確實是過於武斷的說法。文學對這段歷史的重視雖不成比例，但仍舊留下了些許痕跡，例如：日本白樺派作家武者小路實篤在噍吧哖事件後就曾數度提及，其社論〈八百人的死刑〉以人道主義的角度抨擊日本政府於事件後的判決過於殘酷無情；其戲曲〈商談〉亦藉劇中角色的談話，再度影射此事。

而最重要的也最直接的，莫過於余清芳於一九一五年八月公布的起義諭告文了。或許以現代的眼光，對裡頭某些敘述未必能贊同，且有一大段落直接抄錄駱賓王〈為徐敬業討武曌檄〉，從原創的角度來看可能也欠缺深入分析的價值。然而，這篇諭告以激昂的文句，呈現了被殖民者受到迫害、壓榨、走投無路，最終不得不起義反抗的悲慘處境；同時，正是這樣的諭告，才喚起了當時如此大量的民眾共感，進而參與、犧牲。這段複雜的歷史，仍舊是我們今日必須努力記得的功課；努力記得，它就不會是被遺忘的故事。

一九一六 認同是一種學習

楊傑銘

貪婪的欲望總是無止境，大航海時代後的帝國霸權遊戲，在舞臺上搬演著英雄內戰。崛起的日本帝國，逐漸成為這場遊戲的中心，肆無忌憚的吞蝕一切，包含名為「價值」的東西。

一九一四年，日本趁亂取代德意志，竊據青島，在新生的中華民國心臟裡，埋藏細細的棉針。一九一五年，大總統袁世凱同意日本二十一條要求，新時代，卻承襲滿清的屈辱與創傷，背負著前世的罪孽。枷鎖猶然存在。同年的臺灣，被隱身的噍吧年事件，是日本帝國大規模的肅清行動。八百個死刑喚不回殖民者的良知，無限膨脹的權力的掠奪者，是一頭不受控制的獸。

榮耀不屬於我們的，只要它還帶著血腥，就無法成為弱者的印記。

成長於日本殖民統治的新一代臺灣人，總認為新式教育與留學日本，是翻轉社會位階方式。臺灣人一直以為，模仿日本人需要學習，卻忘記，事實上成為日本人，是種被認可，需要專屬用印，永遠無法以學習來改變的真理。

一九一六年出生的王昶雄，十三歲時遠渡日本求學，二十六歲完成日本大學齒學系的學業。決戰時期返臺，在淡水老家開設牙科診所。王昶雄回臺時，正好遇到臺灣文壇陷入張文環

《台灣文學》與西川滿的《文藝臺灣》的鬥爭，那是終戰前文壇最後一次的戰鬥，本島人與日本人因為美學觀、因為種族、因為情緒，或許，還有其他。

王昶雄的成名之作〈奔流〉（一九四三），便是在這樣的鬥爭漩渦中發表於《台灣文學》的，為了回應在《文藝臺灣》所刊載陳火泉的〈道〉。由於此篇小說觸及當時最為敏感的皇民化運動問題，揭露皇民化政策對臺灣人民的摧殘與迫害，因而遭到日本殖民政府保安科的干預，要求修改內容才能出版。

從小說文本來看，可看到故事以三位主角為軸線，探討皇民化運動的三條路線。朱春生作為清朝貢生之子，因為自己的興趣與家人期待不符，因而引發一連串的家庭紛爭。最後的決裂讓朱春生與漢人的身分畫清界線，改姓名為伊東春生，過著日本式的生活。表弟林柏年則在小說中作為朱春生的對比，以臺灣為本位的認同，同時之間並不認為認同日本人與臺灣人是相斥的概念。這讓林柏年與伊東春生有許多次的爭執，成為認同光譜兩極的鮮明對照。

夾在兄弟兩人中間的是小說敘述者「我」，以客觀、冷靜的旁觀者姿態反思伊東春生、林柏年兩人的認同路線。「我」雖然喜歡日本文化，卻不若伊東春生這樣全面否定臺灣，與此同時，也沒辦法像林柏年一樣，可以毅然的強調臺灣人的主體性。

騷動的靈魂總帶著焦慮。臺灣人的未來漂流在不確定的無垠之海。深陷認同的苦悶與掙扎，那是時代使然，無以排遣的自我追尋於人性曖昧與扭曲。

〈奔流〉故事裡林柏年的大聲疾呼，是島嶼世世代代的回聲：「越想做個堂堂正正的日本人，就越要做個堂堂正正的臺灣人才行。我決不會因為出生在南方，就顯自卑。」

如果，我說如果。如果用遺忘祖先的姓氏（改姓氏）、犧牲自己的生命（志願兵），能交換到後代子孫永遠的自由。這張合同有多少人會簽下？步向皇民之道是否有可能是終極的解答，以及黑暗隧道的出口。但無論如何，或許追求平等與自由成為臺灣人最卑微也最神聖的訴求。

當認同是一種學習，也許孤兒也有長大的一天。

一九一七 維繫一線斯文

盛浩偉

一九一七。

這一年，很巧合地，在中國及臺灣，都各自有一批人因感於時代動盪、局勢混亂，而試圖發起運動號召，替文學注入活水；但是，如此巧合之中，卻也展現了歷史的分歧。在中國，尚在美國哥倫比亞大學攻讀博士的留學生胡適，於一月的《新青年》上發表了〈文學改良芻議〉，成為之後整個中國新文學運動的肇端；而在臺灣，彰化人黃臥松將原先奉祀文昌帝君的神明會加以改組重振，並於此年十月創立「崇文社」，欲藉此凝聚眾文人之力，興文風、扶禮教，是為臺灣日治時期第一個文社。

這兩造的文學活動，雖然發生在同一年，卻完全背道而馳：一個是向前看齊、務求新變的徹底改革，並大舉提倡口語白話文；一個則是回望過去、揚發固有文化的救亡圖存，且完全使用傳統文言文。將這兩者並列，重點不在評斷孰優孰劣、何者先進何者落後；而是，從巨大分歧當中，我們有機會重新認識到兩者的歷史條件有多麼不同，才因此產生這麼殊異的結果。

如今人們較為熟悉的是，大概是日治時期中後期發軔的臺灣新文學，但在割讓之初，總督府曾利用臺日兩地文化中的「同文」情境——同樣都使用漢字、書寫漢文的情境——強化政令傳達、推動政策，更甚，也邀集本地傳統仕紳參加筵席，吟詩作對、相互唱和；如此一來，通過「同文」，總督府便達到了統治兼撫綏之效，也因此，就結果來看，亦讓古典文學獲得了活躍的舞臺。當然，比起之後誕生的新文學，這些被殖民者所利用的古典文學，其精神與內涵相形之下的確普遍缺乏了對殖民的正面抵抗與直接批判；不過，若因此將古典文學完全棄之不顧，便容易忽略這個事實：在新文學於一九二〇年代中後期取得一定聲勢並逐步成熟之前，古典文學對傳統知識分子以及當時絕大多數臺灣人而言，還是具有相當重要地位的。

有了這層認知之後，或許能更貼近理解當時臺灣文士——甚至包括新文學之父賴和、民族運動者楊肇嘉等——為何要參與崇文社、為何標舉文言文。即便以我們今日已然深深現代化了的後見之明來看，提倡古文、傳統文化的舉動可能顯得迂腐保守、僵化過時，可是對當時還是受傳統教育、具備古典素養的知識分子來說，那卻是他們少數能夠用以發聲、用以改變世界的「武器」了——就算這「武器」同時也被殖民者利用著。

自一九一七年崇文社重新創組後，便持續活動至一九四一年，且到了重組隔年的一九一八年，該社便開始每月進行主題徵稿，之後多有將徵稿文章集結出版。當中最具代表性的算是徵稿百期紀念的《崇文社文集》，而書中澎湖詩人陳錫如的序，就道盡崇文社的精神：「慨自歐風西至，美雨東來，騰湧潮流，滄桑變幻。習異學者，自詡文明；守漢學者，貽譏頑固。思想惡化，趨向歧途，無惑乎世風不古而道德淪亡，人倫有乖而心術敗壞也。彰化諸君子有見及此，為維持世道思，為補救人心計，且為異學爭鳴防，為漢學重興冀，爰創立一崇文社。」

綜觀他們的徵稿題目，諸如：「養苗媳及蓄婢弊害議」、「破除迷信議」、「女子教育論」、「臺灣青年自覺論」、「臺灣建設大學議」、「舊慣取捨論」等等，可以發現他們絕非完全守舊、抗拒新事物，而是也在試圖趕上時代潮流；而從「文人模範論」、「文學興國論」等題目，也可以看出「（漢）文」、「文學」在這些傳統文士的眼裡，是真的能在現實中產生各種實際效用的。這種文學「有用」的觀點，與今日流行的「無用之用」的說法，差異甚大；但那個時代，或許正因為人人都這樣認為，才致使文學在各地都劇烈變化著、發展著吧。

動盪的時代之下，總是有許多不同的動向並存著，然而，隨著歷史發展，某些動向會被放大、被強調，例如白話文／言文一致的風氣，從日本，到中國，最後到臺灣，後來也逐漸取得了主流的位置。然而，歷史上也曾經存在過崇文社這種幾乎完全相反的動向，他們同樣是想在動盪之中，找到出路；在困境之中，努力維繫著一線斯文。

一九一八　巴黎花都的臺灣推理

何敬堯

自從臺灣作家李逸濤在一九〇九年寫作的推理小說〈恨海〉發表後，許多臺灣文人也開始將筆墨瞄準以「推理」、「懸疑」為主軸的大眾通俗小說敘事。

這些作家群中，又以李逸濤、魏清德、謝雪漁發表在《臺灣日日新報》、《風月報》的偵探小說最為讀者津津樂道。這些推理敘事介於文言與白話、東洋與西洋之間，不只存有傳統公案小說的影子，但也添加許多現代的偵探元素。

不過，如果現今去閱讀第一篇由臺人作家創作的〈恨海〉，我們可能會被故事中涉及「羅馬」、「法國」等等外國場景的小說背景所困惑，甚至疑問，是否當時的作者真的跑去歐洲「取材」？

事實上，不只是〈恨海〉如此，在日治初期開始發展的臺灣偵探小說，大都將場景設定在千里之遙的外國地域。例如李逸濤的另作〈姦殺奇案〉展開環遊世界的大逃亡追捕，謝雪漁長篇小說〈英雌傳〉將小說場景設定在東京、上野等地。這些故事場景，雖然都屬於外國地域，可是實際上，這些「世界」大多屬於扁平設定，故事中的角色可以隨意飛天遁地，想要去何處，即刻可以啟程、抵達。

由此可知，此時期的臺灣偵探故事，在敘事技巧、劇情設定、世界觀設定，仍然屬於發展的階段，尚不成熟。儘管如此，許多偵探故事仍然可以讀到當時漢文人的獨特巧思，構築出一座繽紛燦爛的「想像世界」，例如魏清德的偵探小說便十分特異。

新竹人魏清德（一八八七—一九六四），字潤庵，號佁儗子、尺寸園，是一位記者、作家，也是一位品味獨特的收藏家。他曾經以「法國偵探小說」為標榜，在一九一八年發表〈齒痕〉。

就如同漫畫《名偵探柯南》一開始會說明柯南的偵探身分，在〈齒痕〉的開頭，作者也說：「鏤骨者，巴黎名偵探也，十年前審出齒痕事件，至今日尚為人樂道津津不置。」扼要地說明花都巴黎發生恐怖命案，經由巴黎名偵探「鏤骨」的調查，真相才水落石出。

故事起始，是檢察長「歐陽化」被殺害，屍體手上竟然有一個怪異的齒痕，於是當地警察「月田」便與「鏤骨」展開偵查行動。調查之下，發現「歐陽化」猝死之前，曾經有一名田閣伯爵的遺孀，曾經帶著一名幼兒來訪「歐陽化」。

鏤骨繼續深入追查，發現此遺孀名為「賽玉環」，貌美如花。十年之前曾經有兩名青年「薩六」與「歐二」，為了爭奪「賽玉環」而兩方殘殺，結果「薩六」絞殺了「歐二」，而「歐二」則反咬「薩六」一口，在他右腕上留下齒痕。最後「薩六」則被檢察長「歐陽化」判處死刑。

同時，也查出身為動物學家的田閣伯爵，畜養了一個來自亞細亞的「蛇兒」（人與蛇交合而生），這名「蛇兒」就是遺孀所抱的幼兒。得知此事之後，警察「月田」認為兇手即是伯爵夫人，是利用蛇兒來謀殺伯爵與檢察長。

但是，「鏤骨」對此推論十分懷疑，所以繼續偵查，才發現原來當年的「薩六」未死，並且化名潛入伯爵家。歹毒的「薩六」為了想擄獲伯爵夫人的芳心，便使用催眠術，誘引「蛇兒」將伯爵和檢察長咬死。

鏤骨調查出案件始末，終於擒獲兇手，將「薩六」繩之以法。

儘管作為外國場景的「巴黎」，並沒有太多真實地景的描寫，但是小說故事曲折離奇，不可思議，極受當時讀者好評。

一九一九　五四與飛過海峽的蝶

陳允元

臺灣很大嗎？不，臺灣很小。臺灣文學很狹隘嗎？不，她在遼闊的世界之中。

一九一九年五月四日，歐戰結束的翌年初夏，北京有三千名大學生走上街頭高喊「外爭主權，內除國賊」，抗議巴黎和會對山東問題處置的不滿。這場被稱為「五四運動」的遊行，原本從愛國運動出發，後來卻在各個層面對中國社會產生了極大的影響。陳平原曾以「一場遊行、一份雜誌、一本詩集」分別象徵「政治的、思想的、文學的五四」，而「一本詩集」指的便是胡適於一九二〇年出版的中國第一本白話詩集《嘗試集》，兩年內即增訂兩次，銷售萬冊，成為中國新文學之經典。同樣在一九一九年秋天，一名當時仍沒沒無聞的日本詩人安西冬衛（一八九八—一九六五），移居在日俄戰爭後轉為日本的租借地、滿洲之玄關的大連。幾年後，安西在這裡結識了年輕的瀧口武士、北川冬彥、城所英一、富田充，創刊詩誌《亞》（一九二四年十一月—一九二七年十二月，共三十五號），發起了反對民眾詩派之冗蔓雜蕪、提倡詩之純化與緊密化的「短詩運動」。他筆下那匹纖弱的蝶，拍著翅膀飛越了廣闊的間宮／韃靼海峽，成為日本現代主義詩運動的先聲。

幾年之後，兩位出身日本殖民統治下之臺灣的臺灣青年——張我軍、楊熾昌，分別抵達了新文學運動已成燎原之勢的北京、以及現代主義詩運動方興未艾的東京。一九二三年十二月，曾服務於新高銀行廈門支店的張我軍自廈門前往上海，翌年三月轉赴北京，準備北京大學的入學考試。四月，他在《臺灣民報》第二卷第七號發表〈致臺灣青年的一封信〉，陸續向臺灣的舊詩壇發出檄文，點燃了臺灣「新舊文學論戰」的烽火。他感嘆：「我們臺灣的人，識二國文學（日本和中國）的那麼多，況且此二國都是最近的師表，正可借此來把陳腐頹喪的文學界洗刷一新。而事實卻不如此做……與現代的世界的文壇如隔在另一個世界似的，這是多麼可痛的事呵！」（〈糟糕的臺灣文學界〉，一九二四），並在〈請合力拆下這座敗草欉中的破舊殿堂〉（一九二五），介紹了中國新文學運動最重要的理論主張——胡適〈文學改良芻議〉（一九一七）的「八不主義」、以及陳獨秀〈文學革命論〉（一九一七）的三大主張，「引率文學革命軍到臺灣來」。

一九三〇年左右，投考佐賀高校文科丙（法文）卻一敗塗地的楊熾昌，在東京放浪三個月，頻繁出入在銀座的喫茶店「古倫邦」等，「在那裡喝茶，聽音樂，以好奇的眼光繼續看著聚集於喫茶店的文人們在暢談的姿影」（楊熾昌，〈殘燭的火焰〉，一九八五），後插班就讀西村伊作主持的「文化學院」。此時，當初那匹起飛自大連的纖弱的蝶，已在中央文壇襲捲起名為「新精神」的現代主義風暴。因照顧患病的父親不得不提前返臺的楊熾昌，一九三二年起，陸續在《臺南新報》發表詩作、詩論、組成風車詩社，介紹超現實主義的詩風。據事後回想，此舉旨在「敘述世界詩壇的最新動向以及現代詩的革新之道」（楊熾昌，〈回溯〉，一九八〇）、「對臺灣詩壇鼓吹新風」（林佩芬訪談，〈永不停息的風車〉，一九八四）。

在北京體驗了中國新文學運動的張我軍，與在東京接觸了日本現代主義詩運動的楊熾昌，透過理論的轉介與實踐，影響了臺灣文學發展的不同階段——更正確地說，開啟了臺灣文學發展不同的新階段。一九二〇年代中期，新文學在張我軍開闢的「新舊文學論戰」戰場中取得了發聲的位置。隨著新文學的發展、深化，一九三〇年爆發了「臺灣話文論戰／鄉土文學論戰」，使用中國白話文或臺灣話文、「鄉土」的概念範圍等，都廣泛地引發了討論。論戰的發生，也代表著移植而來的觀念，不斷與殖民地臺灣的語境對話、並在地化。在臺灣話文論戰／鄉土文學論戰正酣的一九三〇年代，一批以日語書寫、以文化藝術發展為職志、懷抱著「進軍中央文壇」之夢的本島作家也形成了。楊行東發表於一九三三年《福爾摩沙》創刊號的〈對臺灣文藝界的期望〉即謂：「和文的文藝表現！這是我們將來最能大展身手的唯一武器。……想要完整呈現生動的現代感、尖端的現代情緒和蓬萊情緒，不用和文就難以做到。……我們徹底希望文藝界能發展出有臺灣特色的風貌，同時又不希望它的發展僅止於『臺灣』這個小圈子」。（涂翠花譯）楊熾昌正是這樣的實踐者。儘管進軍中央文壇稱不上太成功，也終究沒能在殖民地臺灣順利推動起像日本《詩與詩論》那樣風靡一世的現代主義運動，但臺灣畢竟沒有在世界的現代主義運動中缺席，並開創出有別於日本現代主義與臺灣寫實主義的「臺灣現代主義」的新風貌。當然，除了張我軍與楊熾昌，還有非常多臺灣作家不斷在國境與語言間移動著、閱讀著，急切地想告訴臺灣他們所看到的世界、讓臺灣試試各種有意思的新方案。

一九一九，五四運動發生，安西冬衛渡滿。一個在遠方發生的起始，蘊含著難以預測的路徑與終點。思潮是流動的，人是移動的。臺灣很小，但世界很大。

1920-1929

新文學時代，也是

近代臺灣白話文運動的

肇始階段。

一九二〇 告別，不告別

楊傑銘

「然及今為之，尚非甚難，若再經十年二十年而後修之，則真有難為者。是臺灣三百年來之史，將無以昭示後人，又豈非今日我輩之罪乎？」

——《臺灣通史．序》

海的那邊是什麼？故鄉的影子，在時間的咬嚙下，剩下一葉的鄉愁。

連橫是臺灣文壇的傳奇，在功過參半的青山青史裡，於爭議中活著、又在爭議中死去。新舊交替的時代，國族變遷的十字路口，連橫及其著作糾葛於中、日、臺三地，在三稜鏡的折射下書寫出不同的歷史風光。

連橫於一八七八年出生於臺南府城，儒學的家學培育出其入世性格。在一九〇六年到一九〇八年之間，連橫先後參加了南社與櫟社，並於《臺南新報》、《臺灣新聞》工作，擁有傳統文化的基底與接觸新思潮的職業，在當時代是頗受矚目的新生代傳統文人。

父親連永昌在連橫十三歲時，贈予他余文儀所修訂的《臺灣府志》，並希望連橫熟讀臺灣史。他對連橫說：「汝為臺灣人，不可不知臺灣事。」這成為連橫撰寫《臺灣通史》的緣起，通過模仿司馬遷傳記體的體例，譜出臺灣史的序曲。

歷史從不歌唱，因為她只剩下悲傷。《臺灣通史》出版於一九二〇年，由臺灣通史社出版發行。因為連橫在文化界的位置，以及新聞媒體的職務，令《臺灣通史》能邀請臺灣總督明石元二郎與讓山健題字，並請到總務長下村宏、《臺南新報》主筆西崎纈洲、《臺灣日日新報》主筆尾崎白水等在臺日人為此書寫序。

整本《臺灣通史》裡，共分成：以王朝斷代的「紀」、以制度作為分析的「志」、以人物作為討論的「列傳」三部分，透過三個軸向的分疏，細緻化、系譜化的整理了臺灣史的多維角度。

真相總愛玩捉迷藏，在時間的縫隙中，悄悄地探頭，觀看追尋者的徬徨。《臺灣通史》的年代從秦朝徐福海上求長生不老之藥談起，一直談到臺灣民主國的創建與衰亡，穿插正史與野史的資料文獻，以文學性的筆觸縫合，創造真實與虛構交錯的臺灣史。《臺灣通史》問世後，雖然不符合史書撰寫的體例，以及史學家應有的書寫方式，內容上也有許多錯誤，但是在當時來說，連橫以一己之力能完成如此高度，實屬不易。

事實上，當時候的日本殖民政府正好以現代化、科學化的分析、統計臺灣相關資訊、文獻，蒐集關於臺灣一切的細節，作為殖民統治的重要內容。被發明的臺灣，在歷史的告別之處，不曾告別。這種作法如同西方帝國霸權對東方的統治，藉由建構東方世界的資料庫，用以發展或作為西方帝國殖民統治的資料庫。

一個王朝的結束，是另一個帝國的新生。

連橫《臺灣通史》的撰寫，在日人眼中，正好符合日本對臺殖民統治的方針。不僅協助日本殖民政府有系統的建構臺灣史，將臺灣歷史、地理、蔬果、典章制度百科全書化，也讓《臺灣通史》成為日本統治的重要參考，同時間，《臺灣通史》的出現也宣告著中國對臺統治的完結。徹底地。

一九二一　日治時期的妖怪叢談

何敬堯

臺灣島的怪譚文學，可以回顧到三百多年前清代的「地方志」書寫。西元一六八三年（康熙二十二年），清廷政府正式統治臺灣。此後，歷任官員都要派人訪查海島上的民情風俗，許多官吏與文人也相繼以地方志、日誌、遊記的形式，詳實描述臺灣島的疆域、氣候、歷史。

在眾多志書中的「災祥篇」，便記錄了非常豐富的鯤島怪譚，例如：魔鱷上岸、海中妖蛇、天星詭變、三陽同出，島嶼深山藏匿著各種恐怖魔神，每一篇皆是不可思議的驚悚奇事。當時，清廷官員是秉持著「采風」的精神，才將這些怪事收錄進志書中，並且也只將這些奇談，視為清政府「風化善教」、「民變天災」的佐證。譬如，魔鱷橫死，便象徵鄭氏王朝的覆滅，而臺陽妖鳥現身，正是代表林爽文事變的預兆。

這些怪譚故事，雖然是在清廷的意識形態下被採錄，但每種故事，都有重新去詮釋、欣賞的空間。但一直以來，這些怪譚敘事，並不被臺灣的文人認真看待，只作為無稽之談。

到了日治時期，諸多日本人類學家、民俗學者，相繼來臺。這些學者，也將新時代的民俗學、文化人類學的精神，帶來臺灣，讓這些以往被認為荒誕不經的傳說故事，有了重新被檢驗、被梳理的機會。

日治時期，對於臺灣方志書中的怪談敘事，開始進行初步整理、探尋的作家，最有成績者，是連橫與片岡巖。

日治時期的漢文人連橫，為了編纂《臺灣通史》，因此大量翻讀臺灣史書，也因此，讀到了許多方志書中的怪異故事。但這些妖魔故事，顯然無法放進《臺灣通史》的脈絡之中。但連橫並未放棄這些資料，反而在他的《文集》、《臺灣贅談》中，進行了臺灣怪譚故事的初步整理。

與連橫較為漫不經心的態度相比，片岡巖的怪譚整理工作，相比之下更為嚴謹，也更有系統。

在日治時期的大正十年（一九二一年）二月，任職臺南地方法院檢察官通譯官的日本人片岡巖，撰寫《臺灣風俗誌》，並在臺灣日日新報社發行。

這本書是以民俗學的角度，蒐羅了關於臺灣居民的生活禮儀、家庭社會、民俗節慶、口碑、傳聞、怪談、俚諺、歌謠、宗教……等等面向的叢書，也是臺灣文化研究不可或缺的重要書籍。

雖然片岡巖的本意，並非是以「妖怪」、「怪譚」作為編纂的主題，只是為了殖民政府統治作為參考，而進行臺灣慣習風俗的調查，也響應了當時民政長官後藤新平「治國要知民情」的策略。但片岡巖一方面在蒐羅臺灣民間傳說的時候，也同時一方面將臺灣以往方志書中流傳的妖怪故事，進行初步彙整。

在《臺灣風俗誌》的第七集中，便以「臺灣人的奇事怪談」，收錄了「鳳山怪石」、「打狗奇果」、「一年一晝夜」、「蛇人島」、「大芋和怪鳥」等等故事，每則故事奇妙而不可思議。

一九二二　踏出第一步

盛浩偉

一九二二年，無論從哪方面來說，對於臺灣都是一個有眾多事件而值得記下的年分。例如，法三號取代了三一法，將日本內地法律適用於臺灣，削弱總督府權力；又，新的臺灣教育令頒布，臺日共學也開始實施，消弭了教育上的不平等，甚至設立了臺北高等學校（今臺灣師範大學）等等。而臺灣人這一方，亦不曾停止爭取自己的權利，第二次臺灣議會設置請願運動依舊如火如荼展開，卻也飽受總督府打壓，仍以失敗作收。不過，即使政治方面挫敗，知識分子的努力仍舊積累著論述成果，同時，新民會的機關雜誌《臺灣青年》也於此年改名為《臺灣》，強調臺灣島內的文化運動沒有幼、少、青、壯、老之別。

比起上述種種，從文學的角度來看，對臺灣的白話新文學來說這更是值得紀念的一年：目前公認文學史上第一篇新文學小說「都」是於此年發表的——為什麼要強調「都」？是因為這「第一篇」，其實有「兩篇」：其一，是這年四月，發表於《臺灣文化叢書》，署名鷗的作者所寫下的中文新文學小說〈可怕的沉默〉；其二，則是這年七月，發表於《臺灣》的追風（謝春木）的日文新文學小說〈她要往何處去〉。換句話說，臺灣的新文學經歷許多醞釀、討論與思考，終於在這一年，才以完整的作品，宣告了它的成立。

客觀來說，〈可怕的沉默〉篇幅並不很長，敘事語言的白話中雜揉著文言，情節與結構也未臻成熟，而主要是以「季生」與「老蔡」這兩個人物的對話辯論為主——也因而有些研究者認為這篇應屬散文而非小說——不過，這篇作品具備寓言性，也引人思索臺灣殖民情境下的種種不公，且結尾的描寫帶有寫實主義的色彩，頗具餘韻，無論如何，在文學發展歷史的開創上，已算有了標誌性。

而〈她要往何處去〉，稱為新文學小說則殆無疑義。小說以女主角桂花的婚嫁問題為核心而展開故事，其中批判封建社會中的媒妁婚姻制度，倡導女性的覺醒，也強烈尋求革新。故事末尾，桂花與訂婚對象清風解除婚約後痛下覺悟，決定到日本留學；作者謝春木，在此更藉作中人物之口一吐抱負：「我相信世上受到迫虐，連一言半句都不能講的可憐蟲一定很多。想說也說不出來。像現在這一刻，整個臺灣必定有幾個在痛哭流涕的。所以我們要以先知先覺自認代替他們想出救贖的辦法才好，這也是我們的義務。」

筆名追風的謝春木（而後又改名謝南光）青年時期留學日本，回臺後積極參與社會運動，爾後又前往中國，繼續從事政治活動。而不只是小說〈她要往何處去〉，過往在討論臺灣新詩的時候，也經常是以他的〈詩的模仿〔詩の真似する〕〉（一九二四年）作為第一篇作品。但是，隨著文學史料持續出土以及研究的進展，最新的學術成果已經發掘了另一位可能比謝春木更早的、臺灣第一位新詩詩人，張耀堂。關於他，如今能掌握的資料仍然有限，不過非常巧合的是，張耀堂在《臺灣教育》上創作並發表第一首日文新詩〈致居住在臺灣的人們（臺灣に居住する人々に）〉的時間點，竟然也是在一九二二年；換言之，以當今的研究成果，一九二二年，幾乎就是臺灣新文學全面啟動的關鍵時刻。

「美麗的南島呀／聳立著名玉山的高砂島呀／妳的北邊是溫帶／而南邊是熱帶／在那裡，所有的／薰香濃郁的花卉都綻放笑靨／在那裡，所有的／甜味絕佳的樹果都結實纍纍／米、鹽、茶、金，妳呀／毫不吝惜地贈與島上的人們／啊，別說彼此的不是／去教導她吧——／以神之名！／喔，親愛的島上人們呀」——這首〈致居住在臺灣的人們〉，除了歌頌臺灣的豐饒，也不斷以呼喚的語氣將臺灣島上的人們凝聚為一體，勾勒出繁盛又柔美的印象。

於是，一方面批判與抵抗，以揭露現實險惡為職志，一方面則吟詠與抒懷，以追求純粹的美為目標；而交錯著這兩種截然不同的步伐，臺灣新文學終於踏出了第一步。

一九二三　上野大佛的首與體

陳允元

一九二三年九月一日上午十一時五十八分，一場芮氏規模七．九的超巨大地震，襲擊日本首都圈。時正值午餐時間，且房屋多為木造，火伴隨強風蔓延，東京頓時陷入一片火海。在當時留下的紀錄影像裡，路斷橋毀地裂，白色的火舌在空中撩亂飛舞；舉目所及，盡是廢墟、不斷向景框外延伸的焦黑屍體，以及倖存者慌張茫然的神情。在這場幾乎夷平東京半數區域的「關東大震災」裡，曾作為人造物之頂點的「淺草十二階」凌雲閣半毀、上野的釋迦如來大佛也掉下了頭。留日的臺灣青年劉吶鷗（一九〇五—一九四〇）應也親身歷經了這場地震。時就讀東京青山學院高等學部的他，據說因校舍毀壞而被迫停課。

災後，一夕間成為廢墟的東京，在新任內務大臣兼「帝都復興院」總裁的後藤新平（一八五七—一九二九）主導的「帝都復興計畫」中急速重生。以鋼筋水泥、機械文明為象徵的摩登都市空間，取代了震災中燬壞的木造東京；各種新興的都會風俗如舞廳、電影院、咖啡店等消費文化也隨之大量普及。都會的毀滅與重生，不僅影響作家筆下的空間表象，也驅使作家必須思索一種全新的表現方式，回應這種新的都市感性。震災翌年十月，雜誌《文藝時代》創刊，一群文學青年以橫光利一（一八九八—一九四七）為首集結於此。橫光小說〈頭與腹〉的冒頭句：「正午。特別急行列車滿載旅客以全速奔馳。沿線的小車站如石頭般不被理睬」，被評論家視為「新感覺派」的出發。時在東京目睹了其毀滅與重生的劉吶鷗，當然也見證了「新感覺派」的崛起。幾年後，他離開東京，將「新感覺派」帶往當時被稱為「魔都」的國際都市上海。

劉吶鷗逐漸在上海闖出名號的一九三〇年代，越來越多的臺灣學生抱著文學藝術之夢來到東京，其中一位是巫永福（一九一三—二〇〇八）。一九三二年甫從名古屋五中畢業的他，抗拒父親讀醫的要求，逕赴東京就讀明治大學專門部文藝科。其中一位老師，正是新感覺派大將橫光利一。一九三三年，他在臺灣人第一份純文藝雜誌《福爾摩沙》發表日文小說〈首與體〉，描述留日的青年S正處於一種「首與體的相反對立狀態」——父親希望他返臺處理結婚問題，他卻希望留在東京，繼續過著戀愛、逛書店、看戲、逛百貨店、與志同道合的文學青年共同追逐文藝之夢的自由日子。滯日或是返鄉、追求自我實現或是回應父親要求，成為一道無解的難題。望著苦惱友人的敘事者「我」，腦中竟浮現一幅奇妙的圖景：「有獅子頭、羊身；跟有獅身、羊首的兩頭怪獸以加速度疾馳過來，猛烈地衝撞成一團。我忍不住眼睛一閉，眼前立刻出現埃及的史芬克司。兩頭怪獸還沒有決勝負，倒出現了史芬克司，不由得讓我有些張惶失措。」（李鴛英譯）小說中相反對立的「首與體」，遙遙向與恩師橫光利一的名作〈頭與腹〉致敬。

一九三〇年代，這批留學東京的臺灣青年，經常是不願意回臺灣的。劉吶鷗在一九二七年的日記就曾謂：「臺灣是不願意回去的。」而巫永福、翁鬧筆下的東京留學生，比起作為封建傳統之化身的故鄉臺灣，他們更寧可留在帝都東京——在明治維新以來作為西歐文明中介的文化發信地東京、關東大震災後迅速摩登化的消費都市東京、以及遠離封建傳統、遠離父親要求、遠離殖民地壓迫的自由都市東京。

然而東京是否那麼美好？事實上，在七彩絢爛的霓虹光線中，歷史的暗面正不斷地擴張蔓延。巫永福的〈首與體〉，即已透過獅首、陸軍偕行社、靖國神社等地景暗示了軍國主義的勢力正在崛起；而在更早的橫光利一的〈頭與腹〉裡，日本學者杉野要吉亦曾指出，小說中擁有象徵性地體現「日本資本主義」之巨大肚子的「布爾喬亞富豪」、以及失去個別的判斷力與行動能力，盲信富豪走上錯誤道路群眾，這樣的構圖，若與戰爭期的時代重疊，其實便是戰時下好戰的、利潤增值欲望勃發的「機械文明」的國家體系，與忠實遵行這個強大體系的日本群眾像。事實上，如前所述，震災後重生的帝都絕非僅是歡樂明亮的摩登時代，在震災期間，便有軍部趁亂殺害社會主義者・無政府主義者大杉榮（一八八五—一九二三）、以及警方放出流言指稱朝鮮人殺人縱火、在井水下毒，藉此鎮壓虐殺在日朝鮮人的事件。而資本主義在災後復興階段的勃發，事實上也更加激化了勞資雙方的對立。新感覺派等現代主義文學盛行的時代，同時也是普羅列塔利亞運動無產階級運動及其文學鼎盛的時期。只是，隨著軍國主義勢力的抬頭與法西斯化，反政府勢力遭受越來越劇烈的鎮壓。一九三三年二月，小林多喜二遭虐殺；六月，日本共產黨幹部佐野學、鍋山貞親在獄中發表「轉向」聲明，普羅列塔利亞文學運動幾乎正式宣告終結。同一個時空下，這些來自殖民地臺灣的青年們，當他們為了躲避故鄉的父親要求而滯留東京，或許也曾隱隱感覺到時代的風向有些躁動、紊亂，在不久的將來，將有另一個更巨大的體制，也同樣要求著他們的身體——甚至要求他們的頭也要絕對忠誠吧。

寫到這裡，我忽然想到在關東大震災掉落的那顆上野大佛的頭。如今這顆佛頭被視為「合格大佛」（頭不落地＝不落第）在上野公園裡供奉著。那麼祂的身體呢？據說，震災時毀壞的大佛解體後暫交寬永寺保管。然而到了戰時，因金屬軍需，除臉部外整尊佛體均被軍方徵用，熔作武器，到戰場上去射穿另一批也被捐獻出來的身體。這毋寧是另一個首與體的故事：

> 震災時期，即使是大佛，也不能免於頭的掉落。
>
> 而在戰爭時期，即便是大佛也必須為國捐軀，在慈悲與殺戮中，面臨著一種首與體相反對立的情境。

一九二四　如何測量語言的寬度

陳允元

一九二四年，張我軍（一九〇二—一九五五）以〈致臺灣青年的一封信〉、〈糟糕的臺灣文學界〉對臺灣舊文學界開戰、新文學運動蓄勢待發的那一個冬天，一位小男孩在臺中州北斗郡北斗街誕生了。他是林亨泰（一九二四—），戰後臺籍詩人的現代主義者。一九三一年，他和許多年齡相仿的小孩一樣進入公學校，在「唱歌課」昂著頭跟同學以新習得的假名高聲合唱。一九四〇年代，遠方的砲火逼近島嶼，就讀臺北中學校的他在書店買下人生第一本詩集《現代日本詩集‧現代日本漢詩集》（改造社版，一九二九年）、寫下人生的第一首詩。一九四三年，他考入臺北帝大附設熱帶醫學研究所的「衛生技術人員養成所」，結訓後險些被派至新幾內亞戰地。他沒踏上的南洋，另一位當時仍不相識的青年陳千武（一九二二—二〇一二）以「臺灣特別志願兵」的身分搭著輸送船去了，並在戰後寫下一系列的自傳體小說《獵女犯》（一九八四）。這些出生於大正尾、昭和初的臺灣青年一代，有學者稱他們為「戰爭期世代」，但寫詩的林亨泰則自稱「跨越語言的一代」。面對戰後全面禁用日語的困境，陳千武自南洋歸來後，據說手抄哥德《少年維特的煩惱》中譯本苦練十年；葉石濤（一九二五—二〇〇八）則是精讀

《紅樓夢》，學習這個新的「國語」。

林亨泰是戰後較早參與由外省作家主導的中文文壇的跨語作家，但這並非因為他特別具有語言天分。事實上，在戰後初期，除了幾首發表於《新生報》「橋副刊」的中文詩，他多以最熟悉的日文寫書寫，再請朋友譯成中文發表。而當時國民黨政府鼓吹「戰鬥文藝」政策，也讓他對創作有些意興闌珊。一九五四年，他在書店發現紀弦（一九一三—二〇一三）主編的《現代詩》介紹法國超現實主義前驅者阿波里奈爾（Guillaume Apollinaire，一八八〇—一九一八）以及考克多（Jean Cocteau，一八八九—一九六三），讓他在崩塌的語言廢墟中看到一束可能的光。他想起了中學時期在舊書店翻到的幾冊舊雜誌——一九二八年創刊，介紹西歐各種前衛美學思潮、開啟日本現代主義「新精神」運動的詩誌《詩與詩論》；也想起了神原泰（一八九八—一九九七）、萩原恭次郎（一八九九—一九三八）等幾個日本名字。於是他開始與紀弦通信，並在紀弦準備大張旗鼓展開「現代派」運動之際，受邀擔任籌備委員。一九五六年，林亨泰開始在《現代詩》發表一系列具有未來派風格的「符號詩」，諸如〈輪子〉、〈房屋〉、〈第二〇圖〉、〈ROMANCE〉、〈騷音〉、〈炎日〉、〈車禍〉、〈進香團〉、〈電影中的布景〉、〈患砂眼的城市〉、〈體操〉等。這些詩都是以極簡的文字與數學符號幾何圖形線條向量的排列構成視覺圖像，林亨泰說：「好像翻倒了活字版似的。」在當時的詩壇，它們太新、太怪，甚至紀弦也必須出手辯護。在林亨泰後來的自述裡：「他（＝我）所做的也許有點過份，可是，他所丟出的一石，確實激起了很大的驚異和痛楚，如果不是這驚異和痛楚，怎能提醒這個昏昏欲睡的詩壇呢？」

這些符號詩詩太新、太怪，許多人嚷嚷著無法理解。然而對林亨泰這一輩的失語者而言，「提醒這個昏昏欲睡的詩壇」的英雄主義情懷毋寧是過於奢侈的。倒不如說，他正與同輩朋友們坐在大水溝邊，思索測量語言寬度的方法。一九六四年《笠》詩刊第五號，林亨泰在給錦連（一九二八—二〇一三）的評述寫道：「如果以善於駕馭文字的優點可以寫詩，那麼相反地，利用拙於造詞砌字的缺點當然也可以寫詩，尤其對於那些因歷史的重寫，而必須重新學習一種文字表現的人，這種方法就成為其唯一的出路了。可是碰巧的是，二〇世紀是所謂『惡文的世紀』，就是說，『優美性』成為其短處，而『拙劣性』卻成為其長處了……錦連就是在這種能失去的都已失去，只剩下極有限的極少數語彙的狀態之中，不是憑著其過剩，而是憑著其不足來寫詩的一個人。」被剝奪語言的人，短時間內即使再怎麼努力學習另一個「國語」，仍有其極限。在這樣的不幸之中，所幸二〇世紀是一個以破壞語言句法為尚的「惡文的世紀」，如未來派先驅馬里內蒂（Filippo Marinetti，一八七六—一九四四）所指示，必須毀棄句法，消滅形容詞，消滅副詞，消滅標點符號改用數學符號與音樂符號，讓名詞與名詞相接自行類比：「類比不是別的，是一種深切的愛，把表面看起來迴然不同的、距離遙遠的，甚至相互對立的事物聯繫起來。」而名詞與名詞迸發出的詩意，用超現實主義者布賀東（André Breton，一八九六—一九六六）的話來說：「是從兩個傳導體之間的電位差所產生的作用」。然而，當林亨泰在另一篇文章中藉陳千武深邃的詩意與不相稱的笨拙中文為例指出：「語言與文字不能創造詩，反而詩創造了語言與文字！」這些豪氣語句的背後，其實是帶著苦味的笑吧。

這樣的苦澀，在一九三〇年代《風車》前輩詩人的身上是看不到的。儘管同樣從《詩與詩論》汲取現代主義美學的養分，但《風車》並沒有採用未來派那樣破壞性的語言實踐，而是在引介、實踐超現實主義美學的同時，也意氣揚揚地展示其完全不輸給日本人的優異日語能力。從這樣的對比，或許我們也就可以了解：戰後的跨語世代採取一種看似對語言更激進的方式經營詩，恐怕並非享有破壞語言的餘裕，反而是在語言的荒原上、在文壇周緣，就著曾經有過的文學養分，反覆測量眼前那難以跨越的語言寬度。

一九二五　臺灣最早的夏令營

何敬堯

近年來每年夏日，望子成龍的臺灣父母總喜愛將子女送入夏令營，學習各種才藝，豐富生活體驗，積極開拓孩子們生命的視野。事實上，類似夏令營的營隊活動，最早在日本時代就已經出現在臺灣，是由「臺灣文化協會」在臺中霧峰所舉辦的「夏季學校」。

一九二〇年代是臺灣文化思想的狂飆時期，當時臺灣已被日本統治數十年，較少出現大規模的武裝抗日活動，取而代之的是，臺灣文教事業開始扎根茁壯，「啟迪民智」是當時建立臺灣民族精神的重要方向。

在這樣的熱潮中，「臺灣文化協會」成立於一九二一年十月十七日，林獻堂擔任總理，蔣渭水則是協會理事，成員包含大地主、醫師、律師、記者等文化圈人士。文協的宗旨則是臺灣文化運動，致力於提升民眾的知識水平，並啟發民族思想。

蔣渭水認為，殖民教育是奴化政策，為了讓正規教育可以發展，就必須要推行各種「社會教育」。為了讓社會大眾能夠接觸各種進步思想，文協便以《臺灣民報》作為宣傳媒介，在全臺各地設置了許多讀報社。其中一項最重要的活動，則是舉辦「講習會」，進行民族運動的啟蒙工作。

每一次文協舉辦「講習會」，都吸引許多民眾參加，尤其在一九二五年舉辦了三百場以上的講座為最高峰。講者包含作家謝春木、記者王敏川、留日學生等等，講題則有「宣揚臺灣議會設置」、「臺灣文化與社會狀況介紹」，在臺北、新竹、臺中、臺南、高雄參與講座的民眾，合計有十一萬人以上。

臺灣各地在每月除了有定期舉辦的「文協講習會」之外，文協也在一九二四年的暑假，開始嘗試辦理「夏季學校」。同樣也是進行社會教育，但是形式上更像是夏令營；在固定的時間、地點裡聚集多數成員，進行文化講座與交流活動。

在一九二四年八月，文協第一次試辦「夏季學校」，地點是霧峰林家萊園的五桂樓（現今位於臺中市明臺中學校園內），為期兩周。沒想到反應良好，本只招收四十名聽講員，但卻來了五十五人，還有十名女子，旁聽生多達二十人。

因為「夏季學校」有了熱烈迴響，文協又在隔年一九二五年的夏天再度舉辦，從七月二十七日至八月九日為止，同樣為期兩周。課程安排，則有「經濟學」、「西洋文明史」、「憲法大意」、「科學概論」、「契約」、「孝」、「衛生」、「中國古代文明史」等等課題。

從現代眼光來看，這些講課主題十分生硬嚴肅，但對於當時求知若渴的臺灣青年來說，卻是猶如甘泉活水，帶來許多新鮮的文化刺激。第二回的「夏季學校」，甚至吸引了高達八十三人來參加，皆屬年輕男女。

在這一次「夏令營」的茶會中，有一位留學上海的男學員曾發表意見：「我回來臺灣，感到法律對我們的束縛非常的嚴重，要如何才能夠解除束縛？這當然不是一兩人的力量可以致之，希望各位研究這個方法。」也因此能觀察到，「夏季學校」不只是單純的聽課而已，參加的會員們也藉由這個「夏令營」，來交流、討論關於臺灣文化運動的未來。

具有夏令營性質的「夏季學校」，從一九二四年伊始，在萊園總共開辦三回，每一次的舉辦都獲得年輕知識分子的熱烈迴響。藉由「夏季學校」與「文協講座」的努力，日本時代的臺灣文化運動也開始蓬勃發展。

一九二六　勇士當為義鬥爭

楊傑銘

Formosissima Formosa!——從在世界史現身的那一刻起，是否臺灣就注定將扮演那美麗而徒勞的受困者，永恆的賤民？

——吳叡人《受困的思想：臺灣重返世界》

黎明前的夜特別黑。

蠢蠢欲動的影，伴隨新時代曙光，徘徊在光明與黑暗，然後，將自己埋葬於過去的黑夜。賴和及其時代的「二世文人」就在這樣變動的時代成為「影」，雖接受現代化的思潮，學習新式文學，但出身於封建社會的生命經歷，以及吸吮著傳統文學的養分長大的背景，在光明與黑暗交接處擺盪、成長。

一九二〇年代的臺灣新文學，並未隨著張我軍的理論與宣言而勃發。文體的變革標示著思想載體破壞性的創新，當時的文人沒有勇氣改變什麼，或是接受改變，依舊認為傳統文學可以承載新思潮，以舊體新用的改造傳統文學。像是蔡惠如所創辦的《臺灣文藝叢誌》，不同於傳統漢詩文的擊鉢吟遊戲，引介外國新思想、新思潮，確實在傳統文學內部吹起改革的風潮。

變動的年代裡，理想是最美好的歌聲，不但召喚我們前行，也撫慰傷痕累累的島嶼。張我軍、賴和為首的新文學作家，以《臺灣民報》為陣地，強調我手寫我口，希望將書寫的話語權交還給庶民。然而，新文學陣營內部還是有不同的觀點，賴和不若張我軍強調文學上的舊不如新，他在創作新文學時，同時寫著漢詩文，成為橫跨新舊文學創作的文學健將。

這是最美好的時代，也是最壞的時代。一九二六年的臺灣抗日運動，因為路線上的歧異，走向左右分裂的結局。楊逵、蘇新、簡吉、趙港等新一代的青年，多半具有左傾的意識，認為原有的臺灣抗日團體、組織都過於保守，為了自己的理想，分別在東京與臺灣籌組新的團體，進行社會主義形式的抗日運動。

一九二六年是賴和生命中重大的轉捩點，除了持續擔任臺灣文化協會理事，積極的參與臺灣人民平權運動外，賴和也接手《臺灣民報》「文藝欄」，並開始發表小說，做起耕耘臺灣新文學園地的工作。

白天，賴和於診所為艱苦人醫病、參與社會抗爭運動，以投身社會的方式改變著社會；夜晚，賴和孜孜矻矻的於書桌前，左手編輯雜誌文藝欄，右手寫作。不論是傳統文學或是新文學，都在桌燈螢螢的夜，紙上筆墨如蠶絲，編織臺灣文學的未來。

這一年他創作了〈鬥鬧熱〉、〈一桿「稱仔」〉兩部重要的小說。

〈鬥鬧熱〉是講述鄉村的迎神廟會與械鬥。賴和以鄉野村夫對話的方式，傳達眾人對於這場爭執的看法。小說以孩子們的爭執說起，在笑鬧之中演變成村落跟村落之間的戰爭。小說反映當時候的情況，談及鄉下人的愚昧，為了爭面子散盡大把的金錢，同時在殖民政府的操弄下，分化臺灣人自己的團結。

〈一桿「稱仔」〉則是透過菜販秦得參的遭遇，談論殖民政府以警察、法律壓迫人民，在象徵公正的司法面前搬弄一場戲，最後逼他走上殺人與自殺的激烈衝突道路。小說描寫中下階層人的處境，在一次又一次的博取翻身的同時，又再一次又一次的陷入困境。那種無力感正是臺灣人在反殖民運動中掙扎的無以名狀，宛如陷入流沙時無法解開的困局。

一九二六年的賴和這兩篇小說成為臺灣文學史上的經典，奠定了研究者對日治時期文學研究的殖民與階級雙重視角。賴和筆下的小人物，總有份卑微與無奈，人對生的渴望如哀傷的蜉蝣，為了生存究竟會做到多少的讓步？

他們總是強逼我們服從，而我們絕不讓步。世間未許權存在，勇士當為義鬥爭。

一九二七　大寫人生的大旅行

楊傑銘

余之蓄志漫遊，於今十年有八矣。甫時，攀龍十歲，猶龍九歲，率之留學東京，則發此願，謂二子若能俱畢業大學，即率之同作歐美漫遊，幸如循序漸進，如願以償。

——林獻堂《環球遊記》

一九一一年，彼岸的人來臺的一個轉身，留下的餘波蕩漾的漣漪。林獻堂受梁啟超的影響，以更為積極的姿態參與臺灣的社會改革運動。從「撤廢六三法」、「設置臺灣議會請願運動」到「成立臺灣文化協會」，林獻堂帶領臺灣仕紳在抵殖民的道路上另闢蹊徑，走出武裝抗日外不一樣的風景。

時序遞移總無情，革命與反革命，改革與保守，在人們對臺灣未來不同的想像中一刀畫分，全然地成了天與地。一九二七年初臺灣文化協會面臨最大的考驗，部分成員的左傾思想與原有的溫和道路有了摩擦，林獻堂的領導威信不斷遭受質疑，最終兩派人馬在委員選舉中正式決裂，而林獻堂也退出了他一手創建的臺灣文化協會。

此次臺灣社會運動內部的爭執，讓林獻堂受到極大的挫敗，二十年來對臺灣社會運動財力、物力的挹注，以及耗費的青春歲月，卻在「新青年」的左翼大旗中成為保守右派的日本同路人。這種巨大的失落使林獻堂陷入彷徨，在極度失望中決意從島嶼抽身，與他的兩個兒子攀龍、猶龍一起出走，看看這個世界。

一九二七年五月，林獻堂自基隆出發，先抵廈門再到香港落地，一路向西的停留新加坡、檳城、可倫坡、亞丁、開羅，最後在歐洲各國及美國遊歷。他以歷時一年的時間，繞行地球一周，將所見所聞整理成文字。從一九二七年八月二十八日開始，到一九三一年十月三日止，四年的時間，以「環球遊記」為名，每週一篇的形式連載於《臺灣民報》，在當時臺灣社會受到極高的關注。

「環球遊記」的專欄中，林獻堂除了談及異國的風土外，更注重當地的社會、法治等等。像是談及英國倫敦時，除了述及失業人口眾多外，也連帶談到英國上下議院的制度，各黨之間的狀況，以及自己在議會旁聽的心得。談到哥本哈根時，林獻堂強調丹麥的海洋文化與以農立國的特色，且用大量的篇幅描述丹麥的農業文化與農業學校體制。描寫美國時不斷提及黑奴解放運動，並以大篇幅描述南北戰爭的始末，有意以此呼應臺灣的民族自覺運動與平權運動。綜觀整本《環球遊記》的內容，可以發現林獻堂著重描繪各國的文化與風土民情，在認識世界的同時，也在重新認識臺灣、認識自己。

林獻堂不同於臺灣其他大家族的趨炎附勢，其一生多半為公共事務在奔走，也成為日本殖民統治時代下反殖民抗日的精神領袖。直至戰後國民黨來臺，因為二二八事件與白色恐怖的壓力，林獻堂擔心會受到波及，因而遠渡日本定居，直到過世都再也沒有回到臺灣這一片土地。

一個動亂的時代，總會造就一些傳奇。

一九二八　十七個音裡的臺灣風景

盛浩偉

如今，當我們在討論臺灣文學的時候，往往是以小說、散文、詩再加上戲劇等這幾種文類（genre）為主；然而這樣的分類方式，其實並不能涵括所有在這片土地上發生過的「文學」，例如原住民族口頭傳承形式的文學，或是傳統的古典詩詞，就容易在這樣的分類之下被忽略。而在日治時期，其實也有一顆日本文化裡獨特的種子，悄悄飄進了臺灣；到了一九二八年，這顆種子已然冒出小小嫩葉——就是在這一年，《臺灣俳句集》出版了。

俳句，是極短的韻文學，一句由五、七、五，一共十七個音所組成，且必須包含「季語」——顧名思義，是能夠表達季節感的詞彙——而俳句的美學，大抵是希望能運用極簡的語言，捕捉眼前的風景，且表現出言外之意的餘韻。於是乎俳句遂彷彿一片薄薄的時空切片，凝縮了眼前詩意的瞬間，卻又同時暗示著這個瞬間，是存在於怎樣更龐然的時序推移當中；簡單來說，俳句可以體現日本人在生活中，是如何細膩地感知時間與空間。

這樣一套生於日本、長於日本的文藝活動，其實一八九五殖民之初，就隨著渡臺的日本人而來；不過，俳句剛搬到臺灣，卻發生了個大問題。如果觀察最早期在報紙上刊登的俳句作品，會發現當中提到的風土事物，幾乎全然無法讓人辨識出臺灣，而盡是日本本地的風景，例如春天的櫻花、夏天的水仙等等；換句話說，這些句子只是依照著某種套式而作，並未體現俳人當下的體悟。另外，在私人的信件中，還可發現在臺灣的俳人抱怨：臺灣的四季「不尋常」，該在秋天開的花卻在夏天盛開，讓人季節感混亂，因而難作俳句。

自此，這些俳人們遂開始了許多討論，也嘗試各種辦法來解決這種「季節感混亂」的問題；且他們還希望，自己所吟詠的句子，也能讓那些身在日本內地而未渡臺的俳友們理解。只不過，這期間的嘗試大多並未成功，而問題也還未解決。到了一九二一年，一位在臺的重要俳人山本孕江，創立了俳句雜誌《尤加利》；這本雜誌一直持續發刊到一九四五年，是日治時代最長壽的一本俳句雜誌，也是俳句討論、創作的重鎮。是在這本雜誌上，以山本孕江為首的俳人才開始認真反省過去的嘗試，並思索這個問題如何解決。

歸根究柢，季節感，其實關乎人們怎樣對時間建立一種秩序；日本人一套秩序去看待日本的時間，臺灣人自然也有一套自己的秩序去看待臺灣的時間。俳句的核心，便是由日本這套時間秩序所支撐，而所謂「季節感混亂」，不過就是兩套秩序之間的扞格。於是乎，根本的解決之道，便是如何融合這兩套秩序，以創立一套新秩序。在許多論辯與創作實踐之後，《臺灣俳句集》便可說是一塊里程碑。這本選集由三上惜字塔編輯，尤加利社出版，其內蒐羅三千四百多首臺灣相關的俳句，且當時的俳人們咸認為此選集的作品頗為精準地表現了臺灣特色與風情，這本書也成為日後三〇年代臺灣俳句發展的基礎。

無獨有偶，不只是日本人關心臺灣的俳句，這一年，也有一位了不起的臺灣俳人誕生了；他是作家黃靈芝。黃靈芝正式開始創作，雖是戰後的事，但他卻是在禁用日語的時空環境下刻意選擇自己熟悉的語言，持續孤獨地創作著無處發表的作品。而他的俳句成就，也終於讓他在二〇〇四年獲得第三屆「正岡子規國際俳句賞」，以及二〇〇六年日本國家頒發的旭日小綬章。可惜的是，二〇一六年三月，黃靈芝去世，享壽八十七。

俳句這條不太被主流文學史注意到的文藝伏流，其實時至今日依舊默默綿延。他們小眾，他們作品的篇幅也短小；但在這少少的十七個音裡，卻承載了超乎想像的臺灣風景，還等著我們去重新發掘。

一九二九　遲到的日本漢詩人

盛浩偉

一九二九年，二〇年代的最後一年；再過一年，黃石輝將會寫下這段重要的文字：「你是臺灣人，你頭戴臺灣天，腳踏臺灣地，眼睛所看見的是臺灣的狀況，耳孔所聽見的是臺灣的消息，時間所歷的亦是臺灣的經驗，嘴裡所說的亦是臺灣的語言；所以你的那枝如椽的健筆，生花的彩筆，亦應該去寫臺灣的文學了。」（〈怎樣不提倡鄉土文學〉）——這是強烈的臺灣意識之發軔；但是，一九二九年，這個時機彷彿還沒有到，而與此遙相對比的，則是一位日本重量級漢詩人，久保天隨的渡臺。

久保天隨，本名久保得二；渡臺以前，他在日本的漢文學圈內，早已赫赫有名。這分名聲其來有自：首先，在文學方面，他作得一手好漢詩，日本漢詩壇公認他的詩作境界高，且不具「和臭」——意即沒有日本味，乃道地古典文言文——甚至將他譽為當時的三大日本漢詩人之一。其次，在學問方面，他博文強記，著作等身，不僅研究專攻中國古典戲曲，其所著之《支那文學史》乃日本早期中國文學研究的奠基之作，且頗有洞見；而《日本儒學史》、《近世儒學史》，則可謂日本漢學史之濫觴。簡而言之，久保天隨是一位才氣縱橫的漢詩人，又是一位滿腹經綸的大學者；可是，這麼一位具有份量的人物，怎麼會好端端地從日本這個中央，跑到當時殖民地臺灣這個外地來呢？

從文獻記載，這分淵源，要從久保天隨的父親說起。他的父親久保讓次過去曾任職臺灣臺東廳，也因此在他父親過世那年，其時臺灣總督上山滿之進遂力邀久保天隨來臺，是為憑弔先考舊跡；同時，總督也在招待的筵席上，說服久保天隨至臺北帝國大學任職教授。因而一九二九年，久保天隨遂渡臺，其後凡寓居五年，最終病逝臺灣；而期間，臺灣傳統詩壇也久聞其大名，因而與之有許多互動。

這是久保天隨渡臺的拉力；然而，更隱蔽的理由，恐怕還有時局的推力。明治時期的日本，雖然開始強烈西化，但傳統漢詩漢文，竟反倒興盛了起來。其實例之一，便是今日日本翻譯西化之概念，往往直接以假名表示讀音；但在當時，人們卻非得用漢字自鑄新詞來翻譯西洋觀念（而這些新詞最後也回流到中國、臺灣等中文使用者的語言中）。這是因為對當時的日本而言，無論中國或西洋，都是相對文明的大國，是故雖然明治維新名為西化，實質上卻是西洋取代中國，而又由中國文化來「引渡」西洋文化的過程。只是，一旦明治結束，進入大正、昭和年間，引渡告一段落、取代完成，那麼象徵著中國文化的漢字，乃至漢文與漢詩，便只剩衰落一途。大概，就是這樣一拉一推的背景下，久保天隨才決心來臺灣這個當時日本版圖內最後一個能夠揮灑古典漢文能力的所在吧。或許是想要聯手振興漢文，力抗西風東漸的時局；也或許只是個人想要另尋舞臺，繼續在漢文漢詩中得到肯定。

可是久保天隨大概沒有料想到的是，臺灣自身的文學已經有了雛形了，正開始要蓬勃發展了，所以隔年才會有黃石輝那樣振奮人心的喊話；且進入三〇年代之後，臺灣新文學已成氣候，也將正式握有話語權，取代舊文人主導的文壇。

久保天隨終究是來得晚了些。可是，在一個臺灣人認同臺灣人的年代裡，身為日本人，卻仍舊認同著中國的傳統文學與文化；而他的這種異質聲音，摻雜著各種錯落：新與舊，西洋與東洋，日本與中國與臺灣，都與同一化的想像背道而馳，可也是這背向潮流的動向，才顯得耐人尋味了起來。

1930-1939

日治時期，臺灣鄉土話文論戰，末期因中日開戰，受皇民化運動而緊縮。

一九三〇 上海的情欲與憂鬱

楊傑銘

我正想著你這身體跟你的思想正像那片紅雲一樣，自由自在，無拘無束。

——劉吶鷗〈風景〉

無軌的列車奔馳在欲望的出口，阿保里奈爾的宣言是無盡夜裡的絮語呢喃，在時光長河中擺渡，搖下日暮猶未歇而街燈剛亮起時的魔都，那一道細膩且綿長迎接黑夜的都市風景線。

那是屬於劉吶鷗的世界，一個浪蕩子漫遊於上海、東京、臺南各地，用女體與摩登都會的燈紅酒綠，在素描本上速寫城市的魔幻美學。對比於此的是劉吶鷗無奈的生命情境，在臺南封建大家族的母親威權逼迫下，被迫在懵懂卻曖昧的年紀，接受表姊成為自己的妻子。

那一年他才十七歲。

那一個不受禁錮的靈魂，還沒了解世界有多大時，就葬送在不被理解的家族宗法制度。這令劉吶鷗的遠走他鄉決絕而不回頭，即便埋藏對南國的思念，但就是不願意在命運的操弄下乖乖就範。也許就是這樣的成長經歷，使得劉吶鷗反叛於任何的道德使命，將家國大義的沉重十字架，遺忘在燕語鶯啼的花花世界。

真實的世界沒有想像中的簡單，當焦慮擴大成爭執，理想便成為不容妥協的立場。一九二七年是臺灣文化運動的重大轉折，亦是左右翼文化人士公開決裂的時刻。臺灣文化協會因為新一代青年的激進左翼思想，質疑傳統文化人士的做法過於保守，最終導致協會分裂。林獻堂出走環遊世界，暫別臺灣的是是非非，一切運動也因為分裂而漸漸告終。

時序進入一九三〇年，臺灣文壇左右翼勢力的齟齬浮上檯面。眾人在：文學是什麼？文學怎麼寫？文學寫什麼？這些問題中進行臺灣話文的論戰。黃朝琴與黃石輝的爭執，象徵著臺灣文學在不同的角度，詮釋著不一樣的故事。

鏡頭挪移到上海，受到日本橫光利一影響的劉吶鷗，因先前創辦過《無軌列車》雜誌，在上海文壇小有名氣。一九三〇年，劉吶鷗出版了第一本著作《都市風景線》，以擺脫家國寓言的情欲書寫，在通俗文化與現代派的領域受到討論。

小說集的第一篇〈遊戲〉就在描寫舞池中男女主角，透過肢體的接觸、語言的挑逗，在那逐漸升溫的曖昧情愫中引發情欲。女主角在愛情遊戲中的主動，毫不掩飾地周旋於兩個男人之間，並且樂於這樣的遊戲。小說敘述時雖是第三人稱觀點，但多數時候會切換至男主角的角度看這整場男歡女愛，在若即若離的愛欲中，讓男女之間的感情可以是一場把握當下美好的遊戲。

另一篇〈風景〉談論男主角與已婚的女主角在火車上的邂逅，女主角一路上的自白除了自剖身世之外，也對於自己的欲望毫不掩飾的掛在嘴邊，主動邀請男主角發展出一夜情。女主角認為，所謂的無拘無束，就是同時解放身心，離開火車與軌道的偷情，是一種探險且脫離機械式的束縛，那是一個沒有道德批判的世界。

綜觀整本《都市風景線》，小說裡的女性形象大膽且主動，在當時代可能是個異端的少數，更多的是存在於劉吶鷗對女性的想像，一種欲望的投射，對於女性也是對於現代化的都會。劉吶鷗的文字裡常常無意識的表現出在繁華背後的孤獨與寂寞，對洋物與尤物的崇拜，更多的時候，是反照自身曾經有過的缺憾。

夜深人靜後的巨大空虛，總是讓一個異鄉遊子感到痛楚，一種活著的疼痛。劉吶鷗愛過，也痛過。

一九三一　神佛大戰、妖精現形的小封神

何敬堯

書寫臺灣島歷史的古典小說，最早可追溯至清朝時代江日昇的《臺灣外記》，描述鄭氏王朝在臺灣的興盛與衰敗。而在日本時代，古典小說開始興盛，大多發表於報章雜誌，例如《臺灣日日新報》、《風月報》等刊物。其中有一篇連載在《三六九小報》的小說〈小封神〉則非常奇特，以臺灣府城的寺廟為舞臺，神佛精靈為主角，講述神仙大鬥法的劇情。這篇小說不只是臺灣作家早期創作的本土奇幻文學，也是第一部漢字臺語長篇小說。

〈小封神〉的作者許丙丁，更是一位奇人。他是一名出生在一八九九年的臺南人，字鏡汀，號綠珊盧主人，工於文墨，善於歌詠，愛好南管，擔任過地方上的警務人員，寫過偵探小說，畫過漫畫，而臺灣人耳熟能詳的童謠〈丟丟銅仔〉、〈思想起〉的歌詞也出自他的筆下。他在戰後甚至還當選過臺南市的市議員，作為政治人物為民喉舌。

許丙丁童年時，喜歡在臺南大銃街附近的關帝廟、天后宮聽人講古。所以當他成年後，便將這些流傳府城街頭巷尾的神話傳說，改編成簡易通俗的神佛故事〈小封神〉。

〈小封神〉的故事刊登在當時著名的報紙《三六九小報》（之所以稱為「三六九」是因為

每個月逢「三」、「六」、「九」就發刊），從一九三一年連載到一九三二年，臺語原版共有二十四回。戰後，許丙丁將原文三萬字的小說，擴充為六萬多字的故事，重新出版，同樣吸引許多人的眼光，甚至在一九六七年改拍成真人版電影，換成現在的說法就是「ＩＰ改編作品」（Intellectual Property，熱門原著小說改拍成影劇作品）。

但〈小封神〉的熱潮並非從戰後才開始，在日本時代連載時，就已經佳評如潮，博得許多讀者喝采。很多人甚至會依循故事中神佛故事發生的場景，想要實地探勘，一看究竟。

例如，〈小封神〉的故事裡講到魁星被小上帝擒抓，將魁星吊在「開基靈祐宮」，要逼問魁星拿走的金錢放在哪裡。這篇故事見報之後，在一九三一年的某一天，甚至有一群婦女呼朋引伴來到「開基靈祐宮」，想要看看魁星究竟被小上帝吊在廟裡的何處。對比於現今日劇、韓劇大夯，舉凡戲中曾出現過的經典場景，常常吸引大批觀眾前往「朝聖」，事實上在八十幾年以前，臺灣就曾經出現過這樣的「朝聖」風潮。

許丙丁創作的〈小封神〉，延續了中國神魔小說的基礎，尤其受到《封神演義》的影響，小說中很多人物、法寶、奇術都承襲自《封神演義》。但特別的是，〈小封神〉以臺南府城為故事背景，講述臺灣各路神明的傳說與起源，並且加入自己的趣味觀點，塑造出獨一無二的府城傳奇。例如，〈小封神〉述說了「大道公風，媽祖婆雨」的由來。

原先的臺灣民間傳說，乃是大道公與媽祖婆訂有婚約，可是後來媽祖婆當了「落跑新娘」，後悔不嫁，造成兩人開始鬧彆扭，甚至大打出手。所以，每當大道公生日的時候，媽祖婆就會讓大風狂吹，颳掉大道公的烏紗帽，而媽祖婆生日的時候，大道公就會讓對方淋成落湯雞。而在〈小封神〉中則說大道公「靠著醫法精通，近來新築幾座洋樓，自由自在，旁若無人」，所以媽祖氣憤之下，就要跟他作對，當他生日時，就要「做法起一陣風，吹落他的頭巾」。

在許丙丁的另類改寫裡，也呈現出對於社會文化的批評（例如，批評好大喜功、蓋洋樓之人），甚至諷刺當地官員，反思舊慣迷信，藉以達到啟蒙讀者的目的。

若對於許丙丁的奇幻故事感到興趣，可以閱讀由臺南一中的學生所撰寫的《府城文學地圖》。書中詳實地考察、介紹〈小封神〉中的故事場景，以及許多府城文學故事。

一九三二　古都的天際線

陳允元

「興兄自從媽祖停止進香，已是很久很久不到古都了，路徑也認不清了。下車出了車站，興兄舉目一看，事事都不如前了，興兄詫異地自問：『豈不是古都嗎？』……興兄端坐在人力車上玩賞古都風光，而任車夫去走了。」

這是一九三五年蔡秋桐（一九〇〇—一九八四）在小說〈興兄〉寫下的一段文字。貧農出身的興兄在逐漸富裕後，心念著「衣食足，然後知禮儀」，不景氣時也不惜將所有的田畑拿去向勸業銀行抵押，全力栽培三兒子風兒遠赴東京念書。好不容易盼到他兒子學成返鄉，久居日本的風兒卻宛若經歷了一場精神改造——鄉語忘了，生活不習慣了，祖家也住不得了，竟連農曆新年也不返家團圓。他的日本妻子，也從未侍奉公婆。大嘆「世風不古、人倫墜地」的興兄氣不過，只得速速搭車進城，打算向任職古都官衙的兒子興師問罪。然而他出了臺南車站一看，昔日的「古都」竟已蛻變成為全新的摩登都市。他完全失去了方向感，在人力車上任由他跑。

蔡秋桐〈興兄〉發表不久後的一九三六年，朱點人（一九〇三—一九五一）也在小說〈秋信〉寫下了類似的情景。前清秀才斗文先生一身「古裝」搭著火車北上參觀「始政四十周年臺灣博覽會」——「臺北驛前的路上，人波浩浩蕩蕩地向著博物館推著，斗文先生像失了舵的孤舟，正不知道划到那裡去好。臺北的地理，早奪去了他昔日的記憶」；小說也以斗文在茫然若失之際給人力車夫載至植物園結尾。一八九五年臺灣改隸日本之後，無論島都臺北亦或古都臺南，皆歷經巨幅的現代化改造，成為了陌生之地。城牆消失了，馬路筆直寬敞，清國時期的老舊屋舍退至暗巷、傾倒頹圮，將醒目的位置讓給高聳壯麗的赤煉瓦及混凝土建物立面。古都臺南歷經一九一一年啟動的市區改正，到了一九二〇年代末，日人為求市容美觀，開始有計畫地在鄰近臺南最高權力中心、同時也是新興的臺南都心的臺南州廳（今臺灣文學館）一帶的末廣町，規畫一條摩登嶄新的商業街。一九三二年，臺南州地方技師梅澤捨次郎（一八九〇—？）設計的「末廣町店舖住宅」（今臺南中正路）正式落成，被稱為「臺南銀座」。其中最華麗氣派的代表性建物，便是由日人林方一（一八八三—一九三二）出資經營、一九三二年十二月五日開幕的「林百貨」（今臺南忠義路、中正路口）。它與早先兩天（十二月三日）於臺北榮町開幕的臺灣第一間百貨公司「菊元百貨」，一南一北，遙相輝映。百貨店的出現，標示了一種新興都會文化在殖民地臺灣的形成；而俗稱「五層樓仔」（實際上有六層）最上層的國防色女兒牆、以及寫著紅色的「林」字、在藍天中颯颯飄揚的白色旗幟，也重新定義了古都的天際線。就我們現在習慣的都市感覺來看，「林百貨」實在稱不上什麼高層建築；但在一九三二年的臺南，它可是天際線的頂點，也是遊客必定光臨的「臺南名所」。

星期日，任職官衙的風兒不必辦公，於是案內老父遊古都、看風物。又怕他不體面，買了鞋與帽要他穿上。「興兄一步行一步斟酌著所履的鞋所戴的帽，二人出了官舍穿過一座高樓，舉頭一看，一遍都是大廈高樓，馬路光閃閃，一步入店內，如臨仙洞，什麼貨都有，在那間店內，足足行了好半天，還看不盡。」這是興兄的「林百貨」初體驗。根據史料，百貨的一至四樓皆為賣場（一樓有煙酒、洋菓子、化妝品、食品和鞋子；二樓賣童裝和雜貨；三樓賣布料和服飾；四樓陳列文具、玩具與日式餐廳）；五樓有洋食堂及喫茶室；六樓為機械室與瞭望室。初次面對這些琳瑯滿目的商品，興兄竟產生了一種遊歷「仙洞」之感，以他熟悉的前近代民間傳奇故事概念翻譯他的摩登體驗。不習慣穿鞋的他，不過是六層樓的百貨店，竟也足以讓他的腳起了好幾個水泡。離開百貨店時，他們搭乘電梯——曾造成轟動的南臺灣第一部電梯——下樓，慌慌張張的興兄竟在電梯裡昏厥了過去。醒來後，他乾脆鞋也不穿了，在人潮眾多的臺南銀座胡亂行走，卻又因違反「左側通行」規定被交通取締巡察逮住。興兄一心只想離開這個鬼地方——「這殺人的都會有什麼可留戀？」他的摩登體驗，儘管充滿新奇，但絕對稱不上愉快。就像風兒給他買的穿不慣的鞋、戴不慣的帽一樣，磨腳、彆扭，宛若一套體面的枷鎖，且動輒得咎。

日治時期臺灣小說家筆下小人物的都市體驗，多半是不快樂的。這樣的不快樂，或源於新舊時代轉換的不適應，或因階級身分上的排除。現代化的果實，並非殖民地的每一個人都能夠享用。殖民地的文學家有時很像烏鴉。垂掛鵝黃色吊燈的溫暖室內，唱片轉動，流洩著悠揚的古典樂聲，他們卻在窗外啼叫著難聽的聲音。也許，他們曾經站在臺南銀座熙來攘往的街頭，抬頭仰望，是由氣派華麗的「林百貨」重新定義的古都天際線；然而低頭看，是踩在平整發亮的柏油路上一隻隻赤裸的腳，踏著慌亂的、或正在勞動的步伐。

一九三三　日本時代的臺北城浮世繪

何敬堯

臺灣自從一八九五年被清朝割讓給日本之後，在政治、經濟、社會、文化都經歷了斷層式的劇烈改變。而在日本時代，藉由總督府殖民地治理系統的逐步建設，臺灣社會也逐漸進入現代化。

到了三〇年代，臺灣都市已有一定程度的蓬勃發展，當時的臺北城也實施多次的市區改正計畫。藉由一九三三年連載在《臺灣新民報》的小說《命運難違》，我們可以目睹當時臺北作為「摩登城市」的典型風景。

小說作者林煇焜，出生於一九〇二年，是淡水望族，一九二八年從京都帝國大學經濟學部畢業之後，便成為臺灣興業信託株式會社的社員。

他的小說《命運難違》具有強烈的通俗性，以日本時代的臺灣社會為背景，描述封建體制底下男女情緣的陰錯陽差：

李金池因為懷抱「戀愛至上論」，因此婉拒與父母安排的對象陳鳳鶯結婚，後來兩人各自男婚女嫁。李金池與在廟會前一見鍾情的楊秀惠結婚，而鳳鶯則在父親安排下與郭啟宗結婚。

但兩人婚姻都很不順遂，一心尋死的兩人不約而同在明治橋上相遇……

小說中極力刻畫人生宿命、緣分的錯過與無奈，細膩描寫當時「摩登男女」對於自由戀愛、傳統婚姻的態度，娓娓敘述男女之間由愛生恨、情分由濃轉淡的種種過程，描繪出屬於都會男女的羅曼史與幻滅的愛情。除此之外，在《命運難違》小說中，作者也為讀者展示了屬於臺北的浮世繪。

在城市中的炎熱夏日，會有新式的「灑水車」在街上洗去惱人的灰塵。現代都市裡，公共設施林立，例如金池與秀惠約會的場所，是在「新公園」。當時的「新公園」便是「臺北公園」，設有總督府博物館，格局幽靜宜人。榕樹和椰子樹等熱帶花木呈現出亞熱帶風情，是當時年輕男女的「約會聖地」。

而小說中，對於娛樂場所的描繪也多采多姿。當時的親朋好友相約見面，可能會相約在「高砂啤酒屋」，年輕人則會去舞廳消磨時間，舞廳前有「俊美門童」守在門前，廳內有爵士樂隊伴奏。

去北投「泡溫泉」則是時尚流行的代名詞，更是戀愛物語不可或缺的浪漫想像。對於久居臺北的都市人來說，北投象徵著「夢」，也是被城市生活壓垮的現代人，得以獲得喘息的空間。

除此之外，「咖啡館」則扮演起市民的公共空間，在社會空間的情境上具有「連結點」的網絡性質，是交換訊息的公共場域。咖啡館裡會有學生、高級知識份子，店內播放流行歌曲，男子一邊抽著「敷島」牌的煙、一邊啜飲著草莓汽水，顧客與女侍微笑聊天，談論棒球。咖啡館不只是作為一種現代的舶來品，更代表一種文化的象徵。在咖啡店的招牌底下，人們也消費著瀰漫在空氣中的優閒氛圍。

另外，小說中也出現許多對於大眾交通運輸——市內公車——的場景鋪陳。除了作為一種進步的城市文明展現之外，主角也是透過公車窗戶所展演的城市畫面，來「感覺」自己正身處於「往前進」的都市文明之中。

一九三四　無花的薔薇生在無語的春天

楊傑銘

成為被殖民者，不是楊逵可以決定，但是成為反抗者，卻是他的意志可以貫徹的。

——楊翠《永不放棄：楊逵的抵抗、勞動與寫作》

新式教育成長的一代，比起前行世代的人們，有了更多的選擇，卻也多了一些徬徨。朝代更替，春去秋來的動亂令草木不生；太平盛世的年代，也因不公義的剝削問題，讓那些為人歌頌的榮耀沾滿血腥。

「大正民主」時代的恩澤，帶動臺灣一九二〇年代勃發的社會運動，雖然民族自決仍是個夢，自由、平等的口號依舊在街頭抗爭群眾中飄揚。不過，臺灣議會設置運動、臺灣文化協會、臺灣農民組合等團體陸續成立，在城鎮及鄉村進行啟蒙運動，培育了臺灣反殖民的沃土。

在叛逆中成長的楊逵，對於童養媳的婚姻制度反叛，對於教育體制的反叛，對於運動組織團體權力鬥爭的反叛，生命處處都是戰鬥後的痕跡。那是楊逵矛盾的性格所造就，外表安靜內心卻有著不容妥協的熱情。葉石濤曾經這樣形容楊逵：「楊逵終生很有一匹狼的氣概，始終堅持一己的世界觀。」楊逵在懷疑中成長，在思辨中成為一匹孤狼。

老天總愛捉弄不願向命運低頭的人，永不放棄的鬥士，獲得比尋常百姓更多的苦難與磨練。一九二七年，楊逵風光從日本回臺，參與了臺灣左翼文化運動的浪潮，從臺灣文化協會到臺灣農民組合，楊逵用盡一生的意志，奉獻給心目中的理想及臺灣這一塊土地。他全心投入政治文化運動，遺棄了家庭與自我生活，直到在社會運動中遭受挫敗後，驀然回首才發現，擺脫借錢度日，用自己的雙手養活家人，踏實的生活才是真實人生。

在社會運動受到殖民政府打壓之際，楊逵在柴山山腳下過著半隱居生活，從砍柴、賣童衫、到借貸，困頓的家庭生活，體驗被剝削者的悲哀與淒涼。而楊逵〈送報伕〉就是在這樣的體會貧困中，融合過往日本的經驗所寫成，在臺灣與日本兩地都受到極高的注目與評價。

〈送報伕〉最早發表於一九三二年賴和主編的《臺灣新民報》文藝欄，一共分成上下兩部分刊載。但下半部的部分因為內容太過敏感，遭到日本殖民政府查禁。不過因為賴和在文學上的提攜，讓楊逵在創作上更有信心，並於一九三四年將〈送報伕〉送到日本東京《文學評論》參加比賽，且「意外」獲得第二名的佳績（第一名從缺），至此奠定了楊逵在臺灣文壇的位置。

〈送報伕〉內容以臺灣、日本兩地為敘述空間，藉由臺灣的理想青年——楊君遠渡日本留學為故事軸線，一方面描寫楊君及其家人在臺灣是如何受到日本殖民政府欺壓，另一方面則敘述楊君在日本報社擔任送報生時，如何遭遇到不合理的對待與剝削。小說有意識的觸及族群與階級議題，透過楊君的體悟，理解到日本人也有好人與壞人的分別，以此有意提出閱讀臺灣被殖民處境的不同視角，在社會主義路線中追求弱小民族自決的可能性。

一九三四年，一個臺灣文學發展重要的年份，《臺灣文藝》的出現某程度繼承了社會運動的改革理想。楊逵也進入了創作的旺盛時期，包括了〈難產〉、〈無醫村〉、〈泥娃娃〉、〈萌芽〉等，他用文學介入社會，反映中下階層的生活情況與悲涼。

無花的薔薇多是刺，殘忍地生在剝削的社會裡，刺破所有虛假的謊言。

楊逵的人及文字，就是那樣不留情面。

一九三五　合久必分之年

盛浩偉

三〇年代以後，臺灣文學步入成熟期，且各項發展都以十分驚人的速度、從四面八方進行著，彷彿之前被長久壓抑而醞釀著能量，在這段時間裡一併迸發。尤為重要的，是許多文學組織陸續成立、各種文藝雜誌也相繼創刊，原先島內各地如孤星般的文學活動，霎時連結成一幅廣袤星圖，更遙相呼應著日本內地所流行的文藝思潮。從《南音》、《福爾摩沙》、《先發部隊》、《第一線》，一直到一九三四年五月召開了第一回臺灣全島文藝大會，會中成立「臺灣文藝聯盟」，幾乎網羅了全臺灣的新文學作家，共有八十餘人不分南北齊聚一堂，而其機關雜誌《臺灣文藝》也於同年十一月發刊，這都可謂這整股能量的最高峰，標誌著創作、評論的開花結果，甚至是一個獨立的文壇主流之浮現——更重要的是，這些文學藝術活動，絕大多數的參與者都是臺灣人。

換句話說，即使是被殖民者，臺灣人依舊努力地在各種束縛底下攫取養分，而總算讓文學藝術紮下了根，並繼續用自己的雙手奮力建設著。

然而，明明前一年還是這種大團結的景況，到了一九三五年，卻旋即又有了變化。

六月，一篇作者署名為「惡龍之助」、刊登在《臺灣新聞》上的文章，猛烈地抨擊「臺灣文藝聯盟」內部存在著階級性和民族性的派系之分，違反了當初聯盟成立的宗旨：「本聯盟聯絡臺灣文藝同志，圖謀相互之親睦，以振興臺灣文藝」。隨後，以楊逵為首的幾位作家，如賴明弘、賴慶、廖毓文等人，也都接連發表文章以示贊同；他們同樣認為文藝聯盟的編務不應集中在張星建、張深切等少數人身上，主張應該打破派系。面對這樣的攻勢，當然，也就會有護航者來替聯盟以及二張辯駁，像是以評論著稱的劉捷，就先後用了四個筆名，分身袒護，一人力戰群雄。這場筆戰之猛烈，令被批評的《臺灣文藝》都不得不在該年七月號的廣告欄底下打圓場：「這次關於文聯的組織以及諸問題，諸同志在臺灣新聞紙上很熱心的互相討論，好雖然好，未免太過火……」文末，還勸作家們以大局為重，遵從聯盟的方針。

也許，這都肇因於這股文藝能量匯集得太過迅速吧。雖然組成了聯盟、看似統整結合，但在底下，作家們各自的想法、路線、出身背景，甚至是創作信仰，卻依舊有著大大小小的對立和矛盾，且可能還要考慮到那些從史料文件中並未記載的文人相輕。本來，應該需要更多時間來溝通、討論，但在那樣迅速的進程底下，誰也無法自顧自地停下腳步，只能被局勢推著走。其實，這場《臺灣新聞》上的筆戰，早在《臺灣文藝》上就可窺得蹤跡，無論在「建設臺灣文學」的議題上，或是「文藝大眾化」的討論裡，都無不可見到相異立場之對決，可以想見這些意見上的不合都埋下了筆戰的伏線；而在筆戰那之後，問題也並未得到解決，最後，楊逵乾脆退出了臺灣文藝聯盟，自己另尋出路，創設臺灣新文學社，並於年底發行了另一本文藝雜誌《臺灣新文學》，頗有抵抗的意圖。

天下合久必分的預言，在這一年的臺灣文學界又再一次地上演。然而，這不是那麼地令人悲傷，因為從後見之明來看，分，並不代表整體發展由盛轉衰，且《臺灣文藝》與《臺灣新文學》的執筆陣容，絕大多數都是重疊的，似乎沒有誰因為這次分裂，而失去舞臺；說是競爭，也是良性的。合久必分，但換個角度想，也就是多出了一條風景不同的路。

一九三六 滾滾黑潮，有蝶飛翔

何敬堯

臺灣在一九三〇年代面臨風起雲湧的局勢，本來以農業為主的經濟體系，開始大幅度轉移至工業發展，臺灣總督府確立「南進政策」。而小林躋造在一九三六年繼任總督之後，也宣示了「皇民化、工業化、南進基地化」的施政方向，固守臺灣原有的農產品生產，另一方面則大量開發工業用品。

儘管受到政治力量的壓迫，報紙上的漢文欄被廢止、漢文書房也被查封，臺灣文化運動卻在此刻開始蓬勃發展，許多知識分子爭相發起社會運動，組織文化社團。例如，臺灣文藝聯盟成立於一九三四年，而楊逵也在一九三五—一九三七年之間發行標榜臺灣意識的《臺灣新文學》期刊。

當歷史的車輪往前不停奔馳時，在一九三六年的春末，則有一位臺灣著名的詩人——楊華——猶如流星殞落。

楊華，出生於一九〇六年，屏東人，原名楊顯達，「楊華」、「器人」為其筆名。楊華才華洋溢，二十六歲即寫下名作〈小詩〉：「人們看不見葉底的花，已被一雙蝴蝶先知道了。」充滿留白的韻味，足見詩歌天賦。

此後，他創作詩歌，皆洋溢人道關懷，力圖控訴社會的不公不義，在一九二七年也曾因為違反治安維持法，被監禁於臺南刑務所。儘管被關，他仍不改其志，在監獄裡洋洋灑灑寫了五十三首詩作，以詩明志，題名《黑潮集》。

在他逝世的一個月前，《臺灣新文學》曾刊登一則啟事：「島上優秀的白話詩人楊華，因過度的詩作及為生活苦鬥病倒在床，楊氏曾依靠私塾教師為生，今收入已斷絕，生活陷入困境，貧病交迫，與妻艱困度日，亟待諸位文學同志捐款救援，以助其元氣。」楊華終究沒有等到支援，因久患肺病，不願連累家人，而選擇懸樑自縊，得年三十歲。

楊華名作《黑潮集》，以臺灣海峽的「黑潮」命名，象徵著臺灣儘管處於洶湧險惡的黑水浪潮，仍要挺立堅定的意志：

黑潮！
掀起浪濤，顛簸氾濫，
搖撼著宇宙。
洶湧的黑潮有時把長堤沖潰。
點滴的流泉有時把磐石滴穿

而另一篇詩作〈女工悲曲〉，則述說著月光下的女工故事：

星稀稀，風絲絲，
淒清的月光照著伊，
搔搔面，拭開目睭，
疑是天光時。
天光時，正是上工時，
莫遲疑，趕緊穿寒衣。
走！走！走！
趕到紡織工廠去。

女工因為被月亮所欺騙，擔心遲到，結果就頂著寒風早起上工。楊華在描述這些女工們的苦況時，也控訴著臺灣在工業發展的階段中，所產生的勞動環境問題。儘管楊華發起不平之鳴，但他仍然對於臺灣的未來發展，有著濃厚的期盼，就如同他在《黑潮集》所說：「只要是新生的火，她便能燃起已死的灰燼。」

一九三七 也許，在六月的那一天

盛浩偉

時間是一九三七年，地點是東京銀座的某間咖啡館。也許，那一天的情況是這樣的——

這一桌坐了兩位男子，其中一位，看起來和整間店裡的其他人差不多，就是個一般的日本男性，但另一位相較之下，外貌就變得顯眼了起來。他的身形瘦小，皮膚黝黑，而年紀，約莫二十五六歲上下。

「劉君，要喝點什麼？」日本男性問。

「啊、啊，我、我要咖……咖啡就好。」他有點口吃，說起話來斷斷續續地。但或許不只是因為口吃，還有些緊張吧。雖然來到東京已經好幾天，但這畢竟是自己憧憬許久的地方，從來也沒想過能來到這裡，而且還是因為得了個文學獎，才有機會到此一遊。

日本男性點完餐後，便往後一靠，放鬆地坐著，隨口一問：「對了，說起來，這是第一次有臺灣出身的作家，登上內地日本的文壇吧？聽說在臺灣的文化界已經造成了不小的轟動呢。」

「該、該怎麼說呢，其實先前、先前……大概是前年吧？也有楊、楊逵先生的〈送報伕〉。去年、去年好像也有……」

「哦，你這樣一說我有印象。好像是叫做呂赫若吧？」

「是、是的，那篇是〈牛車〉。」

「嗯……」日本男性沉吟了一會，「但怎麼說呢，簡單的印象吧。劉君的作品和他們相當不同啊。」「啊、是……」「那種氛圍完全不同哪，寫臺灣小鎮的風情，確實是很有意思。殖民地出身的作家得到我們《改造》雜誌的獎，你是繼韓國的張赫宙之後第二人。而且我記得，這是你的小說處女作？」「是、是的。」「不簡單，不簡單。作為主編，能刊登這種新奇的稿件，也是一種榮幸」「哪、哪裡的話，我才、才覺得榮幸呢……而、而且我真的沒想到、沒想到會和大名鼎鼎的志、志賀直哉先生在同一本雜誌上，還是《暗夜行路》連載的完、完結篇……」

話沒說完，這時，有另外兩位男性走來，和這桌的日本男性打了招呼，彼此開始寒暄了起來。被稱為劉君的男子，不自覺地有些侷促。

「來來來，跟你們兩位介紹一下，這位是這次得到創作佳作獎的龍瑛宗桑，」主編轉身對龍瑛宗說，「劉桑，這兩位和你一樣也是文壇的新人，這位是高見順桑，這位是石川達三桑。」「你好。」「你好。」主編繼續介紹，「石川達三桑也很了不起啊，」他望向石川，「是那個很轟動的第一屆的芥川賞得主呢。」

龍瑛宗在心底驚呼了一聲。雖然來東京這幾天，早已經拜訪過許多當紅的重要作家，也努力和許多人交流，但在這麼大的城市的一間咖啡館裡，隨隨便便都能遇到這樣有份量的文藝界人物，還是讓人不禁感嘆臺灣與日本的差距。

閒聊幾句後，兩人離去。主編回過頭來問龍瑛宗，「對了，劉君，在寫小說之前，你都做些什麼呢？」「我、我，我只是個銀、銀行的小、小職員而已。」「這麼說，是一出手就登上中央文壇？」「是、是啊。從小、從小就對文藝教養很、很有興趣，先前有一些感、感觸，就花了三個半月，寫成小說。」

主編點點頭，「確實不簡單，這機會很難得，多多寫作吧。」

「是、是，謝謝，謝謝。」龍瑛宗忽然在心底做了個決定，等回臺灣以後，一定要把這一個月來在東京的所見所聞給紀錄下來。

——當然，他無法預知到，就在他乘船返臺的那天，會在報紙上看到盧溝橋事變爆發、中日全面開戰的消息；他也無法預知到，因為戰爭，臺灣正式進入皇民化時期，各種文學雜誌也都因而收刊，臺灣新文學的發展迅速跌落谷底，陷入黑暗。

他當然無法預知這些，但他又何必預知呢？再怎麼說，他都已經一圓當時臺灣人作家普遍的夢想，正式進軍日本中央文壇，作品登上全國性的大型綜合雜誌上。龍瑛宗憑著跟文藝界毫無關係的出身，竟圓了許多人的夢。他是第一人。

當然，他是無法預知到，因為時局，因為時代，自己卻也是最後一人了。

一九三八　空白與黑夜

陳允元

一九三八，戰事不只發生在遠方。敵機的炸彈，第一次落在日本統治下的臺灣。

二月二十三日晚，《臺灣日日新報》夕刊刊出一則號外〈臺北、新竹敵機來襲　我戰鬥機即刻擊退〉，消息來源由臺灣軍司令部發布。內容講述，本日上午十一時五分左右，臺北飛行場上空突然出現敵機一、二架，投下炸彈約十枚。「或許是畏懼於我防空設施之完備，儘管是罕有的好天氣，卻自難以從地面辨識敵影的高度投下炸彈，是故炸彈落在距飛行場尚遠的位置，其中幾發命中了臺北市東方松山庄的民家，除造成附近數名女性孩童死傷，並無太大損害」（筆者自譯）。午後一時，數量不明的敵機又現身新竹竹東街，但僅造成少數死傷便為我方戰鬥機擊退。翌晨日刊的第一版，這則消息在大頭條〈三將軍堂堂凱旋，武勳輝煌〉的下方以普通字級的標題重複發布了一次。文末追加了警務局長談話〈臺灣的人心極為安定〉，以及陸軍部新聞班中村中佐談話〈盲爆毫無效果〉兩篇報導。

無論傷亡損害多寡，日本的領土為敵機（此次任務，係由蘇聯航空志願隊以中華民國空軍名義執行）跨海投彈轟炸，這可是頭一遭，不可不謂大事。然而報導的敘事卻刻意輕描淡寫、又洋溢著一種過份昂揚的正向能量，不難察覺，裡頭多少有點不自然的成分；追加的兩則官方樣板談話，想必是為了阻斷耳語的萌生。進入戰時體制的一九三八，臺灣的言論空間已甚為緊縮，這也深深戕害了島內新文學的發展。明明在前一年，文壇素人龍瑛宗（一九一一—一九九九）繼朝鮮人小說家張赫宙之後，以〈植有木瓜樹的小鎮〉獲《改造》小說懸賞佳作，臺灣作家終於真正一遂「進軍中央文壇」之志；但幾乎在同一時間，母國日本與中國間的戰事全面爆發，在官方的政策壓力下，三大官報《臺灣日日新報》、《臺灣新聞》、《臺南新報》（一九三七年四月後改題為《臺灣日報》）及本島人經營的《臺灣新民報》相繼停止漢文欄，楊逵（一九〇六—一九八五）主持的《臺灣新文學》也在此時停刊，惟徐坤泉（一九〇七—一九五四）主編的《風月報》仍能以「茶餘飯後的消遣品，文人墨客的遊戲場」的通俗文學型態存活於戰時之中。

初進入戰時體制的這一段期間，黃得時（一九〇九—一九九九）在〈輓近的臺灣文學運動史〉（一九四二）稱其為「空白期」：「支那事變爆發同時，本島的文學活動也招致暫時的停滯，直到昭和一五年（一九四〇）一月一日的《文藝臺灣》創刊以前的兩年半時間，只有《臺灣新民報》上的新銳中篇小說的企畫之外，沒有文學活動亦沒有文藝雜誌。這兩年半時間可說是臺灣文學運動的一個空白的時期」。（葉石濤譯）而在這之中的最最寂寥的一九三八年，龍瑛宗更稱之為「文學之夜」。無論是文學的空白、或文學的黑夜，臺灣文學史上的一九三八，是荒蕪得幾乎可以直接跳過的一年。二月陸軍特別志願兵令公布、五月國家總動員令實施、十一月建設東亞新秩序之聲明發表，一波波自帝國的中心傳來；而殖民地的文學家，在戰時體制中低調地活動著、觀望著，嗅著空氣中的複雜氣味與紊亂風向。若非故作無事，便是欲言又止。窗外有好多隻眼睛正在監視著。那些人穿著軍靴，來回踱步。

島內文學場域的板塊，也在這樣詭譎的氣壓與光線之中悄悄挪動著。一九三九年九月，西川滿（一九〇八－一九九九）與北原政吉（一九〇八－）糾集中山侑、長崎浩、高橋比呂美、黃得時、楊雲萍、龍瑛宗、楊熾昌、郭水潭、吳新榮等日臺詩人，在臺北明治製菓三樓結成「臺灣詩人協會」，發行詩誌《華麗島》；翌年一月擴充改組為「臺灣文藝家協會」，發行藝文誌《文藝臺灣》。至此，在臺日人作家正式取得了臺灣文壇的主導權。而一度沉寂的臺灣文學界，似乎也開始重新活絡了起來。一九四一年五月，不滿西川滿編輯方針的張文環（一九〇九－一九七八）、中山侑（一九〇九－一九五九）率眾出走，另組啟文社、發刊《台灣文學》。只是，此時的活絡與喧囂，畢竟只能在軍部畫定的容許空間中進行。一旦國家時局需要，一聲令下，只能摸著鼻子被動員、被整編、被奉公。

這麼說來，一九三八的臺灣文學界並非什麼事也沒發生的空白、或單純的黑夜。而是有人刻意把燈關上了。並將黎明的晨光，悄悄換上日章旗的太陽。

一九三九 交錯的視線

盛浩偉

中日戰爭正式開打以來，已逾兩年。情勢確實是日益緊迫了，然而，對身處主戰場之外的人們來說，似乎焦土尚遙在異地，砲響仍只在遠方，距離戰事全面的白熱化，還有最後一點點距離、還能保有最後一點點私人的空間；一九三九年的印象，約莫就是這種即將被捲入風暴之前的寧靜。

而在這瀰漫著異樣寧靜的一年當中，竟碰巧有兩道對倒的文學視線分別投射自日本與臺灣，彼此交錯，望向對方——

二月底，一對男女從日本內地「踏上」——或者也可以說是「回到」——臺灣本島，準備展開為期一個月的旅行。不過，這兩人卻散發出一種奇怪的氛圍，似親非親，若即若離，走在一起，卻有著不同的目的；特別的是，他們抵達臺灣之後，總督府竟以禮遇內地文士為由大方地招待，不僅贈與免費火車票、公車券，各地方的官廳更出借車輛、提供導遊。由此可見，這一定是趟非常舒適的旅行，但在享受過旅程的愉悅，回到內地之後，這看似情侶的兩人卻毅然分離；換句話說，這趟臺灣之旅，其實是一趟分手旅行。他們，到底有什麼來歷？

這位女性，名叫真杉靜枝。她雖然不是灣生，但三歲起就隨家人移居臺灣，在此度過了漫長的青春年歲；二十一歲時，她回到日本，覓得了記者的工作，又因工作結識當時日本名聲響亮的大作家武者小路實篤。真杉靜枝在這樣的因緣之下，不僅之後亦登上了文壇，更與武者小路實篤產生情愫、相戀，成為其婚外情對象，也被媒體報導而廣為世間所知。戀情曝光後，兩人旋即分手，真杉靜枝移居別地，換了間媒體工作；過了幾年，她便結識另一位同樣有著在臺灣成長經驗的男性，進而與之交往。

這位男性，也就是和她一起踏上／回到臺灣的人，中村地平。中村地平是日本九州人，比真杉靜枝小了七八歲。在他要讀高中那年，因為讀到了佐藤春夫以臺灣為題材的小說〈女誡扇綺譚〉，深受吸引，因而特地選擇了臺灣總督府高等學校（今師範大學校總區）進學，此間他也積極汲取文藝養分，練習創作。高中畢業，他遂回到日本就讀東京帝國大學，也依舊努力於文學。不久之後，這份努力得到了當時另一位前輩作家井伏鱒二的賞識，被他收入門下，最終也以短篇小說〈熱帶柳的種子〉登上文壇，開始了作家生涯。由於中村地平的活躍，一時之間，他便與井伏鱒二門下另外兩位活躍的弟子小山祐士、太宰治並列齊名，佔據文壇一方。

即使在日本內地文壇活動，中村地平依舊對臺灣情有獨鍾，不僅作品內充滿了南方的情調和嚮往，也或許是因此才和真杉靜枝交往的。這段感情持續了六年，期間卻頗為顛簸，兩人愛恨交織，並不算順利。也是因此，一九三九年，兩人才協調了這一趟分手旅行，中村地平主要以小說取材為由，真杉靜枝則正巧探望生病的母親。旅程結束，日後，兩人都以此段經驗寫下了不少作品，尤其中村地平以牡丹社事件為題材，寫下了長篇小說《長耳國漂流記》，還甚至感嘆：「這〔按：臺灣〕對陷入停滯低潮的小說家而言，或許意外地是一帖起死回生的妙藥」、「藏有無盡的小說材料」。

另一方面——

臺灣的文學者們，忍耐了一年，終於再也受不了這戰時之下沉悶空白的「文學之夜」，而決定做些什麼努力。

七月四日，在有「臺灣人唯一之言論機關」之稱的《臺灣新民報》第八版上，刊出了一則連載預告：「作為『新銳中篇創作集』的第一篇，翁鬧君的〈港都〉從後天開始，將於本文藝欄開始連載。」——這個「新銳中篇創作集」，便是黃得時希望讓臺灣「暫時萎縮中的文學熱情再度昂揚」而進行的企畫。

有趣的是，上場打頭陣的〈港都〉，卻完完全全看不到臺灣的身影。這篇小說，全以神戶為背景，角色也幾乎都是日本人，內容則只講述了一則在港口討生活的人們的故事。

從今日的眼光，我們或許會很疑惑一個殖民地出身的作家，在那樣的時局底下，怎麼會寫出這樣看似不合時宜的故事？其實，在那則連載預告底下，也刊出了作者的話，翁鬧這樣寫著：「這則故事描寫的是一個著名通商港口在某一個時代裡的人類史斷層。從前，我在當地遊覽，也曾站在那裡的碼頭，那時，我就想著要為這座港口寫些什麼；此後，我再度造訪，想為之寫些什麼的念頭，更愈發強烈。」

只不過是想要為之寫些什麼的念頭，而已。

也許不只翁鬧。中村地平多少也是懷抱著類似的心情吧。

這種念頭，在三九年的遠方烽火映襯之下，彷彿過於純粹、過於天真、過於脫離現實。但也是在那樣的時代裡，這種念頭、這種從心底出發的寫作原點，也在遠方烽火映襯之下，變得更加顯眼。

1940-1949

賴和、楊逵、吳濁流，
三人的大河時代。

一九四〇　天亮前的幻影

何敬堯

一九四〇年，臺灣已歷經日本統治四十五年的歲月，因為接受了西方新文明的洗禮，政治、經濟、文化都有顯著的發展。但是自從一九三七年日軍進攻盧溝橋，引發七七事變之後，臺灣社會也隨著日本軍國主義的膨脹而產生改變，總督府恢復了武官總督的設置，臺灣島被設定為皇軍的支援地，開展了皇民化運動，動員全島人民全力協助日軍。

此時，在一九三〇年代好不容易蓬勃發展起的自由思想、社會運動也面臨停擺。總督府更在一九四〇年倡導「改姓名」，廢除漢姓更改為日本姓名，加強島民的精神統治。

一九四〇年彷彿是一個臨界線，標誌著臺灣殖民體系的極端化。而在這一年，在遙遠的日本，有一位來自臺灣的青年作家，則沒沒病歿於東京，據說是在精神病院逝世，也有傳說是睡在亂七八糟的報紙堆中而凍死。這位在三〇年代曾發表諸多優秀小說，極力探究愛、人性、青春、苦悶、以及自我存在的年輕小說家的猝逝，似乎也反映了三〇年代曾經璀璨而短暫的夢幻時光，就如同黎明前一瞥的流星，只是天亮前的一抹幻影。

這名「幻影般」的小說家名為翁鬧，生平不詳，出生年只能猜測是在一九〇八年前後，據說從小是養子，養父是員林翁家的醫生，但也有說法，翁鬧是一名出生於窮苦的農村子弟。無論事實為何，翁鬧非常在意養子的身分，在他作品中也不斷搜尋著「追尋父母」的主題。

翁鬧的小說，可以略分為兩類。第一類，描述愛情的渴望與戀慕，第二類則是以農村小人物為主角，反映了當時臺灣農村社會的眾生相。

在翁鬧的愛情小說中，讀者可以深深地感受到「新感覺派」的文風。翁鬧在一九三四年赴日留學，受到新感覺派的影響，開始致力追求文學的藝術性，使用象徵技法，剖析人物心理的各種潛意識，展現詩歌般的韻律，如〈音樂鐘〉描述了少男情欲初動的青春，懵懵騷動。而他的名作〈天亮前的戀愛故事〉，則大膽將赤裸裸的情欲寫入小說之中，探討人在戀愛中的義無反顧：

> 想談戀愛。想得都昏頭昏腦了。為了戀愛，決心不惜拋棄身上最後一滴血，最後一片肉。那是因為相信只有戀愛才是能夠完成自己的肉體與精神的唯一軌跡。我不敢說是奇蹟。它正是軌跡。為的是只有它，也就是只有戀愛，才能夠在這個宇宙間畫出我所尋求的某一個點，畫出能在一切條件上使我滿足的唯一的一條線。

至於在農村故事上，翁鬧的〈羅漢腳〉、〈可憐的阿蕊婆〉，則以同情而憐憫的視角，描繪出農村既美麗又諷刺的一面。小說雖然沒有高潮起伏，卻如實呈現農村的苦勞生活，如〈憨伯仔〉：

> 這時，他突然感到禿了的腦頂上掉了一滴冷冷的東西。連忙伸出左手擦了一把，一看，手指頭染得黑黑的。那是蜘蛛絲上附著了煤煙，成了一條條冰柱般垂吊下來的屋頂下，經常有的事。

以詩般的文字，新穎的感官描寫，呈現出世界的華美與荒蕪，是翁鬧一貫的表現手法。也在這具有同理心的文字中，述說了農村的時光流逝與艱辛。雖然接受了日本的新感覺派的文風影響，可是翁鬧始終堅持作品要具備臺灣的特色，說出屬於臺灣的故事與經驗，這也是他的小說充滿魅力之處。

一九四一 臺灣的民俗學雜誌始祖

何敬堯

在一九四〇年代，雖然皇民化運動如火如荼的進行，但這時卻有一些「不太合群」的日籍知識份子，彷彿背道而馳，在轟轟隆隆的戰鼓背景聲中，開展了一系列臺灣風土民俗的研究工作，也奠定了臺灣民俗學的基礎。

他們發行的月刊名為《民俗台灣》，從一九四一年七月推出創刊號，直到一九四五年停刊為止，一共發行了四十三期的雜誌。每一期雜誌大約五十頁左右，發行量大約是兩千冊。

這份臺灣民俗學始祖雜誌，最主要的催生者有四人：池田敏雄、金關丈夫、立石鐵臣、松山虔三。同時，這份雜誌也獲得了許多臺籍文化人的支持，例如陳紹馨、黃得時，共同在報上署名發起，也有許多臺籍作家在雜誌上發表文章，呈現了臺灣族群認同的深化，許多臺籍作家、藝文人士開始注重本土民俗，執筆撰文。雜誌的投稿撰文者來自四面八方，有學界人士、文學家、學校教員、地方仕紳等等，因此文章題材也極其豐富。總括而言，這份月刊廣博地介紹了臺灣各地獨特的民俗風情，包含民間禁忌、神明祭祀、年節歲時、占卜咒術、俗信、禮俗慣習、俚諺、傳說故事、民藝戲曲……等等民俗文化。

對於臺灣民俗學的發展來說，《民俗台灣》有諸多貢獻，例如，以臺語文字來嘗試行文寫作，將民俗研究與方言結合，凸顯在地性。更重要的是，《民俗台灣》保存了大量的民俗資料，議題有廣有深，也會探觸到以往民俗研究未碰觸的主題，例如在民俗法術上，《民俗台灣》首次介紹了淨符、止血符等道家符咒，是這領域最早的開端。

以及，這本雜誌也藉由田調，蒐羅了一些散佚於街談巷說的妖怪故事，例如宮山智淵介紹了「金魅」這種奇異魔物，這種怪物是「代人做工的金魅，吃人的金魅」，傳說是一位被害死的查某嫺死後所變成，只要每年向這種魔物貢獻一名活人給祂吃，祂就會替人工作。除此之外，關於「椅仔姑」、「關三姑」、「落地府」、「聽香」等等奇異的臺灣占卜儀式，在《民俗台灣》中也有許多詳盡介紹。茲列出吳槐在雜誌中介紹的「聽香」儀式：

> 元宵夜，獨自一人在神前燒香問卜。這時，要使兩個竹子或木頭做成新月形的卜具，這種卜具稱為杯筊，簡稱杯，又稱為杯錢。擲杯時，如果一陰一陽，則表示得到神明的認同。這時問者會順著香煙的方向聽到話語，最後再回到神前擲杯確認所聽到的話是否為答案。由於是使用香來行事，故稱此為『聽香』。

另一個值得一提的地方，便是《民俗台灣》獨一無二的插畫、美術設計，是這本雜誌讓讀者愛不釋手的特色。雜誌中的插圖有封面繪畫、小插畫、民俗圖繪、攝影等四類，其中最重要的畫師便是立石鐵臣，他出生於一九〇五的臺北城，是一名「灣生」（出生於臺灣的日本人），他為《民俗台灣》繪製的三十七幅封面、四十多幅臺灣民俗風景版畫，質優量多。

一九四二 我的志願

陳允元

一九四一年十二月第一個日曜日早晨。當混著水花與火光的黑色燃煙，在太平洋中一座名為「珍珠」的軍港翻騰而起，從此，不絕的戰火，便沿著航道在島與島之間迅速蔓延開來。而位處日本國境之最南端的臺灣，也以眾人口中的「不沉的航空母艦」之姿，屹立於日軍南進航道的最前線。

太平洋戰爭爆發後，很快的，時間來到一九四二年。

前一年六月閣議通過的「臺灣志願兵制度」，這一年正式在臺灣施行招募。通過的翌日起，《臺灣日日新報》上幾乎每天都有志願兵相關的報導：各種演講會、座談會在全島各地密集展開，得到臺灣青年熱烈的反應，紛紛發起各種連署志願活動，甚至有人以血書表達希望能被早些採用。特別在一九四二年，加入「志願兵」成為臺灣青年間最熱烈、也是最熱血的話題。儘管是官方的宣傳報導，但也不難想像此時作為南進基地的臺灣全島，瀰漫著濃厚的軍國色彩，包括孩童下課間的遊戲。同年正月《文藝臺灣》刊載的小說〈「尺」的誕生〉，即如此寫道：「附近的日本人宿舍區裡，常可以看到一群彷彿是從玩具店冒出來的小小軍隊，繼之，小

> 學校和公學校的兒童也跟著流行起來，一時，到處都充滿『軍國』的情調，這些赤腳的小兵，每天都在玩打仗遊戲，勇敢地攻擊衝鋒。」（陳曉南譯，下同）

這篇小說的作者是周金波（一九二〇—一九九六）。一九三三年基隆公學校畢業後赴日，入日本大學附屬第三中學；後就讀於日本大學專門部齒科，同時參與東京的小劇場活動。一九四一年三月即將畢業之際，從東京寄稿他的第一篇小說〈水癌〉，發表於西川滿（一九〇八—一九九九）主編的《文藝臺灣》；同年九月，時已返臺的他在同誌發表小說〈志願兵〉，回應閣議甫通過不久的即將在臺灣實施的志願兵制度。這一篇小說，讓周金波入選了一九四二年舉辦的第一回「文藝臺灣賞」，成為一九四〇年代初登文壇的本島人小說家中最被期待的一位；然而也正是這篇小說，讓他在戰後長期背負著「皇民作家」的罵名——儘管他從不為自己辯解。

前面引述的〈「尺」的誕生〉，是周金波的第三篇小說。小說的主角，是就讀於公學校的小男孩吳文雄。他時常在腦中描繪著「皇軍進擊圖」，並自命為「大將軍」，揮動棍子作指揮刀領著他的三名「部將」——「白猴」、「Abura」以及「痰壺」——衝鋒。自命「大將軍」的吳文雄看似意氣昂揚，然而他始終繃緊的纖細神經，卻異常在意著隔壁日本人的「小學校」傳來的聲音、投來的視線。它們如一把銳利而冷峻的尺，硬硬地橫在他那單薄的胸膛、稚幼而又好強的小小心靈裡。

「大將軍」吳文雄並不滿意他的部將們。「Abura」總是慢吞吞，「痰壺」意見太多，而「白猴」被逼到走投無路時，竟模仿電影《火燒紅蓮寺》放起了「劍光」。

隔壁「小學校」的衝鋒，發出的可是爽利的「噠、噠、噠、噠」的機關槍聲呢。

某日上課，老師突然不喊他「Go Bunyu（吳文雄）」了，而是更日本式、更親切的「Fumio」。這讓他興奮得血液都像在倒流。「一定是自己有著與眾不同之處」，他心想。

但這不過是因為班上有另一位同學名字同樣讀作「Go Bunyu」罷了。每次不是兩人一起應聲、就是兩人都不做聲。這讓老師有些困擾。

課後，他與玩伴們到港口看停泊的軍艦。他暗自希望藉由親近士官，讓自己被當成是日本人。但這樣的幻想，在一名「小學校」學生路過之後便破滅了。

對方冷淡的眼神裡，絲毫讀不出那樣的訊息。

小說中還有很多類似的例子。原本意氣昂揚揮動著指揮刀的「大將軍」吳文雄，不斷地往自己的內心裡退縮，在不眠的夜裡重演著白天的矛盾，終於只能站在自己的陰影之中，以那把看不見的尺自我凌遲。父親要他插班「小學校」，他欣喜若狂，卻沒有勇氣；然而回頭一望，「大將軍」的位置竟也被時常與他意見相左的「痰壺」取代了。小說的最後，周金波寫道：「他再也沒有自命大將軍而意氣昂揚的勇氣了，再也不敢模仿了。從那之後，他變成了『旁觀者』，習慣於站在圍牆邊靜靜參觀『小學校』兒童所展開的打仗遊戲。」

在熱血澎湃、積極奮發的戰時氛圍裡，這一篇小說卻相當的內向、自省。望向他人的眼神，最終都變成了他人的眼睛，冷冷地打量著那個永遠不符合標準的、自己似乎也並不那麼認識的自己。

有學者說，小說中的吳文雄長大之後，便會是在〈水癌〉中登場的那位矢志要醫治同胞心病的牙科醫生。但真的是這樣嗎？

如果一九四二年吳文雄已是一位青年，他會毫不猶豫地，和兒時的玩伴一同報名「志願兵」嗎？

一九四三 吃夢的夢獸

楊傑銘

> 作家本來猶如一隻吃夢維生的夢獸，他哪裡知道這個夢獸也需要靠麵包生活，而麵包並非終日做夢就可得到的啊！
>
> ——葉石濤〈府城之星，舊城之月——「陳夫人」及其他〉

綺麗的時間隨著軍隊的步伐整齊西渡，希望與欲望交融成戰爭交響曲，響徹南京城的天空。一九三七年日本對中國全面開戰，南北兩路進擊，強取豪奪一個破碎而苦難的國家，以豢養大和民族的虛榮與驕傲。

大東亞的勳章別在苦悶的臺灣人身上，「志願兵」是一種宣示的姿態，表示對太陽帝國的永遠效忠。從「大東亞文學者大會」到「臺灣決戰文學會議」，文學如何為戰爭奉獻成為討論的核心，但隱隱然的，本島的文學場域裡，西川滿的《文藝臺灣》與張文環的《台灣文學》有著不同的美學風格，以及不可言喻的瑜亮情結。

一九四三年，葉石濤十八歲時，就以〈林君寄來的信〉刊載於西川滿主編的《文藝臺灣》，成為出道時的代表作。正值青春的葉石濤，文字充滿的耽美的風格，與《文藝臺灣》相近。西川滿在拉攏臺灣作家的意圖下，收攏了這一個府城青年，將他納為《文藝臺灣》的編輯群。葉石濤也因為〈林君寄來的信〉及其後的〈春怨〉，成為日治時期臺灣代表作家的最後一人，這樣的身分註定了他今世與臺灣變動的命運相繫，一輩子的文學、文化運動，都為了傳承臺灣文學精神，成為日治時期臺灣文學轉換到戰後的一線香火。

〈林君寄來的信〉描述的是敘述者「我」，代替好友林君（林文顯）探視在龍崎庄的祖父與妹妹（春娘）。這趟旅程也是「我」與春娘的初次見面，同時彼此也因為這一次的相遇有了曖昧的情愫。此次探訪，「我」是代替林君而來，也由於這一層的關係，祖父與春娘對林君的思念，間接的投射到「我」的身上。

小說情節脫離了戰爭的時代背景，用「蕭索」、「蒼涼」等文字，一筆帶過臺灣農村的破敗景象，同時也賦予這樣的景色靜謐與恬適的浪漫想像。葉石濤將自身的生命經歷投射於這一戶農村的人家中，傳統漢文化的家族經歷，與學校的日本、西洋文學教育，都呈現於林氏一家兩代人的身上。

「我」與春娘的感情是本篇小說的敘述重點，在家族長輩有意無意的推波助瀾下，兩人在窗邊所望的遠方，以及思念的林君，共同構築了兩人情感的基石。葉石濤在小說這樣描述兩人的情誼：「恬靜的幸福感春潮般汩汩湧上胸臆」，在大時代的變動中，恍若世外桃源般，將龍崎庄這戶人家的時間，凝結在沒有哀傷的日子。

小說以「我」寫信給林君做結尾，向這位好友、春娘的兄長提出了請求：「春娘小姐使我好喜歡。不太情願地聽從了你的請託，結果卻給我帶來終生的幸福。我會得到一個好伴侶的。文顯啊，我相信，做為她的兄長，你必也絕對贊同我娶她為妻……。」

葉石濤在〈林君寄來的信〉美好的結局中，似乎也透露著他對中學畢業後未來生活的期待。一個化身為夢獸的文藝青年，不會料到時代的演進，隨著日本戰爭的失利，變得無法想像。從夢裡醒來，踏上泥土地，走上臺灣鄉土文學的道路，或許是青年葉石濤，不會明白的一條路。

沒有對錯，一切都只是時代下的選擇而已。

一九四四　求索

楊傑銘

> 人生最苦痛的是夢醒了無路可以走，做夢的人是幸福的；倘沒有看出可走的路，最要緊的是不要去驚醒他。
>
> ——魯迅〈娜拉走後怎樣〉

新時代的新青年，原以為愛是自由的，但卻不知，自由之愛的代價，是一場逃亡的旅程。同姓婚姻是欲望的延伸，生在荊棘盤據的故鄉，如繁花，盛開在泥地上，到頭來夢一場。村落的人際網絡搭建完美的弧線，那名曰宗法的道德戒律，長在村民的眼睛上、長在村民的耳朵上、長在村民的嘴巴上，吐絲再吐絲，化成一張綿密的蜘蛛網，捕捉所有的夢。

青春的狂戀是自我存在的證明，流言蜚語似詛咒，與砲彈一起落在臺灣的城鎮間，也落在中國的土地上。鍾理和為了愛情選擇出走，逃往原鄉中國。那是時代小人物的悲哀，求生如此卑微，也如斯困難。

前往中國生活總有些理由，鍾理和的成長經歷裡早已埋下對中國的嚮往，這讓他的逃離有了方向。畢竟，姓氏是身分的標記，告訴他人、也告訴自己，祖先的名字所在的地方，就是原鄉。

鍾理和在東北任職於「奉天交通株式會社」，擔任自動車的駕駛，與妻子開展私奔後的新生活。在中國生活的日子，才真正認識土地的故事。一九四四年，鍾理和在中日戰爭最熱烈之際，完成了他的代表作〈夾竹桃〉，並於隔年結合其他三篇短篇小說，出版了第一本作品《夾竹桃》，擠身作家的行列。

〈夾竹桃〉一篇是鍾理和在中國的生活體悟，描寫大宅院裡的眾生相，在一團和諧之中，充滿醜陋、吝嗇、自私，各種荒謬的人生劇場。小說以來自南方的青年人——曾思勉的視角出發，於若即若離的位置觀看大宅院所發生的事情：「當他由南方的故鄉來到北京，住到這院裡來的時候，他最先感到的，是這院裡人的街坊間的感情的索漠與冷淡。一家一單位，他們彼此不相聞問，他們這麼孤獨而冷僻地，在過著他們的日子。」

南方與北方的差異，島國與大陸的不同，夾竹桃奮力生長的季節，帶有「醜惡與悲哀的言語所可表現出來的罪惡與悲慘」。在小說中，鍾理和巧妙的製造出三重的故事環節，以老太太的命運為主線，延伸出周遭子女與鄰居的生活樣貌，以及曾思勉做為外地來的人，如何觀看大宅院一切發生的事情。

宅院裡的老太太唯一的家產遭到子女變賣，落魄地獨自住在狹小的廂房裡。至於老太太的女兒當人姨太太、老三慘死留下無以為生的家人、老六婚姻失敗，被捲款而逃，悲劇的家族讓宅第走向破敗。發瘋後的老太太讓鄰居也都不敢靠近，嫌棄這樣帶著霉運的人，出現在他們的跟前。最終老太太搬出了宅院，淪落街上行乞，過著令人感到「憎惡」與「哀傷」的日子。

人生最無奈的事，莫過於努力地想要往上爬，以為放棄一切終能抓住些什麼，但到頭來毫無緣由的遭到命運的擺布，落得一無所有。鍾理和在〈夾竹桃〉中描寫人性的殘酷與生命的卑微，在時代洪流之中的掙扎，是毫無意義的逆流而上。

一幕幕被敲碎的中國夢，是鍾理和在疼痛中獲得的領悟：「原鄉人的血，必須流返原鄉，才會停止沸騰！」曾經愛過的土地，給了他啟示，在離返之間，思索著自我生命中，一切的愛所包含的醜陋。小說文末曾思勉丟給老太太幾枚錢幣，頭也不回的跨越了過去。那是被迫面對的現實，直面內心「感到了一種類似憎惡與哀傷的感情」。那一年他三十歲，育有一子一女。

生命中總也有連舒伯特都無言以對的時候，鍾理和在原鄉求索到愛的真諦。

一九四五 死亡的餘生

陳允元

一九四五年八月十五日正午十二時，昭和天皇之「玉音」，夾雜著宛若窗外的雨聲般、又像深夜一切靜止時扎耳的沙沙雜音，在島嶼、在內陸、在洋上、在雨林，在過分廣袤的大日本帝國的全領地同步放送的時候，有一批臺籍日本兵，正在赤道附近的南洋密林中作戰。將近二十年後，這些自南洋歸來的臺籍日本兵中一位筆名「桓夫」（陳千武，一九二二—二〇一二）的詩人，以仍有些拙稚生硬的「國語」（中文），寫下了詩作〈信鴿〉。詩是這樣開頭的：

> 埋設在南洋／我底死，我忘記帶回來／那裡有椰子樹繁茂的島嶼／蜿蜒的海濱，以及／海上，土人操櫓的獨木舟……／我瞞過土人的懷疑／穿過並列的椰子樹／深入蒼鬱的密林／終於把我底死隱藏在密林的一隅／於是／在第二次激烈的世界大戰中／我悠然地活著

一九四二年，昨年甫自臺中一中畢業的陳千武，在「臺灣特別志願兵制度」下被選為第一期「陸軍特別志願兵」。經過在臺北六張犁、臺南的訓練之後，一九四三年九月，他被派遣至

南洋參加濠北地區的防衛作戰。「玉音放送」時，他正在赤道以南的爪哇島。〈信鴿〉這首詩表現的，便是他在南洋的密林作戰的情境。他預先將「死」隱藏在密林的一隅，因此得以在激烈的戰事中悠然地活著。生與死，並非二分生命的兩個階段，而是在戰場上相偕而行的兩位弟兄，將心跳交給彼此保管，沒有明天。

一九四六年七月，當他離開赤道、自基隆港上陸時，臺灣已經一變。後來的事，大家都已經知道了。在新的「祖國」，臺灣被「光復」了，日本語被禁絕了。二二八事件發生了。殖民地經驗被噤聲了、被仇視了。另一個看似相反、卻又如此相似的殖民體制，在夜霧裡，為這座島嶼帶來一個戰慄的、白色的黎明。

一直到不義的軍閥投降
我回到了祖國
我才想起
我底死，我忘記帶了回來

在〈信鴿〉的後段，陳千武這麼寫著。戰後回到了「祖國」，惟「死」仍埋藏在南洋的密林裡，忘了帶回來。這不能不說是戰爭帶來的創傷。心裡的一部分，始終被拘留在某個極為戰慄的時空當下。這麼多年了，一直沒有人去看他、將他自不斷重複的情境裡保釋出來。一九八〇年，戰爭結束已三十五年，陳千武說：「睡時感到自己還活著，醒時感到自己沒有死去，這種深刻的感覺，一直到今天，有時會再無端地回想起，我也覺得它仍存在我的世界裡。」

但另外一種創傷，是來自戰後的島嶼。當陳千武自南洋歸來，他只帶回來半個自己，與在南洋的自己從此斷了音訊，無法相見。事實上，在換上了新頭腦的哨兵的監控下，那個遠在南洋、曾經作為臺籍日本兵的自己，不免已經被登錄在政治黑名單裡，只能流亡海外，不得返臺。被禁錮在戒嚴之島嶼的「生」，與流亡於南洋密林裡的「死」，在平行的時空裡，以不完整的狀態抱著死亡或餘生各自老去。等待著那早已放出去的信鴿，有一天，能夠帶來彼此的消息。

一九四六　月光光

何敬堯

一九四五年，二次世界大戰結束，日本投降，政權移交國民政府。在這百廢待舉的時代，戰後初期的臺灣社會，一方面整頓舊有的自己，另一方面也嘗試擁抱著新政府的到來。

對於文學家來說，政治處境與語言轉換是一體兩面的問題。在日治時期，語言的使用投射著自我認同，所以賴和才拒絕接受日文，不放棄心中的「公平與正義」，古典文人洪棄生更以消極抵抗，過著半隱居的生活，終生以漢詩文諷刺殖民當局。因此，在戰後初期，臺灣社會所掀起的「學中文」熱潮，便象徵著民族文化身分的追尋。在一九四六年，距離日本結束統治不到半年的時間，用慣日文的呂赫若便嘗試以稚嫩的中文，寫作了四篇中文小說。

呂赫若（一九一四—一九五一），臺中潭子人，本名呂石堆，擔任過公學校教師，在一九三九年曾前往東京學習聲樂與演劇，在一九四二年返臺之後，便擔任《臺灣日日新報》、《興南新聞》的記者。呂赫若最著名的小說如〈牛車〉、〈暴風雨的故事〉、〈女人的命運〉描述著弱勢的農民與婦女命運，在擔任記者的期間，也開始創作與皇民化運動、太平洋戰爭相關的題材，呈現出臺灣既尷尬又矛盾的殖民處境。而在戰後初期創作的四篇中文小說〈故鄉的戰事一——改姓名〉、〈故鄉的戰事二——一個獎〉、〈月光光——光復以前〉、〈冬夜〉，則回顧了日治時期的殖民體驗，以及當時臺灣社會的混亂現況。

以〈月光光——光復以前〉這一篇小說為例，便能清楚讀出語言在政治夾縫中的複雜處境。這篇故事描述在戰爭期間，因為經常有空襲，必須將市區房舍徵作軍事用途，莊玉秋與家人也只能往郊外疏散。好不容易他們找尋到一間適合的租屋，但是房東卻說：「我當鄰長是國語家庭，你們全家在日常生活都說日本話才有資格住這兒。」強硬指定莊玉秋全家人都必須說「國語」（日語），才願意租出房子。不得已之下，莊玉秋只好點頭答應房東。可是最後還是東窗事發，小孩子忘了叮嚀，讓房東聽到他們說臺灣話，可能就會把他們從這唯一的棲身之所趕出去。莊玉秋這時也慢慢反省，身為臺灣人，為什麼不能開口說臺灣話呢？最後結局，他帶領著孩子走出屋外，仰望著天空的明月，不管任何後果，朗聲用臺灣話唱著民謠〈月光光〉：

> 決意了，便笑臉向孩子們喊出來：『來來，和爸爸唱唱吧！』帶了孩子們走下院子去，一輪明月斜在頭頂，披了一身月光一起仰頭合唱：月光光，秀才郎，騎白馬，過南塘。南塘未得過，掠貓來接貨……

就算引人側目，那又如何呢？最重要的是不能迷失自己，也不能捨棄個人的尊嚴，呂赫若在這篇小說留下了引人深思的結局。

一九四七 天猶未亮

楊傑銘

從來沒有人教育我們自由是什麼，我們只被教育如何為自由而犧牲。

——亞歷塞維奇《二手時代》

一九三〇年代的中國，在日本的虎視眈眈下，被迫服下立即見效的藥方。軍國主義與共產主義成了天秤的兩邊，為戰火動亂的迷失人群，指引一個歸屬的方向。青年左眼中的地火世界，是理想年代的烏托邦，野草蔓延無際的大地，人民歌聲歌頌的地方就是天堂。當魯迅魂幻化為一枚胸章，鑲在毛澤東軍服的胸前，未完的戰役早有了贏家。

終戰後的動盪，隨著領土邊界的擴散，越過海峽延伸到彼端。國仇家恨未隨著蔣委員長的以德報怨結束，更深沉的疼痛與復仇潛藏在夢囈，成為中國人面對臺灣的集體症狀。

當戰勝者將自卑戴上傲慢的面具，扮演恐懼吞噬了理性，陌生的彼此就讓懷疑隨著縫隙，掌控了我族對他族的界定。優越者的管制比管理霸道，以發號司令要求他人服膺於自己，以我為尊的統治方式，其實就是戰勝者的驕傲，讓夾縫中的白薯，背負著失語的原罪，不得安寧。

一九四七年的二二八事件，表面上是查緝私菸的突發性暴動，實際上是省籍與官民的複合式衝突。那一觸即發的動亂，在警察、軍隊慘無人道的殺戮，以及貪官汙吏呲牙裂嘴的嘴臉下，造成百姓壓抑許久反彈情緒的勃發，共振成為加倍的憤怒，成為無以消弭的族群鴻溝。

就當在島嶼生活的人們，在標籤的分化中遺忘人性的真誠與和善時，歐坦生以〈鵝仔〉一篇嘗試跳脫身分的疆界，提供他者對我族的跨界同理與想像。歐坦生的〈鵝仔〉於一九四八年發表於范泉所主編的《文藝春秋》雜誌，早在此篇之前，他已在《文藝春秋》發表〈泥坑〉、〈訓導主任〉等多篇小說。

〈泥坑〉敘寫一個貧困的知識青年，奉母之命接受了媒妁的婚約，在一份不得志的工作裡，過著載浮載沉的生活。〈訓導主任〉則描寫學校的訓導主任，因為愛戀女學生，千方百計從學校與學生身上撈錢，只是為了討女學生的歡喜。歐坦生的小說擅長揭示著社會黑暗層面、知識分子的掙扎，以及小人物的悲哀，延續著魯迅人道關懷與精神矛盾掙扎的寫作路線，在戰後初期的上海文壇掀起一股討論風潮。

〈鵝仔〉是歐坦生一九四七年來到臺灣生活後的作品，描寫二二八事件之後臺灣的省籍問題。小說以本省小孩阿通帶著鵝仔誤闖處長官邸為開頭，敘寫處長夫人扣押鵝仔以示懲罰後的一連串災難。阿通一家人因鵝仔被扣留，陷入了緊張的對立關係中。父親要求女兒拿出私房錢幫忙繳交贖金，姐姐不諒解弟弟做錯事，卻要求全家背負這樣的困境。故事的衝突點出現在處長夫人竟私自將鵝仔宰殺宴客，被來探詢鵝仔狀況的阿通發現。阿通因此發瘋似的大鬧處長一家，之後被警察抓起來痛毆，父親與姐姐趕到現場後不但沒有向處長理論是非，反倒唯唯諾諾的低聲道歉。父親與姐姐的態度，讓阿通看到社會的現實，臺灣人在省籍情結下被迫順服於社會體制無以反抗的無奈，被迫接受了這樣的命運。

歐坦生因為臺灣進入白色恐怖的肅殺清算時期，因而開始隱匿身分，轉而以筆名丁樹南在文壇活動，至此之後，鮮少人知道，丁樹南的本名就是那曾經帶有理想主義的青年歐坦生。

一個跨越族群的書寫如何可能，在歐坦生的身上，我們看見理解與關懷，是可以超越族群的界分。

漫長的冬夜必迎來曙光，只是天猶未亮。

一九四八　探問臺灣文學的意義

盛浩偉

一九四八年三月二十八日，星期天的午後的中山堂南星室，許多來自臺灣東西南北各地的本省與外省作家，在此齊聚一堂，舉行茶會，討論文藝創作方面的問題；而不久後，四月四日，又召開了第二次茶會，同樣有許多作家參與，同樣討論了文藝創作的問題，只是，這次作家們討論的主題竟是「如何建立臺灣新文學」。

這兩場茶會，都是由隸屬於臺灣省政府的《臺灣新生報》「橋」副刊所主辦。但是，面對如此景象，若想起一年又一個月之前才發生過的那場歷史悲劇——二二八事件，這似乎是有些弔詭。外省與本省，怎麼會齊聚，甚至似乎要攜手做些什麼呢？

畢竟，二二八的鎮壓結束後，國民黨還展開大規模清鄉行動，有許多懷有異議的文化人因此下獄、枉死；另外，大批懷有左翼理想的青年和知識分子看到國民黨政權這種極權的本質，則轉為支持共產黨，進行地下活動，日後卻也因此受盡壓迫、遭到殺害。

經歷巨大的創傷與政府殘暴的整肅，民間媒體的批判性盡失，本省知識分子也只能放棄言說，採取緘默姿態，成為一種不合作的抗議。人民與政府之間充滿不信任，臺籍本省人與外省人之間的情感上的、文化上的隔閡也都越來越大，而外省人作家對日治時期臺灣人作家奮鬥所累積的文化成果，更是越加地無知，還以為臺灣只是個蠻荒的「文藝的處女地」。

然而，就是在這樣凝滯的文化窘境底下，歌雷（本名史習枚）開始在《臺灣新生報》上主編「橋」副刊。他雖然身為外省人，卻積極促成與本省人之間的交流，試圖消弭歷史創傷帶來的隔閡，同時，因為他懷抱文學必須反映、改造現實的信念，也讓他在日治時期臺灣文學傳統當中找到能夠彼此「橋」接的共通之處。在「橋」副刊上，他一方面介紹當時中國新文學，一方面也邀請臺灣人投稿，並替這些擅長日語卻尚未熟悉中文的作家們翻譯、發表。

而到了一九四八年的二月，就在二二八事件將要滿週年的前夕，曾擔任臺灣省編譯館館長、臺大中文系首位系主任的許壽裳遇害，雖然新聞報導他是被小偷所殺，但許多人皆認為這是國民黨特務所為。無論如何，這件命案並未震懾本省外省文化人，反倒令他們深刻認識到結成統一陣線的必要。三月，楊逵寫了一封信給歌雷，日後這封信也被孫達人翻譯，並以〈如何建立臺灣新文學〉為題，刊登在「橋」副刊上。文中楊逵這樣寫著：「我們目前瀕於飢餓，特別是精神上的飢餓，這就因為臺灣文藝界不哭不叫，陷於死樣的寂靜，如果這樣的狀態再繼續下去，我們除掉死滅之外是沒有第二條路的，為什麼我們一直在沉默著等待死亡。」

發聲，交流，消弭隔閡，互相認識，結成統一陣線，並以文學揭露現實、介入現實、改變現實。或許，就正是這樣的疾呼，讓歌雷下定決心籌備茶會，實際將這些寫作者們團結起來。

在第一次的茶會上，楊逵就說：「為此《橋》這回的對本省作家的優待辦法及這樣的茶會是很好的開端，值得讚揚的。我希望各報副刊都得這樣作，進而各報連繫合作起來，造成全面的發展，這才是建立臺灣新文學的基礎。」

而在第二次的茶會上，楊逵更直言：「光復以來快要三年了，應要重振的臺灣文學界卻還消沉的可憐。……這回《橋》主編歌雷先生給我們聚聚談談的機會，造成文藝工作者合作的機會，再而為本省作家設法翻譯與刪改的便宜，這些辦法都很可能掃除臺灣文藝界消沉之風，希望全省振奮合作，痛痛快快寫出我們的心思與人民的苦悶。」

在二二八及其後的肅殺氛圍底下，這群文化人試圖合作的努力令人動容；可是，本省作家與外省作家之間的認知終究有落差，也因而，在這兩場茶會之後，他們更以「橋」副刊為中心，展開了一連串的「臺灣文學論戰」。相較於外省作家以中國中心文學觀看待臺灣文學的角度，臺灣作家則力陳本土文學傳統、回顧日治時期文學遺產、強調臺灣歷史特殊性。

他們立場不同，意見殊異，論戰也似無明確結論。但儘管不同意見交鋒，不分出身的許多作家都親身參與了這場的討論，開始思索、探問「臺灣文學」的內涵及意義。於是，在這一年多裡，在這短暫的一年多裡——也是在隔年「四六事件」發生致使論戰嘎然而止之前；在歌雷、楊逵、孫達人以及雷石榆、張光直這些活躍於「橋」副刊的作家被一一逮捕之前；在戒嚴令、白色恐怖、反共文藝政策的強烈巨浪席捲而來之前；在國民黨強力封殺、「臺灣文學」面臨漫漫長夜之前——這群人在歷史悲劇的創傷後，在歷史轉折的夾縫中，迸發出耀眼的一瞬之光。

一九四九　天剛亮隨即又陰暗下去

馬翊航

一九四九年四月二日，省立師範學院臺語戲劇社的學生，出版了名為《龍安文藝》的學生刊物。簡潔而醒目的封面，是就讀師院美術系的楊英風所設計。綠色的龍紋吐露著青年們的英豪之氣，回應著時代的風雨與雷響。師院英文系學生蔡德本，有感於終戰後，在日本殖民統治下成長的臺灣青年，失去了以母語表達內心的能力。他在一九四七年八月籌組臺語戲劇社，希望以戲劇的編寫、演出，研究佚失的文雅語句，發揚臺灣文化。響應的師院學生人數幾近三百人。二二八事件的爆發，不過就在半年之前，黯淡的政治氛圍，理想的壓抑，物質環境的緊縮，人心的焦灼與恐慌——青年學生對變革的渴念，讓時代的烏雲裡，透現著微微的光亮。

當時臺灣的校園刊物為數極少，蔡德本並不知道《龍安文藝》出刊四日後，四六事件的爆發，埋藏著他數年後牢獄之災的種子，也未能預知《龍安文藝》將悉數焚毀，埋藏，直到五十四年後，才得以重見天日。

一九四九年一月中旬，透骨的寒風中，臺語戲劇社把曹禺的《日出》，改編成了臺語版本的《天未亮》，在師院的大禮堂演出。蔡德本一年前早已著手《日出》的改寫，為了劇本推廣演出的便利，他縮減演員人數，更動段落，在不換景的前提下，成功地搬演了臺語版本的《日出》。以自己的語言，照見沉淪陰暗的社會，以及可能到來的新生。曹禺說：「腐肉挖去，新的細胞會生起來。我們要有新的血，新的生命。」四六事件後輾轉逃亡的朱實，當時也在《新生報》「橋」副刊說：「我相信，《天未亮》能給我們帶來天亮的希望。」

明亮的新天地卻似乎並未到來，懷抱新語言、新舞臺、新願望誕生的《天未亮》，卻似乎將時針往夜暗之際倒轉了。陳舊的並未完全死滅，幽暗的角落又更幽暗一些。

四六事件後，臺語戲劇社解散。月餘後，臺灣進入漫長的戒嚴。蔡德本數年之後，也因為牽連叛亂案而入獄。信念與肉身，終究成為了多餘之物。

蔡德本在解嚴後寫下帶有自傳成分的《蕃薯仔哀歌》。小說人物蔡佑德在特務的審訊下被迫自白。「自傳」看似從長年的政治禁忌中解放，卻更見證其不透明，不可說。類似的故事從未終止，日出之前是無盡的闃暗。也在這一年，許多人自遠方攜帶著故事，珍寶，傷痕，來到這個島嶼。有些溫暖燭照了他人，有些則以槍彈與牢籠，復凍結了本應發熱的事物。

五十四年之後，《龍安文藝》終於重新出土，重刊在《文學臺灣》。本名史習枚的歌雷，接受學生的邀稿，在《龍安文藝》寫作一篇名為〈森林．清晨．隨筆〉的文章，如今看來，更像是某種預言。那時他住在一個面對臺北公園的小樓房，三月末尾連日不停的雨水，眼目所及的公園風景，盡是「笨綠，潮濕與低沉的心情」，水塘中的水與植物，也凝重得像是一池化不開的重油——這竟是我們的時代？

因此，我常想我應該如何能夠透過這種窘迫而沉重的氣氛的外圍，找到那屬於這島上的真實的「內心」的希望，因為一個健全的靈魂的願望與人民的快愉感，較那些渡海掘金或「逃難」者的熙熙攘攘，更值得令人珍貴。

多年之後，這個島嶼上的人，也仍在尋找真實的內心，健全的靈魂，人民的快愉。正如歌雷在隨筆的結尾寫道：

讓我們解放得像不釘牢在一個題目下的隨筆，我們寫作像森林裡的流水，不停止的流到大洋。

隱沒消聲的森林流水，後來在某日天亮時，還要聚集歌唱。不被釘牢，也不停止。

1950-1959

日治結束，戒嚴時期，反共文學與懷鄉文學興盛。

一九五〇 黑處能有什麼？

林奴霜

一九五〇年十月，剛歷經兩次大手術，截斷了多根肋骨的鍾理和，在日記裡寫下：「這是我的新生！」

時間若允許稍往前倒，一九四七年，二二八當日午後三時，因吐血住進臺大醫院療養的他，剛巧目睹了一具被抬進醫院門口的少年屍體，他在日記裡記錄著，子彈如何貫穿了其左邊的胸乳，左脅出口處拖著一團小肉球，傷口的示現，他形容：「就像一個少女的乳頭」。

這樣帶著各種衝突的描繪，這份強烈的視覺意象，就此存置在後人的眼睛裡，而在六十年後著實驚嚇了另一位青年小說家。小說家在以〈少女的乳頭〉為題的文章裡這樣寫：「我也再一次被鍾理和看似純靜實則火山般難以預料的心靈給嚇了一跳。在直視死亡的殘酷、醜陋之際，竟能湧起那樣一個混雜著美麗與恐怖的比喻。對比整樁事件，一個含著純潔，美的象徵，瞬間就這樣被血與死，給搶奪、挪用了。」（賴香吟，二〇〇六）

在那樣眾人皆捲入的暗色風暴下，鍾理和因病的纏絆，看似被其後更巨大的災厄暫時放過了；然而以為這是個人命運被偶然地、氣息奄奄地折換了，又太過接近對生命輕率的冒犯了。

就算召喚所有人類知識也無法徹底理解的；無人知曉從那之後所導致的，是關於暴力的痕跡、生命的劫奪、無端的取走，恐懼氛圍的無盡延長；語言被用來創造的竟是分別，再不能更自然的表述情感與意志。是真正成了刺的，成了屍的，埋了冤的，也是各式各樣無法略去的「世界與我之間的事」。

一九五〇年，這裡那裡又生出了牆。時間軸度一路從戒嚴體制乃至冷戰架構，三月「戒嚴時期新聞雜誌管理辦法」、六月「戡亂時期檢肅匪諜條例」，嚙噬其他空間的思維模組、殊異的歷史圖景就此生成。

一九四六年已逐步廢除日語、禁止日文版面欄目、禁止日本電影、日本唱片，進行全面的「去日本化」與「中國化」。亦面臨了滯留大陸「附匪」著作的禁絕、報刊辯論文化的剿斷。在各種「臨時」的語境下，建築官方威權的支配與藝文政策的壟斷，綁縛所有被視為「對側事物」的一切。

一九五〇年，確立了文化與政治雙系統的組織動員，一連串宣傳獎懲運作鏈的啟動。「中華文藝獎金委員會」與「中國文藝協會」，在三月與五月先後成立，藉由發表空間的傳播與意識網羅，將「反共抗俄」元素重複組裝和佈署，漫天鋪地覆蓋、集群，隨即而來的是不同徑管的同向化流動。

「非常時期教育綱領實施辦法」讓國語政策強勢推行，幾乎不留緩衝空間，塗消了超出格子線外的敘事方式，將世界拉成同一種音頻。

這些後來被稱為「跨越語言的一代」的創作者，被騰挪為他者、為附屬，被剝蝕了慣以日文構作的語用習性、思考邏輯，以及與記憶夾纏的感性經驗，必須再從已若游絲的生活困境中，轉換一個新的語言以棲身，也重新建構自己的近處與遠方。

理應有所「之間」的，一件件被取消，刨刮起來，宛若種種「誰把土地換掉了」之事。那麼，逐漸陌異的黑處還能有什麼？

一九五〇年六月韓戰爆發，東亞城市一併被吞融於美國的圍堵政策之中。電影藝術或許因商業斡旋與政治交涉而有了比文學較大的容許空間。臺灣重新開放合乎「反共抗俄或反侵略」等主旨的日本電影進口。主演明星三船敏郎、李香蘭之賣座，研究者認為因其「倒轉了中心與邊緣的位置」，與日後臺語電影風潮此消彼長地，成了一種常民生活裡的「替代選擇」。（三澤真美惠，二〇一四）

這一年，導演黑澤明正在拍攝《羅生門》，隔年在威尼斯影展獲獎後，將拉引日本對影片出口的積極策略，其藝術創作也這樣深深影響同代與後代者的知識心靈，當然包括臺灣青年。同年臺灣首部反共電影《噩夢初醒》由農業教育電影公司開拍……

回到一九五〇年十月的鍾理和日記。看似歡慶新生的驚嘆號句子後，再留下一句：「和鳴死了」，四個字就此作結。記下被槍決的家人，竟像當初紀錄二二八少年的傷口般，在字間裡佈具了兩相衝突之事。那留下的傷痕彷彿也就這樣轉移了。

正是這一年，呂赫若（一九一四—一九五一？）亦行蹤不明，聽聞他或許換了模樣躲藏求生，也或許與日後很多人、很多被羅織的罪行般，根本來不及。

即便用盡語言也求索不能。就像意識到自己僥倖便宜的書寫，不過僅是後見之明地，對文學線段的指認與史料檔案的統整罷。「那壓迫記憶的」在其後很長一段時間，並沒有被抬起來。

一九五一 消失的虹

李時雍

那晚的夜色，像刀刻一般的深邃。

他卻再不夠時間任視線徘徊，在紙片上，速筆勾勒事件的原貌。即便這次親身陷入現場。邊抑遏著突如其來的恐怖，仍勉力目視著室裡騷動的線條，罅隙間湧入的警總保安員、倒櫃蒐證的蠻橫手勢、被團團環圍的自己。

死靜的騷亂，可有一瞬，曾疊影了四餘年前他所刻下的畫面，持槍射擊的員警盡是墨黑，刺刀與彈道有如閃電，受迫於下緣前景的民眾，高高揮舉著雙手，身軀卻已軟癱成弧，滿地散落的煙盒，最底處，是一個無名者亡歿之陰翳。他可曾浮現一絲念頭：經過這次，他可以更切近現實地完成又一幕「恐怖的檢查」。

那是一九五一年十二月一日的深夜。版畫家黃榮燦（一九二〇？—一九五二）其時接替了至友朱鳴岡之職，任教於臺灣師範學院藝術系，與此同時，亦指導著臺大自由畫社。時序已轉入一九五〇年代，親歷了二二八、四六事件、戒嚴令頒布、文友雷石榆被捕驅逐出境（一九四九）等連串肅殺的威迫；這一位出生四川重慶，深受魯迅鼓吹「木刻運動」影響，帶有左翼思想中文藝大眾化與新現實主義美學的年輕藝術家，確已不如一九四五年冬天赴抵臺灣之初，戮力執筆為文、創作與推廣木刻思想的活躍。

他已不再像是抵臺次年，便投身參與新創刊的《人民導報》、主編「南虹」藝文欄位，透過大量引介大陸作家作品，猶堅信海峽上能豎立起連繫之虹。或不像一九四六年籌辦「新創造出版社」，黃榮燦在灣生畫家立石鐵臣偕伴下，拜訪曾為《民俗台灣》主編的池田敏雄，接手池田因將受遣返而轉讓的東都書籍（戰後改名東寧書局）；由此透過書店、出版，和同名文藝月刊《新創造》的策畫，嘗試集結民主精神和文藝運動，其中也包括推介、編選德國表現主義版畫家凱綏．珂勒惠支（Kathe Kollwitz）畫集等。一九四七年二月的突發事件，致使他留下了一幅見證蒼白時代的《恐怖的檢查》，以「力軍」之名，發表在上海《文匯報》上，以及，新創造不到兩年的草草結束。

之後，他曾幾度前去紅頭嶼（蘭嶼）寫生，返回時，每借宿位處臺北幸町雷石榆、蔡瑞月住家。他現實主義藝術家的眼睛，引領著他，持續采錄原住民和地方的文化圖像，先後發表了〈紅頭嶼去來〉（一九四九）、〈琉球嶼寫畫記〉（一九四九）等圖稿。

一九五〇年代後的黃榮燦已轉趨沉靜。似乎將專注，全投入與學生素描、木刻、蠟染等技藝的教導。他是很好的老師。

十二月一日隔天早晨，一貫前來課室的教師莫名未至。一位藝術系學生前往第六教職員宿舍察看時，但見身著制服的陌生男子們，闖入搜查著已無教授的房間，隨被喝斥驅離。黃榮燦至此無聲失蹤。沒人敢問起。據聞，許久之後，師範學院美術系學生曾於國防醫學院參與藝術解剖學課程時，赫見老師遺體。

黃榮燦是受曾結識於新創造時期的「吳乃光判亂案」之名而繫獄，當然，也包括他抵臺、身處戰後初期臺灣這幾年投入的現實主義創作、言論著述，並因紅頭嶼的踏查寫生而被羅織以罪名。最終喪生馬場町。他的荒塚，在一九九三年才在六張犁草石間尋得。歿年始終未詳。他暗啞的故事，則要到往後藝術家梅丁衍、日本民間學者橫地剛等人接續的尋蹤調查、書寫勾勒中，於我們才越漸明晰。

一九五一年，繫獄的還有麥浪歌詠隊的臺大學生們，失蹤的，還有匿藏於石碇鹿窟的小說家呂赫若。蔡瑞月自囹圄重獲自由，短暫棲身農安街教舞、其後落腳於中山北路，再見丈夫，已是四十年後。而更多無名者，盡如短瞬的虹影消失其蹤。

原來所有顏色加總起來不是黑，而是比黑、更灼目的白。沒有刀刻、失去了個人木質的紋理，只有禁聲的一色。最後一刻，他這麼想著。狀似無邊無際的白色，籠罩著五〇年代初啟的畫布。

一九五二 南洋來的留學生

詹閔旭

這一年是一九五二年，他立於船首遠眺，揉一揉眼，想看清楚蒼茫大海前方的景色。一九四〇年代，一群臺籍日本兵搭上前往南洋戰場的慢船；相隔不到十年，他和同樣來自南洋的青年循著相反航線，搭乘「四川輪」駛往臺灣基隆。他知道，此行不是作戰，而是為了留學，他不知道的是，此行將揭開日後馬來西亞華人赴臺灣留學波瀾壯闊的扉頁。

他也不知道，踏上臺灣土地的那一刻，他將被賦予新的名字，僑生。一九五一年，臺灣僑委會制訂《華僑學生申請保送來臺升學辦法》，提供獎學金吸引全球華僑學生赴臺留學。僑生銘刻民族情懷，是四海之內中國人齊心反共的聲聲呼喚，如同蔣介石在一九五二年「全球僑務會議」高呼：「今天聚首一堂，是中國復國建國史上為僑胞所寫下的第一頁。」這一群來自南洋的留學生日後在臺灣人殷殷期盼，或異樣眼光打量中，才逐漸明白僑生身分的複雜性。

他撓撓頭，並不是他對中華文化沒有好感，只是多數馬來西亞華人留臺純粹是時代的因緣際會。蔣介石振臂一呼的同一年，馬來亞通過《一九五二年教育法令》規定國民學校只能以英語及馬來語作為教學語言，已預見馬來西亞華文教育悽慘經營的前景。大馬華人青年在家鄉的升學之路受阻，留學歐美所費不貲，最後只好選擇美援挹注下補助交通費、生活費，還免繳學費的臺灣。

他彷彿聽見海浪拍打船身的聲音，這艘四川輪蝕鏽斑斑，彷彿一波大浪襲來就能輕易將船體拆解、打散。他枯坐在自備草蓆上整整一天，飢腸轆轆，吞吐著汙濁的船底空氣。留臺者多半家庭經濟狀況不佳。這一群年輕學子抵達基隆港後，將轉赴臺大、師大等校落腳，入住不怎麼樣的僑生宿舍，吃著菜色千篇一律的學校餐廳。

不過，他聽說臺灣的書店街特別好。一九五〇年代臺灣的反共文學喊得震天嘎響，潘人木反共小說名作《蓮漪表妹》、廖清秀《恩仇血淚記》正是他留臺的一九五二年奪得中國文藝獎金委員會長篇小說獎。國共內戰悲苦聚散離他太遠，反倒是另一抹漸漸湧現的現代主義空氣顯得格外清新。他可以溜到重慶南路、衡陽街一帶翻讀夏濟安的《文學雜誌》、《藍星詩刊》分，如果待更久一點，他可以遇見在武昌街明星咖啡屋騎樓擺書攤的周夢蝶，也會選購一本白先勇、王文興負責的《現代文學》。這一抹現代主義空氣隨著大馬留臺生返鄉，將一併吹向遠方的麻六甲海峽。

他毋寧是喜歡文學、寫作的，儘管他不曉得書寫的意義。如果可以，他會在臺灣待到一九六二年，參與南洋同鄉王潤華、葉曼沙、林綠成立的《星座詩社》，日後一起發行留臺生在臺灣開辦的第一份文學刊物《星座詩刊》。如果可以，他也希望趕得上一九七〇年代末期馬華留臺生在臺灣兩大報文學獎大放異彩的年代，他喜歡投稿，一來賺生活費，二來獲得臺灣作家肯定，真是無上光榮。

他在稿紙上書寫青春歲月的煩惱，異鄉生活的苦悶，愛戀的糾葛纏繞。從南洋的留學生何其多，他們生命最好的年華都在臺灣度過，有些人成為李永平、張貴興，有些名字遭到歷史遺忘，譬如他。記憶與遺忘之間排列成臺灣文學史長河讓人難以忽略不談的在臺馬華文學行伍。

時間悠悠，海鳥低飛，他立於船首遠眺，島的輪廓逐漸清晰，這一趟由島至島的旅程邁向終點。當四川輪靠岸，他拾級而下，才猛然驚覺這已是持續一生的離散航行，再有沒有返家的可能。

一九五三　來到島上的飛馬

鄭芳婷

一九五三年的臺灣，中日戰爭已然結束，中國各省的地方戲劇隨著國民黨政府的撤退腳步一併湧入，在反共抗俄的昂揚高歌中，有了幽微卻徹底的芽變。在這一年，中州豫劇團來到島上，改編成立飛馬豫劇隊，奉撥歸入海軍陸戰隊，隸屬國防部，成為軍方經營的公家劇團。中州豫劇團之最初，乃由豫劇表演藝術家張岫雲與李久濤在一九五〇年於越南富國島與留越國軍所組成，輾轉經過緬甸、越南後來臺，致力於培育藝術新秀，而後更出現如王海玲（一九五二—）等本土豫劇專業表演家，使得豫劇在臺灣官方支持的戲劇種類中，聲勢僅僅次於京劇。

豫劇原稱河南梆子，其唱腔滿富熱情，鏗鏘頓挫、酣暢活潑，易於展現角色的內心情感，因而廣受歡迎。來到島上的豫劇，首先面臨如烏雲般濃密的政治高壓，五〇年代橫亙在兩岸之間的焦慮、壓抑與矛盾心態，使得豫劇中熱血沸騰的戲劇張力，一方面將官方唯一認可的意識形態推至巔峰，另一方面則巧妙地宣洩了近乎幽閉恐懼的集體壓力。肅殺所帶來的噤聲與暗啞，使得作為「戰鬥文藝」陣線的豫劇火花，更顯奇花異草式的燦爛。

「劉大哥講那話理太偏，誰說女子享清閒……有許多女英雄也把功勞建，為國殺敵是代代出英賢，這女子們哪一點不如兒男。」

一九六六年，十四歲正值豆蔻的王海玲，以《花木蘭》參加國軍文藝競賽，從此一炮而紅，故事角色以其女性之身盡孝盡忠的情節，完美呼應時代的要求：既明喻家國論述，又表態中華文化的傳承。隔兩年後，又推出《楊金花》，同樣是救父救國的女性英雄角色，其精彩華美的人物塑造、通俗白話的唱詞以及合乎「光復故土」的核心理念，將原本陷於解編危機的豫劇團，硬是挽救起來，甚至獲得來自官方（蔣經國）的實質金援。豫劇自中國至臺灣的移植與生根，可謂與島上複雜的歷史命運纏繞糾結，其最初發展的每一步，皆銘刻著當時詭譎的政治氛圍與敏感的群體記憶。

王海玲在一九六九年成為歷年最年輕之中國文藝協會戲曲表演獎章得獎人，在她半世紀的表演生涯中，演出豫劇逾百齣，被譽為「豫劇皇后」。在陳芳、嚴立模所編的《臺灣豫劇五十年圖志》中，王海玲絕對是貫徹首尾的一道雅致風景，她珠玉般溫暖渾厚的唱腔，山嵐般細緻柔美的扮相，幾乎縈繞在所有喜愛豫劇的臺灣島民腦海裡，雋永如一。

當政治風向轉變，解嚴之日不遠，反共抗俄的口號逐漸消散在十大建設與經濟起飛的歡騰之聲中，盡忠報國的飛馬豫劇隊終於準備改組，朝向精緻化的路線緩緩前進，而在社會運動風起雲湧的八〇年代裡，在本土化風潮中啟動新一代的新文藝觀眾群。歷經幾十年的轉化與變異，今日的臺灣豫劇，既含納來自中國的古老血統，又夾雜島上因應時代風向而滋長的改造基因，在近年的跨文化洪流中，成為新編文學戲曲陣營的重要方法。臺灣豫劇團於二〇〇〇年推出的《中國公主杜蘭朵》，早已不復五十年前的愛國女英雄，舞臺上柔腸百轉的是角色如花火般炫目的感情與欲望。

一九五三年，一歲的王海玲或許還不曉得，未來她將以文學與戲曲，在這個她所眷愛的島嶼上，唱出一段滿載國族命脈的歷史。

一九五四　全民靈魂清潔運動

顏訥

「除三害！除三害！赤色，黃色，黑色的毒素，不能讓它存在！」

赤色，黃色，黑色，迸出的不是高空花火，詩人說，掩住口鼻，落下來是惑人耳目的毒素。一九五五年二月，紀弦〈除三害歌〉迅速在眾人唇齒間擦響。

早在一九四五年七月二十六日，陳紀瀅就已經將除三害縫進高高舉起反共抗俄的大旗：文藝戰鬥隊伍到我們旗下來！路由我們開，國家要在廢墟中健健康康長起來。

寫字的人被一絡又一絡束進隊伍裡，風一吹，低下的臉如稻桿，摩擦出悉悉窣窣的低響。

一九五四年，《中央日報》上出現神祕的「某文化人士」宣言：國家危難！我們要洗清文藝界溝渠竄流的「赤色的毒，黃色的害，黑色的罪」。一個月後，文協在《聯合報》上發布〈厲行除三害宣言〉，宣告三害將「摧毀全國軍民身心健康」，除病工程刻不容緩。

具有兩種官職，一種作家身分的陳紀瀅把名字塗掉，把頭臉蓋起來，為的是讓一場呼應國民黨官方文藝策略，名為「文化清潔運動」的旋風吹得再遠一點。

風起時，帶風向的不僅僅是陳紀瀅。文清運動初初發動，張道藩就到陳的家裡特別熱心的出謀畫策。「某文化人士」的臉有很多人的輪廓，心頭卻長同樣的刺。

「每個自內地來臺灣的同胞都在盼望早日重返大陸，我們也寧肯回到嚴寒的家鄉，不樂意在溫和的寶島多住。」陳紀瀅寫在一九五一年的信，走一段沒走完的路，是彼時許多人的盼望。

文清是文協第一場大規模的整肅運動，有組織，求戰略，要動員，講成效。被共產黨宣傳戰略鬥掉了陸地與民心後，文藝鬥爭失敗還是國民黨的痛與難。

兩個山頭唱歌，卻不約而同哼成了相似的曲調。一九四九年毛澤東在延安文藝座談會上掀動黃土地的講話，把文藝鑄成鎖緊人民與政府的螺絲。蔣介石則在一九五三年接過扳手，寫下《民生主義育樂兩篇補述》，日常生活方方面面蔣總統都替你著想。

愛清潔，有禮貌，我們是反共復國的好國民。

於是，思想改造有了紮實的身體感，從頭到腳教你怎麼作公民。文藝可以是健身器材，體育則陪你鍛鍊精神。

土地暫時丟了，可長長的民族史務必刻寫在島上。復國大業的地基怎麼蓋？失去的空間能用時間換取嗎？

時間當然是關鍵，每場成功的運動都必須是接力賽。「文化清潔運動」不是開天闢地的一撇，此前，三種色塊已經鋪在那裡。陳紀瀅從《民生主義育樂兩篇補述》中揀出「赤色、黃色」兩種毒害，又從一九四二年張道藩寫成的〈我們所需要的文藝政策〉中剝取「黑色的罪」，塗成新生的巨人身體，降生於一九五四年。

而巨人的腦殼早在一九二八年就造好了，填裝國民黨慣常使用的語彙：「民族主義」、「反共」與「建國」。三位一體，畫地為界。

誰擁有修辭，誰就有踩踏的腳。神降臨，魔附體；必得看見髒汙，清潔才顯得神聖。形容詞決定誰該萬世留芳誰該一舉殲滅。赤色宣傳品是髒的，黃色淫穢書刊是髒的，黑色是最寬容的顏色，階級挑撥，悲觀色彩，黑幕新聞，迷信怪誕，所有灰色都能是黑色而它們都是髒的。

文清運動完成了一套衛生的修辭。

十種有顏色的刊物被罰停刊。

名單還長，反共小說也在列，反還要反的乾淨。孫陵《大風雪》。司馬桑敦《野馬傳》。穆穆《大動亂》……一九五四年查禁九十八種。一九五五年查禁六十四種……。

少女山魯佐德靠著變造故事度過一千零一夜。故事把時間拖長，少女把自己生成故事之母。然而，五〇年代是山魯佐德也束手無策的年代，故事的形狀只有一種，每說一個故事，都可能把自己拖回更深更暗的夜色裡。

「不演，不畫，不刻，

不跟那些敗類來往……」

一九五四年七月以後，清潔工程風風火火掃蕩起來，短短一個月，兩百萬個人簽名，三百多個單位響應。再久之後，紀弦的歌還唱，整個自由中國的健康身體，都還甩動手臂向建國大夢邁進。

刷去所有髒汙以後，白色才露了出來。有人說白色是恐怖的，白色是沒有顏色的顏色，白色是所有顏色的總和。

一九五五　成為細流

蕭鈞毅

一九五四年，在《文藝月報》的創刊詞上，主編虞君質明白了當地寫下了，三點延伸自蔣介石《民生主義育樂兩篇補述》，對「戰鬥文藝」的呼應：

「一，要求作家們整理並發揚中國文藝上的寶貴資產；二，要求作家們把反共抗俄的題材，滲透到一切生活的領域之內；三，要求作家們在情感上團結起來，相互砥礪完美的品格，作為時代精神的領導。」

當官方的文藝意識形態控制日強，關於文學「寫與不寫」的難題，即變成了「（能）寫與不（能）寫」的書寫危機。

到了一九五五年，再沒有視而不見的空間了——蔣中正直接「指示」戰鬥文藝的重要性——而作為推動官方文藝意識形態的組織，一九五〇年由張道藩等人創設的「中華文藝獎金委員會」，更每年以鄉愁、反共等大方向為評選標準，獎掖各種文類的作品。

漸漸地，一批又一批新的名字，如劉心皇、施翠峰、陳紀瀅、蘇雪林、尹雪曼、端人方、潘人木等作家，隨著當時官方文藝的導向，浮現而出。

在戰鬥文藝的號召下，反共文藝構築出一道以呼喊為前提，有限的寫實性作為背景的書寫範式。由反共的大纛所引導的文學，可以說是變相地鼓勵「寫實」，但那「只可以」是另一岸大陸上的實，而非當下土地上的現實。

而從日治時期延續而來的，在曾經有過的「臺灣新文學」理念下書寫的作家們，一面掙扎於跨語的艱辛，另一面則陷入寫作的危境：當他們曾經受過的文學教養、訓練、以及美學的理念，在當下的時局已不再重要，他們的文學生命又能走向何處？

——他們益發地沉默了。

受難於戒嚴體制下的重重語言箝制，沉默並不意味著不寫，而是有了其他種和現實妥協的方式，他們必須學得如何轉型：書面語言上的轉型、文學語言上的轉型，以及最核心的——文學理念的轉型。

日治時期新文學的作家當然懂「何為寫實」。但此刻，一九五五年的當下，有人還在獄中，有人還在重新學習「國語」，有人仍在貧困中想盡辦法活下去，這些對他們而言的現實，卻諷刺地不再被允許書寫。

「寫實主義」這個從二十世紀前後，深刻影響了東亞，也是東亞各國接受歐洲構成「小說」這個文類的前置理解。到了一九五五的臺灣，無論從日治以降的作家，或是自一九四九後來臺的文人，都只能是有限度的寫實。

而這兩個不同的文學傳統，因戰後、冷戰、國家等更高「層級」的控制，被迫進入再次分配資源與理念的階段：一個新的、相互衝突並互有掩蓋的文學場域漸漸出現。

當有個「什麼能寫」與「什麼不能寫」檢測標準時，原本的文學問題，便被迫「升格」為實質的政治問題。

還記得，一九三四年因〈送報伕〉一文進入日本主流文壇的楊逵，以及一九三七年，因〈植有木瓜樹的小鎮〉獲選日本《改造》雜誌佳作的龍瑛宗，他們因身為臺籍卻能獲獎而受矚目，但到了一九五五年，邱永漢於日本《大眾文藝》八月至十一月號，刊載了〈香港〉一篇小說，獲得第三十四屆直木賞——卻很少人還能夠記得，邱永漢除了是《財訊》雜誌的創辦人、成功的商人以外，他還有過對文學的理念，以及身為小說家的生涯。

同時，也有過於一九五五年同年創辦「臺灣省婦女寫作協會」，後改名為「中國婦女寫作協會」；在官方文藝的領導下，婦女寫作無可避免也得和清潔、戰鬥、反共沾上邊，但這並不能阻卻女性作家的文學理想，如孟瑤在一九五〇年即以一篇〈弱者，你的名字是女人？〉引發熱議，而該協會陸續入會的女作家如鍾梅音、潘人木、張秀亞、郭漱菡等人，也各自由不同文類與題材，反省與書寫女人的處境。

這兩個案例，一個是原有的文學傳統與資源都宣告失效後，過往的理念都成幻夢，在「戰鬥」之下，即使不願，也被迫經過一段沉默，才能再有機會書寫；另一個，是還有資源與「戰鬥」協商的，不安於室，不滿足於文學僅能服務官方的現狀，還能有所突破。

即使國策與時局，民族主義與大一統的理念，凌駕於文學之上的這些，在惶惶的年代發揮著它們隱沒於人心背後的影響力，有意地將當時的文人重塑為同一傾向，有著同樣臉孔的人們。

但仍有努力折衝與妥協，掙脫相同的鑄模，在緊繃的文藝政策中找到文學可能性的作家們——他／她們只是暫時成為細流，等待後來的讀者，再重新聽見他們自歷史的山坡上，隨著四季豐涸不同，滔滔而下的聲音。

一九五六　黃荷生和他的弟弟

蔡林縉

時序來到蘇美冷戰下的一九五六年。那年十月的中歐，史達林銅像在布達佩斯的廣場倒下，這場以學生運動起始的匈牙利革命最後以蘇聯的軍事鎮壓告終。視線拉回亞洲，中華人民共和國在一九五五年「全國文字改革會議」明定「北京官話」為「普通話」，隔年頒布《關於推廣普通話的指示》，全面推行「普通話」。毛澤東進一步提出「雙百方針」：倡議文學藝術和學術的百花齊放、百家爭鳴。不過，「大鳴大放」隨之而來的卻是引蛇出洞的反右運動。

海峽另一端，國民黨領導下的臺灣於一九五四年與美國簽訂「中美共同防禦條約」後被正式納入冷戰結構的佈署，鞏固了戰鬥文藝和反共文學的書寫基調。然而，一九五六年也是臺灣電影的關鍵轉折。《薛平貴與王寶釧》的成功帶起了臺語片製作的蓬勃發展和商業放映的熱潮，與當時的國語運動以及戰鬥文藝路線為主導的電影製作形成平行對照。

在那個冷戰對峙的壓抑氛圍裡，詩，卻在這塊島嶼上開出綺麗絢爛的花朵。紀弦發起的《現代詩》季刊於一九五三年創刊，接著是覃子豪、鐘鼎文、余光中等人以沙龍形式所組的藍星詩社，以及「創世紀鐵三角」張默、洛夫、瘂弦主編的《創世紀》詩刊。正是那樣一個禁錮肅殺的時代，也是詩藝能量爆發的時代，一位成功中學的少年，以唯一一本詩集在臺灣現代詩史上寫下了一個不能忽視的名字——黃荷生。

本名黃根福的黃荷生，一九三八年出生於臺北萬華。一九五六年一月，就讀高中的他在美術老師紀弦的號召下成為第一批「現代派」成員，同年十一月自費出版《觸覺生活》，旋即迎來令人費解、不知所云，諸如此類的評論，隨後便湮沒在紀弦「現代派六大信條」所觸發一連串關於現代詩語言論戰的硝煙之中。紀弦當時備受爭議的「新詩乃橫的移植，而非縱的繼承」，今日看來似乎並不離經叛道，各方交鋒亦存在折衷迴旋的空間（比方深受古典中文薰陶的鄭愁予就曾自況他的詩幾乎都符合現代派的六大主張）。如論者已然點出的，紀弦和現代派諸多層面上其實「縱的」繼承了一九三〇年代臺灣經由日本翻譯的現代主義（楊熾昌為首的風車詩社），以及中國以上海文壇為中心的現代派（包含象徵主義和新感覺派）。

在此背景下，黃荷生的可貴之處便在於他以詩語言的實驗和探索，深化甚至拓展了紀弦宣言式信條的縫隙和未竟之處。最被詩評家關注的「門的觸覺」系列，以數理語彙和辯證句式重新「觸碰」新感覺派對於感官的探測摸索。開篇〈門被開啟〉那瞬間的凝鍊逼視與語言微分，電影式的特寫聚焦輔以知性的抽象剖析，將視覺現代性和啟蒙現代性兩條軸線緊密結合；而〈現代〉則通過一「剛剛浴罷」之「思凡的尼姑」如此靈動古典光暈的造型向我們揭示「何謂現代」。

進一步說，整本《觸覺生活》看似曖昧抽象的詩句，背後彷彿存在著如〈門的觸覺（一）〉所透露的「那些問句」、「否定的片語」為軸線相連貫串。例如，〈位置問題〉系列中藉一連串假設性句法（「如果是……」、「要是……」）對「自然」、「罪惡」等概念提出叩問，卻馬上翻轉前面預設的邏輯：「我只是個裂折的向量／如果是你否定」；「要是有我／這世界／將屬於你們」。又如〈復活（三）〉開頭說道：「我深深／懷疑／一個觀念的宇宙」，並將「我」定錨為宇宙中的一個「位置」、「存在」、「聲音」，卻又在結尾對這樣的自我再次推翻：「我祇是那聲音／而我——深深懷疑」。似乎只有透過這般曲折反覆的質問拆解，才足以逼現「復活」的瞬間。〈復活（四）〉：「在遙想的霧裡／有一個男子——／終將誕生」。

這樣帶有懷疑論色彩、辯證式的解構並再度建構，並非全然源自幽冥的抽象界域，而是以詩人對哲學純粹熱情的心靈為基礎。黃荷生回憶當時的自己「曾經廣泛的閱讀一些有關文學與哲學的書籍……，整天浸淫在詩的領域之中，即使是在教室上課，有時腦子裡想的也是詩」。他還出版過一本《西洋哲學家的智慧》（一九七〇），摘錄了從蘇格拉底以降共二十多位哲人的吉光片羽，從他精挑細選的字句中推敲，似能窺探出些許接近詩人詩語言的線索。前言引述存在主義哲學家雅斯培（Karl Theodor Jaspers）的話語：「哲學應該是『人』的工作。」這大概是詩人乍看剛硬知性的詩句，最溫厚的抒情底蘊。

《觸覺生活》問世後黃荷生曾接手《現代詩》編務，兩年間陸續將詩作發表於香港《文藝新潮》，亦曾加入「笠詩社」。政大畢業後投入出版業，「離開了詩的王國」。詩人描述，《觸覺生活》是「在某一未知的方位（並沒有方向）所分離出來的，我之投影的某一部份罷了」。這個短暫的投影卻在詩的版圖上留下難以磨滅的痕跡，猶如〈未來和我（一）〉中（彷彿是黃荷生詩所分生出）的弟弟，在一九五六年，以空前絕後的姿態，指向一個不斷變動的，「比例和比例的，宇宙的新擴拓」——臺灣現代詩語言的「未來」。

一九五七　那麼遠，那麼近，鍾理和與他的文友們

馬翊航

民國四十六年八月二十日，溽熱的美濃尖山盛夏。鍾理和將他的〈竹頭庄〉手稿裝進信封袋，仔細彌封。工整字跡寫著「宜蘭縣頭城鎮城南里和平街七十八號　李榮春　親啟」。

像接力賽一樣，李榮春會將閱畢的手稿寄給臺北杭州南路的陳火泉，接下來是齊東街的施翠峰、汐止的廖清秀、新竹的許炳成、苗栗的楊紫江、龍潭的鍾肇政。先前在《文友通訊》上，輪閱評論的作品已經有鍾肇政的〈過定後〉，陳火泉的〈溫柔的反抗〉，廖清秀的《恩仇血淚記》，各有其精彩。

他有點好奇，自己的〈竹頭庄〉，又會收到什麼樣的評價？

他與文友素未謀面，所謂通訊，也都由熱心發起的鍾肇政一手包辦。文友們輪閱作品，回函寫上閱後心得，生活近況。鍾肇政彙整後鋼版油印，再分頭寄發給文友。繁瑣費時的工作，在行動與念想的支撐下，竟也來到了第六次。《文友通訊》一開始，難免也有干犯政治的恐懼與忌諱。謹慎的施翠峰，認為「應以互相聯絡為主，其他計畫尚屬其次……」不過鍾理和也說，「祇要我們立場清楚，不干涉政治時勢，則有何干犯可言。」

這是他們的群組訊息，而且有讀必回。至今二十年的寫作路，鍾理和總覺得冷清孤單，《文友通訊》給了他不少鼓舞。

尤其在這並不容易的一年。

兩個月前，強颱佛琴尼由臺灣南端沿東部海岸向北移動，雖未登陸，美濃地區卻遭風雨重創。山石崩塌，土堤潰裂，農舍水毀。惡水將田地漫成沒有邊際的黑暗，許多美濃人在驚惶或睡夢中離開了人間。

十年前染上的肺病，至今纏繞著鍾理和。看似復原，又留餘絲，寄出〈竹頭庄〉的那天下午，竟又咳出一些血痰。八月底，臺北施翠峰住處，將舉行文友們的第一次聚會。鍾理和早早聯繫了鍾肇政，告知他因位處偏遠，未能北上與會。大家或都理解，生活的艱難遠比南北距離更漫長，更沉重。

九月份的《文友通訊》，鍾肇政生動地描繪了這次聚會的光景。「戴一付近視眼鏡，頭頂半禿，予人的印象是端莊凝重」，那是陳火泉。寡默但始終微笑著，宴席未半就醉倒的，是李榮春。身材魁梧，眼光炯炯的是施翠峰。廖清秀年紀尚輕，但彬彬文質，精明幹練。許炳成一如其筆名文心，言動文雅，充滿詩意。自謙不善辭令的鍾肇政，沉醉在這份難得的感動中——

鍾理和看著鍾肇政的文字，想像那些陌生，似又親密的面容。纏綿病榻的母親，卻在幾天後離開了人間。

訃聞，宰豬，孝子禮，路祭，分手尾，焚冥錢。時晴時雨，繁瑣的葬儀像意圖使人失去哀傷的空暇。四七之忌後幾天，鍾理和收到了十月的《文友通訊》。啊，是〈竹頭庄〉的評語。土地的焦旱與渴望，離別與戰亂予人的衰毀，憂鬱，或打動了文友們的心。他們說，「淡漠中有種憂愁的友愛……遊子的靈魂流露在作品裡……令人感受一種莫名的哀愁……。」

十月十一日，明朗的晴天。鍾理和日記寫著：

〈竹頭庄〉在各文友間獲得如此好評，是我意料之外的事。寄來奠儀的文友，計有廖清秀、陳火泉、施翠峰、鍾肇政、許炳成、許山木六位。這很使我感到特別。

原來人們交友是必須如此認真，如此慎重的。這和我的想像有點二樣。也許這是對的吧。

當然，這樣的交友還持續下去。《文友通訊》在一年後終止了，三年後鍾理和永遠離開了美濃，與他的文友們。他生前從未見過自己的作品在這塊土地上出版。鍾肇政從未在這塊土地上見過鍾理和——但這並不意味隔絕與沉默。

情感與聲音被延續下來，通訊到我們的手中。如旱田蒙受的微雨，惡水後土地的癒傷。像他《笠山農場》裡，跳動閃爍，竹叢篩落至勞動藍衫上的日影。

那麼遠，又那麼近。

一九五八　我們的朋友胡適之

顏訥

下飛機前，胡適下意識清了清喉嚨，咳咳咳，好不容易挺過去年年初的胃潰瘍手術，避過傳聞帶頭組反對黨的風波，他感到異常疲累，還不確定自己能否負擔從降落開始便註定沒有空白的行程。

事實上，在一眼即瞬間的冷戰局勢下，這幾年胡適海外宣講行程也從未空白。他講民主自由，談啟蒙運動與科學革命，論中國文化的繼承與創變，向各國解釋自由中國是縫合東亞版塊的重要鈕扣。海的這一端，《聯合報》、《中央日報》幾乎零時差追蹤胡適的「反共」動向，全臺灣的目光都落在他身上，毫無疑問成了自由中國在國際局勢中聲音響亮的代言人。

中共早就高高喊起「清算胡適主義」口號，留在中國的次子公開列舉他的罪狀，包含「美帝國主義走狗」。

另一頭，臺灣島上，「自由中國」除了作為「鐵幕共匪」的反義詞，因為一本與之同名的雜誌，也逐漸成了反叛威權統治的形容詞。

中國如何能真正自由？從誰的手中爭取？一九四九年隨著國民政府來臺的自由主義知識分

子，眼見統治者在言論控管上縮緊了拳頭，開始有了掙扎與懷疑。

當然，日本戰敗後，中華民國政府帶著憲法、軍隊、組織與宏大的文化傳統覆蓋上來。彼時，「臺灣」的輪廓還沒被清楚描繪，隨時能被擦淡，隨時能被改寫。

關於宏大的中國文化傳統，曾經在新文化運動打破它的胡適，發展出一套系統性的解釋。一九二三年旅英演講上，他第一次使用〈中國的文藝復興〉（The Chinese Renaissance）為題，用西方「文藝復興」的精神重新詮釋中國文化運動，把線索從「五四運動」上拉至宋明以來學術演變。接著，一九三一年，杭州太平洋國際學會；一九三五年，香港大學榮譽博士頒獎；一九五六年，加里福尼亞大學；以「中國文藝復興」為題的海外演講中，胡適把中國文化史上理性面對傳統，同時解放個人於傳統束縛的運動戰線理開，解放就在傳統裡，在破壞然後重建的工程裡。而這一次，一九五八年，他除了返臺接受總統任命的中研院院長，並決心定居南港之外，也將在臺北「中國文藝協會」第一次用中文講述這個他思量已久的問題。

大家都喊他「中國文藝復興之父」。

胡適望向窗外，又清了喉嚨，想起一九五二年降落在臺灣機場，那年聲帶支撐不住密集演講與應酬而發炎。接機的是蔣經國、錢思亮、雷震等大陣仗，幾日後蔣介石、陳誠設宴招待，報紙上又重新開始流行林語堂在《語絲》裡嘲笑過的作文比賽，題目是「我的朋友胡適之」。所有人彷彿都與他熟識，所有單位都爭取他來演講，在北一女中禮堂被女學生團團圍住索取簽名的八卦，也馬上就盤據了新聞版面。

符號化之後，每個人都有屬於自己的胡適版本。

他自己的版本呢？十一月二十八日《自由中國》創刊三週年茶會上，胡適忍住疼痛，整整說了二十分鐘的話，強調民主政治建立在合法批評政府之上，並在喉頭徹底沙啞前再次說明辭去發行人的決心。

事情此前其實就已觸發。一九五一年，《自由中國》刊了〈政府不可誘民入罪〉抨擊蔣政府，下一期又登了〈再論經濟管制的措施〉頗有賠罪意味的文章，胡適雖然人在美國，卻已經遠遠嗅到臺灣言論自由緊縮，寫信辭去發行人。這一年回臺，除了朱光漢與李博愛匿名攻擊的《胡適與國運》小冊，引動行政院、保安司令部與警務處徹查，掀起出版法與言論自由爭論的風波，還沒有人質疑他願意為了自由付出什麼代價。他在「中國文藝協會」將「新文化運動」正式定名為「中國文藝復興運動」，「自由」仍是他的核心關懷，要求作家延續「人」的文學精神，不受政府指導；又稱讚傅斯年、羅家倫、顧頡剛等人創辦的《新潮》比《新青年》更成熟。談起文學的反叛，胡適眼中有光，然而，對於運動中傳統破壞者的形象，胡適這幾年又從傳統中找回了施力點：白話文學不是他與陳獨秀獨創，而是傳統民間語言發展千百年的文化遺產。

巍峨中國傳統在中共政權下倒塌，又在臺灣島上長起來，成為自由中國的招牌。

自由建立在破壞還是復興上？一九一九年到一九五八年，時間拉開了詮釋的空間。然而，一九五七年殷海光在《自由中國》上發表〈反攻大陸問題〉，被視為煽動「兩個中國」後，自由主義者無論在時間與空間上都逐漸失去猶豫的機會。胡適踏下飛機以後，爭取自由的態度與立場，在《自由中國》社論與蔣政權逐漸升溫的衝突中，也顯得曖昧。一九五八年《自由中國》餐會，他的嗓子不再沙啞，響響地提出政治主張：雖然雷震是條好漢，但他反對碰觸「反攻大陸」招牌，反對「反對黨是解決一切問題關鍵之所在」。

那一刻，他也許沒能準確預測，一九六〇年雷震被捕，被迫交出十年的自由。或者，聶華苓在《三生三世》裡回憶起這段往事，對他在關鍵時刻的「鄉愿」還帶著埋怨。又或者，八月二十三日黃昏，中共砲擊金門，第二次臺海危機火熱上線，抨擊國民黨反攻大陸政策的輿論，正從遙遠的美國大陸發射。

一九五八年是這樣替自己收尾的：日頭壓近海面，黑夜正要仰起它素淨的臉，從廈門啟程的六萬顆砲彈轟轟地落入了臺灣海峽，爬上金門小島，迅速咬開原本鎖緊日夜、海陸、國共的界線。金門島昏暗而缺氧的地道裡，詩人洛夫披上軍裝，一個字一個字從死亡裡鑿出詩句。

我的面容展開如一株樹，樹在火中成長
一切靜止，唯眸子在眼瞼後面移動
移向許多人都怕談及的方向。

而我確是那株被鋸斷的苦梨
在年輪上，你仍可聽清楚風聲，蟬聲（洛夫〈石室之死亡〉）

對於爭取自由，冷戰中張開的恐懼，與各自在未來將付出的代價，一九五八年，每個人都可能是一株焚燒的苦梨，在火光中寫下了不同的選擇。

一九五九 舊書攤和咖啡館

蔡林縉

一九一七年的俄羅斯，第一次世界大戰的烽煙尚未散去，屹立百年的羅曼諾夫王朝終抵不過時代的巨浪，在同一年歷經兩次革命後退出歷史舞臺，由列寧所領導的布爾什維克黨取得政權。隔年，末代沙皇尼古拉二世家族遭到布爾什維克軍隊處決，時任皇家侍衛團長的艾斯尼（George Elsner）成為殺戮中的倖存者。他先是流落哈爾濱，然後輾轉來到當時為法租界的上海。一九四九年，與幾個同鄉一同隨國民黨政府來臺，因緣際會與年僅十八歲的建中畢業生簡錦錐相識。同年十月三十日，一間俄式西點咖啡廳ASTORIA在臺北武昌街城隍廟對面開張。另一個更廣為人知的名字，明星咖啡館。

鏡頭轉至一九二一年中國河南省淅川縣。一戶周姓人家剛在農曆新年前夕迎來一男孩。周家父親不久前因病去世，母親孤身一人教養兩個姐姐和這新生的兒子。男孩名叫周起述，從小因傳統的私塾教育熟稔《詩經》、《千家詩》等古典詩文，更遨遊於《紅樓夢》、《聊齋》所構築的大觀園，直到十九歲才正式入小學。初中畢業後他先後進入河南省開封師範和宛西鄉村師範就讀，卻因國共內戰而被迫肄業。一心想完成學業的他拜別家人前往湖北漢口，卻陰錯陽差在武昌加入「青年軍二〇六師補充團」，並隨之由臺灣基隆登陸，再南下鳳山。自小體弱且嗜書如命的他不耐紀律嚴謹的軍旅生活，七年後於左營解甲又漂流至臺北，以一塊布巾和四處蒐羅的舊書開始他的舊書攤生涯。最後，落腳於另一個武昌，ASTORIA騎樓一隅，和他另一個身分，詩人周夢蝶。

於是，兩道迂迴的流浪路徑，不約而同來到臺北武昌街相遇生根。那一年，一九五九年。

小小的舊書攤，飄浮咖啡與西點甜香，ASTORIA儼然成了文人墨客和書籍雜誌交流的集散中心。白先勇回憶，《現代文學》賣不出去的舊雜誌，他們便「一包包提到武昌街，讓周夢蝶掛在孤獨國的寶座上」。轉上二樓，小說家如黃春明、施叔青等人在這裡完成他們最精采的作品，林懷民正開始他的雲門夢，三毛還沒去到西班牙和撒哈啦。而三樓更像是文學雜誌成員如《創世紀》、《文學季刊》一幫人的辦公室。在那個咖啡和文創還未成時尚的年代，作家們以行動和創作將武昌街一段七號活成一幅文學地景。

面對這沸騰喧譁的文學盛世，周夢蝶的存在似乎顯得不合時宜。清癯的身形披搭素樸長袍，宛如他詩中寫下的「沙漠與駱駝底化身」（〈行者日記〉），在詩友們的聚會經常如席德進畫中所勾勒那樣「老僧入定」，卻在二十一年的書攤生涯裡（一九八〇年因手術而歇業），日日「乘坐著平地一聲雷」到那「地平線之外的地平線」（〈第一班車〉），用他悠緩從容的姿態打造《孤獨國》（一九五九），栽下《還魂草》（一九六五）。雖於武昌街坐擁孤獨國，對詩人而言卻永遠是〈在路上〉：「這條路是一串永遠數不完的又甜又澀的念珠」。猶如其詩名，周夢蝶在他的國度悠遊莊子的「北溟」，亦鑄佛典為詩，化成篇篇偈語：「人在船上，船在水上，水在無盡上／無盡在，無盡在我剎那生滅的悲喜上。」（〈擺渡船上〉）卻又能輕靈地心念一轉，拈來聖經基督的形象：「上帝是從無始的黑漆漆裡跳出來的一把火」，「在死亡的灰燼裡燃燒著十字」（〈消息〉）。最極致的虔誠，讓他於世上不同的宗教情懷之間擺渡，而人間熙來攘往，留下他〈徘徊〉的身影：「一切都將成為灰燼，／而灰燼又孕育著一切——」。如同曾進豐貼切的形容，周公「在詩人與哲人之間游移，在入世與出世之間徘徊，在聖與凡、雪與火之間矛盾掙扎」。

很難想像，如此嶙峋靦腆、以「哲思凝鑄悲苦」的詩人（葉嘉瑩語），喫咖啡的習性卻異常極端，非一次放入超量的糖絕不善罷干休。洗臉的毛巾也可擦皮鞋。翁文嫻說周公是「不佔面積的存在」，「你做任何事他都不會有成見」。他曾從書店「借走」《紅樓夢人物論》，津津有味讀了七回而毫無罪惡感，也曾在李瑞騰的車上追問何謂「後現代主義」，只因為太喜歡夏宇的詩卻自嘲讀二十遍也讀不懂（夏宇則害怕周公強大的手勁使她「不支」）。鑽研佛法的他深愛瑞典導演柏格曼（Ingmar Bergman）的《處女之泉》（一九六〇），一面吃麵一邊看影帶《希臘左巴》（一九六四）。

繞回相遇的一九五九年。視域自島嶼推遠，強人卡斯楚領導的古巴革命剛取得階段性勝利，中國正經歷大躍進所導致的饑荒，圖博（西藏）遭解放軍鎮壓，達賴喇嘛流亡。島內，詩壇論戰蕩漾的餘波仍未平息。是何等的歷史因緣，臺北武昌街窄小的巷道，溫柔地承接了當時各種歧異的來處和相遇，而周公就如他詩裡佇立的那「燃燈人」，幻化為蝶，向我們「預言著一個石頭也會開花的世紀」。

1960-1969

現代主義文學、新劇場、現代詩等興起的時代。

一九六〇　失敗的自由

蕭鈞毅

「萬山不許一溪奔，攔得溪聲日夜喧，到得前頭山腳盡，堂堂溪水出前村。」這是一九六一年，胡適引南宋詩人楊萬里詩〈桂源鋪〉，多說胡適引此詩是為了向牢裡的老友雷震祝壽，而始句「萬山不許一溪奔」就更耐人尋味了。

雷震入獄的理由，與《自由中國》的命運密不可分：一九六〇年九月，國府以包庇匪諜的名義拘捕雷震。這當然是藉口，《自由中國》觸怒當局已非朝夕，自一九五一年始，一篇〈政府不可誘民入罪〉，早就引發喧然，由雷震、殷海光等人所主持的《自由中國》漸走向和國府立場越發緊繃的局面。即使居間有胡適來往協調，仍無法避免《自由中國》遭到查禁，雷震被捕，殷海光遭監視的命運。

說到底，這都與當時這一批知識份子倡議的「自由主義」拖不了干係。《自由中國》不僅僅是倡議、「諫言」蔣介石政權，在「祝壽專號」後，還有組黨呼求、勸諫蔣介石不要三連任等言論，終於在國府與裙帶媒體、言論箝制機構無可容忍的情況下，拘禁了《自由中國》——同時也是「自由中國」這面形象旗幟的可能性。

無視於胡適倡議的言論自由，雷震等人籌組在野黨的訴求，一九六〇年代的臺灣，直截地阻止了站在希望「中國」能夠民主化、自由化的知識份子請願。「自由主義」的聲音，竟也成為了在國府治下，僅能片刻包容、不得有所作為，被變相豢養的生存姿態。

「當時臺灣的政治氣候還相當肅殺，『自由中國』、『文星』動一下也就給封掉了。我們不談政治，但心裡是不滿的。」這是白先勇於〈不信青春喚不回〉一文之言，一九六〇年三月，時有被人抨擊迴避政治的文學雜誌《現代文學》，由一群臺大外文系學生——也是後來的大師——白先勇、王文興、陳若曦、歐陽子、劉紹銘、葉維廉、李歐梵等共同創辦。

發刊詞有言：「……我們得承認落後，在新文學的界道上，我們雖不至一片空白，但最少是荒涼的。我們認為舊有藝術形式和風格不足以表現我們作為現代人的藝術情感。所以，我們決定試驗，摸索和創造新的藝術形式和風格。」

《現代文學》的「現代」已是燃眉之急。怎麼描述「現代人」是迫切的問題意識——然而，「現代」的焦慮與困惑在臺灣複雜的歷史情境中一再出現，先是日治時期的不同階段，接著，至一九五〇年代現代詩論戰，到了一九六〇年，又在《現代文學》中再次出現。

有感於時局的緊繃與不易，《現代文學》在文學創作上的嘗試，屢屢被文學史家、學者定調為六〇年代臺灣文學的重要標的。理由不外乎來自轉化西方的文學思想、轉化並有意使文學語言在地化，或如張誦聖言：「臺灣現代派作家的藝術信念乃是以『社會分層』（social stratification）、『文化多元』（cultural pluralism）等自由主義概念為基礎……」自由主義是個關鍵詞，這是《現代文學》派作家在文學創作的積極意義——以書寫作為破口，在暗夜中試著摸索出一些精神與心靈的輪廓——這是優點，但亦有不足：論者多以《現代文學》作為臺灣現代主義文學代表的詮釋，又少有觸及現代主義文學在西方，恆常與政治交相影響的層次；於臺灣日治時期，現代主義作為文學上的思索方式與技法，早已隨著當年的「現代性」問題紛呈而至，日治時期臺灣文人與日本的聯繫、歐美的一手文獻閱讀、以及和中國文人的互動，早讓「現代文學」漸漸地擁有了發展的可能。

可惜的是，從日治以後迎來的是禁絕。

而《現代文學》雜誌的發展過程中，與讀者的互動仍不免出現摩擦：來自於文學中的晦澀、過於「前衛」、和直白的心理描寫，這些特徵成為被攻訐的目標，被視為離經叛道，不合時局題旨的書寫；因此，如何以現代的語言描述層次複雜的心靈，仍是《現代文學》在作者與讀者在創作和閱讀中嘗試解決的難題——時至今日，當大師已是大師，自當時遺留下來的文學難題是否有真的得以解決？那又是另一個課題。

一九六〇年的臺灣，有份刊物終結，有份刊物開始，「自由主義」在當時的島嶼上，是政權所忌憚的思想；無論是有志救國，或偏安一隅的中國認同，自由主義似乎都不可免地混在思想與文學兩門領域當中；不管是以書寫表明自由主義的志業，或接受美國新聞處的支援——

「自由主義」對於島上的大部分人們來說，都是恍恍惚惚如遠方雷鳴，偶爾得以聽聞，卻難以窺其全貌的思索。

與此同時，異於「救國」與「民主」，從日治以來的作家，仍在語言轉換與創作發表等窘境中，和時間對賭，苦苦尋找機會。

是年，就在《笠山農場》於一九五六年獲文獎會頒二獎（首獎從缺），卻屢屢求情才能要回舊稿，無法出版的困頓下——鍾理和在貧病中過世，享年四十五。

一九六一　疊現的空白

林妏霜

一九六一年六月十五日，或許是個炎熱的夏夜。建中夜間部少年茅武約情敵於南海路美國新聞處前決鬥，情敵畏懼未來，情人劉敏恰好放學途經該處，兩人一同走至牯嶺街七巷底，茅武要求她不要再與他人來往，起了口角爭執，茅武突將藏在身上的短刀向劉敏刺去，連續七刀，鮮血染紅了她身上的童軍服。

一年後的追蹤報導，被判處十五年刑期的茅武在囚牢中給誰寫了信，信中幾句：我深覺我自己已是沒有希望的人，但我卻將希望寄於別人。我希望我的夥伴們以及想混太保的人，以我為一面鏡子。

彷彿在事後才能確認自己的居所，也彷彿他們的集群與組織不只是用以抵禦外界的冷淡，也為了「壯大自己幼小薄弱的生存意志」。

這一個牯嶺街少年的殺人事件，勢必也鑿上了同屆少年楊德昌的心頭。

但也必須等到一九八七年解嚴之後，楊德昌和小野才能開始寫分場大綱。他們日日在圖書館查找資料，幾份當時的新聞標題提供了初始的創作概念：「年僅十五莠苗實堪哀／太保學生殺死女友／璧玉幫惡少七刀夜飛血／母女守寡十三年得訊悲痛自殺」、「劣子難誨欲背離父親／其父得訊連說該死／肉麻情書膽大妄為」。

小野回憶，原來只是想描繪一對青春男女的愛情故事，但那股肅殺的氛圍、冷戰文化卻都在最後成形的細節中顯影了。「這個苦悶的時代才是他要講的。所以故事為什麼越拍越大，最後拍到白色恐怖，這個記憶很多臺灣人都有」，而楊德昌在做歷史背景訪調時，也驚訝白色恐怖時期，「幾乎每個朋友的父親都進去過」。

後來楊自述：我的出發點基本上還是那段時間，太多人不願意去想那段時間，可是那段時間對我們這一代來講非常重要，為什麼臺灣會有今天，其實跟那個時代非常有關係，那個年代有很多線索可以讓我們看清楚現在這個年代。

電影裡的少年小四，原來手持電筒的光，是用來射穿黑暗唯一的光源。但那道光最終丟失了，陰陰的浮著黑暗，他對鏡頭怒問：你連真的假的都分不清楚，還拍什麼電影啊？

散場時刻，那一瞬間，造景般的記憶，那份轉成言語的表述，彷彿建構了「我們」，將創作者與那個時代所有人的故事連了起來。

而我們該怎麼理解沉默？怎麼理解鏡子裡映照不出的人？

在現實與非現實之間的切換，要怎麼書寫才能不失準？游離在荒謬命運裡的創作者，該如何傾訴自己的故事？他們需要的畢竟還是一份文字文本的永久保存嗎？

一九六一年四月六日，也是楊逵（一九〇五—一九八五）因一九四九年「和平宣言」被判處十二年刑期後，從綠島獲釋回到本島的那一年。出獄後，借貸五千元，在他的東海花園，做一個「默默的園丁」。他將心意刻記在土裡，將生活顯露在那裡，實實地看照著生命之萌發與死亡。

直到一九六六年，他的第一篇新作才得以發表。直到一九六九年的文章裡，他笑答來訪者，自己天天寫作「不過，現在用的不是紙筆，是用鐵鍬寫在大地上」，但他也藉他人之口自問：「用筆寫的東西，傳播力更大、更廣、更久遠的，這事實你能否認嗎？」

那個答案他保留了下來。

多年之後，他才在出版文集裡誠實補上回答：「是的，我不否認。」

這之間的空白，回應著空白的存在。

但也還是有創作者拚命填滿那空白。例如因原來的稿件未到，鍾肇政在林海音的提攜下，開始在聯合報副刊連載第一部長篇小說《魯冰花》，而後在一九六二年出版。

「副刊上的連載，我們這些人是不會有份的。」偶然得到了機會，就像贖回了一點友善的文學空間。他們一面精進寫作的技藝，一面構思自己「理想的長篇」。也知道明明還在書寫著，卻在這個膠囊宇宙中被靜物化了。

庇護者般的他立刻提筆寫信給同屬「我們這些人」的鍾理和，要他趕緊寫下自己的長篇，以接續《魯冰花》連載結束後的那個位置。害怕這份應允很快就會被取消了。但日後總內疚或許就是因為自己急急催促，才讓鍾理和這樣在寫作中途吐血死去罷。

又或者，祖籍臺灣新莊，在日本神戶出生，一九四六年遷居新莊，一九四九年終究離開了這塊島嶼，返回日本的陳舜臣（一九二四—二〇一五），一九六一年初以《枯草之根》獲得江戶川亂步賞。儘管其後著作等身，但身影卻顯得十分陌生。

他曾在小說裡描寫「被時勢左右的人的悲哀」；自傳《半路上》（二〇〇三）裡承認二二八事件是促使他離開的最主要原因。他在新莊中學的同事劉碧堂，因白色恐怖的牽連，被判處十年刑期，最後死在牢獄中。他在臺僅三年，然而重新踏上這塊島嶼，已是解嚴後的一九九〇年，四十一年後。

恐懼蔓延，沉默完全披覆了下來。「暴力招致更多暴力」，那不只是個人選擇。對於他們想抵達的遠方，或語言所傳介的時代情感，我們有時僅能守護一點燭火。怎麼說，宛如只能從空白明白。

一九六二 烽火再起，文化東西軍的紙上征戰

顏訥

時針才剛喀嚓卡住六點三十五分，酒會躁鬧聲就轟轟淹上來，淹過面色煞白，後腦杓嗑在磨石子地上的胡適。立在他身旁的淩鴻勛、錢思亮，慌亂伸開的手臂，終究來不及接住他驟然向後傾倒的身子。

一九六二年才剛起頭，胡適就死於中研院百人酒會上。搶救都是徒勞，心臟病是老症頭，纏了幾十年終於將他掠倒了。

可有人說胡適是給氣死的，因為李濟在席間提起了關鍵的二十五分鐘。

關鍵二十五分鐘的發生，要倒回一九六一年十一月舉辦的「東亞區科學教育會議」，胡適受美國國際開發總署邀請，作開場演說。他以英語朗朗發言，題目〈科學發展所需要的社會改革〉是籌備委員會給的，胡適自嘲，這回委員會鐵定是要他做「魔鬼的辯士」，說不中聽的話來讓人推翻。

這場譏諷東方文明的演說稿，由徐高阮翻譯，十二月一日刊載於號稱「不按牌理出牌」的綜合性雜誌《文星》。論點並不新，三十五年前他就讚頌過西方科學與近代文明，這一年，他

只再次強調學習西方現代文明精神性之必要，並且雙手一揚，大咧咧潑翻東方古老文明大碗裡剩餘的精神價值。

文化戰場上，胡適是老手了。不過，在他生命的最後一年裡，演講稿所點燃的燎原野火，蔓延之遠，大概超出他的預期。他在寫給親密伴侶韋蓮司的信裡埋怨過，這種比西方更西方的立場，注定讓自己腹背受敵。

時間會說明一切。這不僅僅是一句敷衍安慰的套語，往另一處想，胡適演說的時間，只晚了唐君毅、張君勱、牟宗三、徐復觀等人一九五八年聯合發表的「為中國文化敬告世界人士宣言」三年。三年來，臺港知識分子還受新儒家的鼓舞，在夢中古老的窯裡燒出來的中國文化瓶子，漆上民主科學的新花樣。

時間會說明一切，不遠處已經傳來中西文化大戰鼓聲點點。早演講一個月，被視為「西化派」的居浩然就在《文星》雜誌發表〈徐復觀的故事〉，砲火猛烈，回擊徐復觀在〈漫談文化問題（下）〉對他的抨擊。胡適在十一月堅持「充分世界化」無疑是火上澆油。徐復觀不甘示弱，十二月立刻在《民主評論》寫下〈中國人的恥辱，東方人的恥辱〉，一併把胡適納入射程範圍，譏嘲他在東亞科教會汙衊中國文化，是基於自卑心理，向西方人賣俏來掩飾無知。

中國人的恥辱，東方人的恥辱。

一九六二年一月，胡適的頭像浮上《文星》封面，胡秋原接棒，在該期《文星》上以〈超越傳統派、西化派、俄化派而前進〉評價胡適的西化論，他以「超克」的言說策略，在「西化派」與「傳統派」之上另闢一條折衷的天橋：不同文化本質大同小異，如果有一方在飛躍的途中嗑碰而延遲了，那也是外在條件使然。胡秋原高舉西方文化同樣有爛蘋果的立場，顯然沖著胡適批評東方纏足、種姓與宗教迷信而來。只可惜，他一開始踩出的折衷的路線，因過分投入批評胡適的個人事業，沒有往文化更內核之處走去。

至此，單兵集合，「傳統派」、「西化派」、「超越派」歸隊，以《文星》為最初的戰地，筆槍紙砲。其實，類似的論戰一九二〇年代就已經在中國鬧得風生水起，隨即被隆隆戰火掩去，像潛行深海的上古神獸，能量蓄滿重新登島，尾鰭一甩，對準擔憂國民黨反民主統治，與抗拒傳統文化被科學熱浪燒融的各派知識分子體內，攪動出一波海嘯。

一九六二年，前網路時期的紙上論戰，以月為基本單位，倒也足夠參戰者蓄積戰力，投擲出重磅炸彈。二月一日，二十七歲的李敖才剛在文化圈探頭，一出手，就以文化醫生的姿態替古往今來的中西文化論者診病。一篇發表在《文星》五十二期的檄文〈給談中西文化的人看看病〉，接續他在前一期〈播種者胡適〉，替胡適助拳，又把「全盤西化」推向極致的立場，一下子羅列十一種病徵，點名四十幾位前輩，從中體西用病到了中西大團圓，從徐復觀、唐君毅、錢穆的「復古派」批到了張君勱、胡秋原的「飛躍的未來主義」。醫生開出藥方，文化是容不得買櫝還珠的整體，想要別人的洋蔥、鐘錶與預備軍官制度，就得忍受梅毒、離婚與大腿舞。

要治落後的病，哪能中西藥兼服！在李敖的方子裡，建設文明國家的工程必須全面，不能與經濟脫節：「我們要奏工業社會的迎春曲，不能依賴農業社會的舊琵琶。」診斷書寫到了最後，李敖點燃的不僅是中西文化論戰，更是一場年輕人在新世界擴充機會的世代戰爭。

在李敖尖刻的唱名中，被刺穿的不只信念，更多自尊。周若木緊接著在《政治評論》上發表〈論中西文化問題〉，譏笑李敖是「胡適的鸚鵡」、「亂捧又亂罵的雙料貨色」，莫辛〈全面西化論的提出及其評論〉更指出李敖與陳序經的「全盤西化論」穿著同一條褲子。烽火從胡適身上燒往李敖，四月他又在《文星》發表〈我要繼續給人看看病〉，徹底激怒胡秋原、徐復觀、葉青，居浩然、許登源、何秀煌、陳鼓應則陸續加入李敖的陣營搖旗，互揭瘡，此後傷害一發不可收拾。

《文星》的固定撰稿人，自由主義者殷海光，在這場征戰中的面孔隱隱透顯。他的角色又會是什麼呢？

有人說，六〇年代的中西文化論爭在李敖發動攻勢後才正式開戰，最終在人身攻擊中不了了之，沒有留下太多往文化、現代化內涵挖鑿的痕跡，也未曾解決國家現代化問題。然而，中西文化論爭的觸手彷彿從一九二〇年代伸向一九六二年，又彷彿將在未來轉型困難的每一刻，挑動島民焦躁的神經。

暗夜的中研院裡，老院長或許還藏著沒說完的話，未了的心願，幽幽徘徊。

而年底，郭良蕙《心鎖》已經迅速累積三版，更大的風暴，才正要翻越遠方的山頭襲來……。

一九六三　她的名字是夏丹琪

詹閔旭

夏丹琪是何許人也？她是郭良蕙長篇小說《心鎖》裡的主人翁，也是臺灣文學最被低估的女性角色之一。《心鎖》於一九六二年刊載在《徵信新聞報》副刊，同年九月正式出版，這本小說以一場舞會拉開序幕，時間設定在晚上十一點，酒精、音樂、香菸、笑語連連。試想一下，身處在民風仍相對保守的一九六〇年代，青春正漾的夏丹琪不在書桌苦讀，反而流連派對，夜不歸家，甚至躲在聖誕樹後面與男人熱情擁抱、交換口水。晚上十一點多了，我們不知該責罵夏丹琪還未上床休息，還是慶幸她還沒上床。

一九六三年一月，內政部下令查禁《心鎖》，夏丹琪自此不見天日。

《心鎖》被禁的原因眾說紛紜，其中一說與夏丹琪大膽瘋狂的情愛史有關。夏丹琪任性、妄為，她一再違背母親意願，暗地裡和母親不中意的窮小子幽會，私嚐禁果。女性追逐愛情的故事向來和現代性息息相關，象徵自封建傳統的父權體制解放。根據研究指出，自由戀愛是臺灣日治時期逐漸浮現的現代概念，但一直到一九六〇年代，僅有三分之一的婚姻是自由戀愛產物，其餘三分之二仍經由父母之言、媒妁之命一手促成。自由戀愛和父母之命既矛盾又衝突交織呈現出女性的枷鎖，轉化為一種女性獨特的現代性經驗。在這樣的社會氛圍下，摩登女郎夏丹琪是挑戰傳統倫理秩序的元兇，她不只勇敢追求現代愛情，婚後更兩度外遇，其中一名外遇對象甚至是丈夫的弟弟，坐實毀家廢婚企圖。

除了故事放浪大膽，《心鎖》被禁的另一個原因，恐怕和小說家郭良蕙本人作風脫不了干係。郭良蕙生於一九二六年河南開封，戰後隨擔任空軍丈夫渡臺，一九五〇至一九七〇年代活躍於文壇，幾乎每年推出一本作品。值得注意的是，戰後初期臺灣文壇以反共和懷鄉為大宗，郭良蕙擅長刻畫男女情愛及人性糾葛，無疑是一大異數。再加上小說家注重化妝裝扮、熱衷舞蹈，外型亮眼的她又跨足影視圈，難免引人側目，議論紛紛。

夏丹琪在小說結局並未遭受社會責難，現實世界的郭良蕙則因為《心鎖》以及前衛作風遭受公審。蘇雪林撰文指控《心鎖》敗壞社會善良風氣，謝冰瑩也在中國文藝協會理事會提案開除郭良蕙會籍，理由是：「她以這樣一個形象，寫出這樣一本小說，社會觀感很壞，人人戴上有色眼鏡看男女作家，嚴重妨害文協的聲譽，應該把她排除到會外。」中國青年寫作協會、中國婦女寫作協會隨後開除郭良蕙的會籍，逼她把筆放下，逼她讓女人回歸家庭，洗衣、淘米、忘記自己的樣子。

《心鎖》事件並非偶然，夏丹琪與郭良蕙的故事揭開了一九六〇年代女性面臨的難題。隨著臺灣經濟轉型造成城鄉流動，許多年輕女性前仆後繼離開家庭，置身崇尚現代生活氛圍的大都市，她們成為一個又一個夏丹琪，她們或許不似夏丹琪離經叛道，卻如她一般，富於幻想，渴望自由，對於兩性關係和現代浪漫愛情充滿好奇與窺探的無限欲望。她們不明白為何只有父母認可的愛情才能獲得祝福。

在臺灣，愛情一點也不純粹，一點也不浪漫，總得面臨來自家庭或社會的品頭論足、指指點點。《心鎖》在一九六三年一月被禁，同年十月，瓊瑤出版第一本小說《窗外》，再以禁忌的師生戀揭開日後持續半個世紀以上的瓊瑤旋風，傳統、現代、愛情的角力終越演越烈，直至愛真正可能成為一種人權。

一九六四　雨水與火種

馬翊航

二月二十二日，節氣雨水後三日，北部仍是連綿不絕的微雨。前年冬末的肺病，幾乎奪去吳濁流的性命，臥病在床逾月，加以一年多的休養，總算有了起色。濕寒透骨的初春，讓他格外留意自己的身體狀況。他想起二十六歲的二月，同樣一場急猛的肺炎，使他回鄉休養月餘。年輕時病癒再起，聲量與固執依舊如故。四十歲那年，還因為在新竹郡運動會時，與羞辱本島教職員的視學官起衝突，辭職離開了教育界。

如今自己還能有同樣的精神，熱切與剛烈嗎？

「我是一千九百年，係十九世紀出生的，而不是出生於二十世紀的人，只差了一年，卻感覺似乎落後了一個世紀。」

這是他幾年後起筆《臺灣連翹》的開頭。落後了一個世紀——那會是什麼樣的感覺？陰雨中的緩步，是否總有上個世紀的幽靈拖行著，猶疑著。

他收起傘，走上懷寧街七〇號四樓的臺灣省工業會，要與眾人談談文藝，談談未來的一本雜誌——《台灣文藝》。出席的人有吳三連、林佛樹、陳逸松、林衡道、王詩琅、朱盛淇……。

大病並未掩埋他的熱度，甚至加快了他的腳步。他總以病藥為喻，讓自己與他人警醒，動念。他說文藝像補藥，「這個補藥，不但要影響他本人，還要影響他們的子子孫孫。」他說社會上的人看待辦雜誌，「就像癌一樣，認為沒有希望。」在座的吳三連辦過《臺灣青年》、陳逸松辦過《台灣文學》，都明白那將遭遇的磨礪與折損——但過去他們都還年輕。

而這年，吳濁流六十五歲了。

彼時臺灣發行中的文藝刊物並不少，但在吳濁流看來，依舊是宛如沙漠一般，不是套式陳舊，就是與現實脫離。臺灣的青年寫作者，在看似盛大卻貧瘠的園地裡，能有新的顏色嗎？戰爭陰影在島嶼佈滿文字的地雷，敏感神經處處斷落。郭良蕙的《心鎖》被查禁不過是去年初的事。去年四月，《聯合報》副刊登出名為〈故事〉的短詩。詩中迷航漂流的船長，被警備總部認為影射領袖。詩人王鳳池日後繫獄數載，林海音也因此離開了長達十年的主編職務。文藝團體一波一波航向金門、澎湖、馬祖這樣的神聖戰地，砥礪墮落的精神，筆是瞄準社會毒素的武器。

文學如何有可能？他想。

吳濁流安排好了女兒的親事，從任職十七年的機器同業工會退休。以兩萬元的預備金，籌備發行《台灣文藝》雜誌。從一開始，吳濁流就知道這兩萬元，只能負擔四期的《台灣文藝》。這是一個攜帶早夭命運出世的嬰孩。他感到人們對於宗教與酒色總是格外慷慨，在座談會上說：「願籲請有識人士以上酒家開銷給酒女的錢一樣大方的心情來援助，那麼這個雜誌或者可以像寺廟一樣能夠維持下去。」然而文學雜誌難以滿足情欲的誘惑放縱，也無法填補人們對未知命運的不安，《台灣文藝》在第五期，必須從月刊改為季刊。「本刊暫停頓，使我不勝哀。斯文何慘澹，不覺下淚來。」他在第四期的《台灣文藝》開頭，留下這樣沉重的詩句。

廖清秀在第六期有篇文章〈只要有一篇傑作……〉。他想，不論個人的漫長創作生涯，或是苦頓經營雜誌，一篇傑作即足以不朽。所幸，《台灣文藝》之後繼續下來了，而且不只一篇傑作。那是鄭清文的〈水上組曲〉，七等生的〈回鄉的人〉，鍾肇政的〈中元的構圖〉，陳千武的〈獵女犯〉，鍾理和的〈故鄉〉，施明正的〈我，紅大衣與零零〉，吳濁流的《無花果》與《臺灣連翹》，戰後第一位原住民作家陳英雄的〈雛鳥淚〉……。同年六月，對詩有著不同想像的詩人們，創辦了《笠》，頂著雨水從土地站立起來，探向歷史，探向世界。

吳濁流曾說，「歷史很多漏洞」。一九〇〇年出生的他，並非落後一個世紀，而是預留了火種，在歷史的漏洞中照亮。

一九六五　等待果陀

李時雍

鑼鬱悶一聲，破了。

裂痕細細，像擲鑼者預見的視線。只有明眼的觀眾會注意到，那其實不是銅鑼，而是石膏糊起的道具。有人笑了。但很快也有人笑不出聲，罵罵咧咧，中途氣憤走了。二十世紀的舞臺，多有藝術事件所致的不解甚而騷亂，而在場的人無一曉得，竟將成往後的傳奇，最著名的，莫過於尼金斯基的芭雷舞劇《春之祭》（一九一三），或與我們故事時間點更密切的，信手羅列便有伊歐尼斯柯的《禿頭女高音》（一九五〇）、約翰．凱吉《四分三十三秒》（一九五二）、貝克特《等待果陀》（一九五三），以及亞陶，他那些幾乎未曾成功搬演的殘酷劇場。

隨鑼破裂的序幕，發生在一九六五年秋天九月的臺北，羅斯福路口新建不過兩年的耕莘文教院，大禮堂裡，竄動盡是好奇的腦袋瓜。他們在等待的，是那齣曾在巴黎首演後議論不已的《等待果陀》。執鑼者陳永善、或者你更熟悉他的另個名字陳映真，原為噱頭的破鑼序場，無意地成了現代主義在臺灣扞格傾軋的隱喻。

那年之初，一份名為《劇場》的雜誌，在甫自夏威夷留學歸返的年輕詩人邱剛健催生下，與朋友莊靈、黃華成、崔德林等多人聯手創刊，後又加入了包括劉大任、郭松棻等不同領域的編輯同仁。首刊專題，便是荒謬派的伊歐尼斯柯；而也是在第一期中，即可看出這份刊物未來的特色，大量翻譯歐美日新浪潮電影、劇場：雷奈、高達、費里尼，越受爭議的，越被同仁援引為前衛之姿。《等待果陀》全劇本，係由邱剛健與劉大任合譯發在第二期，凱吉出現於五期、殘酷劇場宣言在七、八合刊本。整本雜誌在師大藝術系畢業的黃華成設計下，更滿是顛倒旋轉、令目光撩亂的符號與黑字。

初始譯介的原文材料，大部分是靈魂人物邱剛健攜回的收藏。邱剛健一九四〇年出生廈門鼓浪嶼，一九四九年隨家人先赴香港、再到臺灣；退伍後，前往夏威夷大學東西文化中心進修戲劇，並在那裡結識唸哲學的劉大任。那時期邱也發表詩作如〈以馬內利〉（一九六三）、〈瑪利亞〉（一九六四）、〈洗手〉（一九六五）多首，劇作《我父之家》（一九六二）等，刊在《現代文學》上，藉由神學的叩問、或感染著沙特式的無有出路，反思存在的命題。當年，他是同仁間較傾向全盤西化的一員，在第二期《劇場》（一九六五年四月）上，自嘲地留下一句發刊的話：「愛你在心口難開」。難言的，實是對一九六〇年代中期文藝界貧瘠侷限的不滿、更多是對歐美新知的渴望吧。

或許也是在發行一期後，同仁們更進而思忖當時以黃梅調與健康寫實為主流的影藝環境。「我們的話」一欄登出了斗大的標題，崔德林那句「瞭解別人／認識自己／建立理想」、莊靈「路是自己走出來的」、皇城（黃華成）「你的將來即是它的將來」，語句間不無叛逆；而其中，已開始省思現代主義形式化弊病的陳映真，在〈關于「劇場」的一些隨想〉中精闢指出：「除了批判，有了創作之時，介紹才開始被付予一定的性格，一定的知性。」並強調這是「文化尖兵的小雜誌（Little magazine）所不可或缺」。確實，同期開始刊出了同仁的小說、詩、劇作，邱剛健〈午覺〉、皇城〈先知〉、商禽的〈門或者天空〉等。有些帶有法國新小說的客觀疏離，有些越益挑釁，譬若五期上刊出的邱剛健〈疏離的註腳〉（一九六六），橫跨逾八頁的篇幅，滿滿滿滿重複是「上帝。他說。」像極了抽象繪畫。

邱剛健在演完稍後一場座談會上回應他所導演的《等待果陀》：「是在一種從沒在臺灣出現過的新鮮、生動、自然的表演裏演出的。」它既是成功的、卻又是失敗的。邱誠實指出，失敗最大原因，在於現實排練時間之不足。接連兩晚演出，除了《等待果陀》、同場還有黃華成的「反劇」《先知》，雖未能按編劇原初設想在觀眾席間即興上演，對白的荒謬突梯，也夠挑戰觀眾。首演那晚，約莫三四百人，從期待到瞠目結舌，據說第一幕結束，離場了一半。

就像《劇場》一九六五年元月創刊、到一九六八年九期後無預告停刊之間，參與的文學、電影、青年藝術家們以深具創造力、又帶粗礪質地的連串活動：實驗電影發表會、大台北畫派、現代詩展，力圖同步於歐美熱烈的新浪潮、普普藝術、荒謬劇場；卻因太過於先鋒，當有人後繼加入、有人也因理念分歧而中場離開，而這些，都早刻在那鑼面裂隙的憂鬱。

那晚大夥卻仍熱鬧，忙亂佈置道具、佈景、走位排練、序幕演出。直到愛斯特拉公與佛拉底米爾冗長累贅的話語間歇，又一幕，回到了同一時同一地，荒蕪蕪的人類世界。人影始不耐騷動，幽暗裡，你聽到席間一人同另一人竊竊的私語：「我們走吧。」

七八期高達與亞陶專輯時，陳映真與劉大任早已相繼離開，後來劉大任將寫下小說《浮游群落》回憶那樣隱抑又躁動的一九六〇年代。九期延宕許久，作者論專輯出刊，隨幾位同仁轉往香港電影公司或留學海外，後繼乏力，空懸於年代之末。同年一九六八，陳映真因民主臺灣聯盟案被叛處十年徒刑（於一九七五年出獄）。

「我們走吧。」「不行。」那晚留下的人，多年後仍會回想起對話中所描述，枯樹枝冒出的小片葉子，無意地，成了下半世紀各種前衛思想、創作等待到來的隱喻。嗯，「為什麼不行？」那時邱剛健在側幕，隨演員黃華成與任建青，喃喃默唸著下一句臺詞：「我們在等待果陀。」

一九六六　一個人的畫派

顏訥

一進門，麗子就猶豫了。

如果就這樣大步走進去的話，真的可以嗎？

擱在入口的是一塊木板，被策展人從畫冊上東撕西扯下來的名畫包裹著。那些在美術館裡靈光充滿的藝術品，作為踏腳板確實驚悚，踩上去就像是要褻瀆了藝術之神。

到底辦展的《劇場》雜誌主編黃華成，要領他走向什麼奇詭的世界？年輕的美術系學生麗子不安地猜想著，終究拉著友人走進「大台北畫派一九六六秋展」。

熱愛中國畫，也受過西洋畫訓練的麗子，就像許多美術系學生，終其一生都沒有被寫進美術史裡的機會。可是一九六六年秋天，麗子還不知道自己踏上那塊木條之後，就正式走進臺灣複合式藝術的起點。

一九六六年多熱鬧，那一代的麗子們在一九六五年爭賭《劇場》創刊，藝術青年陳耀圻、邱剛健、陳映真帶著對存在主義、荒謬劇場的熱火創辦了雜誌，邀請師大畢業的黃華成一起闖，果真一闖就把臺灣現代藝術左右晃動了幾分。費里尼、高達、雷奈的新電影藝術觀在紙上掀起浪潮，先鋒派音樂家約翰．凱吉夾帶著杜象與達達的靈啟，用寂靜擾動了麗子們的耳朵。而一九六五年九月的耕莘文教院，《劇場》雜誌同仁讓臺灣年輕觀眾一起等待不會來的果陀，黃華成還同場端出他副標題為「反劇」的實驗劇本〈先知〉，不遠不近地成為島嶼上貝克特荒謬劇的回音。散場後，麗子循人群走入良夜，還不確定自己是不是真的看懂了，但究竟什麼是藝術呢？好像內心有些什麼界線與框架，與劇場的鏡框一起被打破了。

五〇年代末剛學畫的少女麗子，努力重現他從未見過的中國山水，亦或用寫實的鉛筆素描世界。但他也略略讀過「新藝術研究所」出版的專書，何鐵華在五〇年代辦《新藝術》雜誌引入的野獸派與康定思基等新的現代的抽象的藝術思潮，麗子從他的美術老師那聽過了。但他拿起畫筆的時候，新藝術已經到尾，支持何鐵華的政治派系在國民黨政工鬥爭中搖搖欲墜，最終在一九五九年逼他匆忙飛往美國，從此沒有在小島上再留下任何色彩。彼時，麗子對藝術還有一種純粹如焰火的信仰，以為藝術裡外皆不可能有政治也沒有鬥爭。是了，版畫家黃榮燦被扣上大大的匪諜鐵帽，不到一年就槍斃的時候，麗子年紀尚小，望著這批從中國來臺的前衛藝術家筆下爆炸的潑墨星系，他無論如何是讀不出色彩後可能藏起的什麼的救亡圖存的意志與撞擊。

一顆撞上麗子的彗星是在一九六六年到來。啊，認真說起來也許應該往前推一年，他在那年春天獨自到臺北火車站附近「中美文經協會」看畫展。說畫展也不夠精確，因為「現代藝術季」陳佈了現代詩、畫甚至雕塑，聽說那是一個因為美術史教授顧獻樑一句：「藝術界太沉悶了啊。」而引爆一批東方畫會與現代詩人的跨藝術互文實驗，麗子在「現代藝術之夜」詩歌朗誦會上算是真正迷上了現代詩畸零的聲律。詩突然有了視覺性，而畫原來可以像朗誦一首緩慢的詩。

有很長一段時間，麗子喜歡用水墨對著空白畫布實驗文字變形，再把從雜誌上撕下的詩句剪碎貼進字裡。那些麗子一輩子從未見過的中國山水逐漸變成抽象的醞染、斑點、大片刷塗過去的粗咧線條。他在更早之前看過「五月畫會」劉國松、莊喆的抽象水墨畫，覺得比一柳一柳工整服貼在宣紙上的遠山淡影更貼近他對東方的想像。然而東方是什麼？一輪朦朧的東方光蘊在麗子的心底浮升，就恰恰碰上美國新聞處在臺灣推播的抽象表現主義，長出一種新的內在精神與捕捉現實的觸手。

麗子終於踩過由名畫鋪成的腳踏板，結果，一走進展場他簡直暈頭轉向。鑲有鏡子的老酒櫃，據說任何人都可以拉開抽屜拿出梳子梳頭；一截斜靠在牆上的梯子，你若爬上最高一階就等著讓鼻子碰壁；往前走是一條彷彿可以在上頭打盹的板凳，枕頭在上，日本拖鞋在下，據說會勾起對農業社會的鄉愁。天啊，這些毫無次序的物件真的可以算是藝術品嗎？好像闖入誰家的倉庫，又忍不住往前翻找的窺探欲一巴掌甩在麗子僅存的對審美經驗的執迷上。雖然從《劇場》雜誌上讀到黃華成的〈大台北畫派宣言〉時，對這場展覽的破壞力就已經有了準備。他要讀者拋棄抽象具象二分法，要藝術家介入每一行業作改革計畫，甚至從根本上反對繪畫與雕塑，宣稱如果藝術妨害我們的生活，那便放棄它。驚世駭俗，以俗眾教訓藝術的怪胎黃華成，吐出安迪．沃荷的舌頭，在臺灣美術史工整的窗紙上舔出一個濕淋淋的洞。

後來的一年裡，麗子可說是全然放棄畫筆，日夜悶在畫室裡模仿席德進用洗衣板、竹篩拼裝成複合媒材裝置，朋友們暗暗笑他著了普普藝術，或者黃華成的魔。一個人的畫室裡，麗子偶爾會想起一九六六年在「現代詩展」上，找到黃華成設置於一張破椅上的那盆名為〈洗手〉的水，一邊讀椅背上貼著的邱剛健的詩〈洗手〉，一邊強迫症般搧洗手心。「但是我已經進入，祢的光呢」麗子喃喃念著，覺著要一次把命運的橫征暴斂洗入肌膚裡。

而那一年，「現代詩展」從西門町被軍警驅趕到臺大傅鐘前，又接著在校警的喝聲中迫遷至臺大活動中心廣場一角。一九六六年的麗子們，或許都沒有姓名，但他們手心都有一張在「大台北畫派一九六六秋展」展品上拾到，由憤怒的民眾寫下「黃華成去死」的紙條。在那一刻，麗子們算是真正理解了藝術。

一九六七　青年與世界的劇展上演

鄭芳婷

白色恐怖所挾帶的惴惴戾氣，瀰漫在五六〇年代的臺灣島上，藝文圈裡人人自危，有些沉潛到現代主義意識流的抽象形式裡，有些則懸掛在體制的邊界持續掙扎，試圖在時代的縫隙裡注入一些抵抗的動作和聲響。

一九六七年的臺灣，第一個直轄市「臺北市」的出現，象徵著臺灣主權的變化以及在地轉向的初聲，在二二八事件中遭逮捕入獄的鹽分地帶作家吳新榮在此年離世，島上的恐怖仍縈繞在許多在世文人心頭。由於「反攻大陸」戰事的延宕，政府為塑造其主權之正當性，成立了以「傳揚中華文化」為旨的中華文化總會。這個浩浩蕩蕩的組織，以文化復興為旗幟，聚焦於傳統文化的維護與傳播。身兼總統與第一屆會長的蔣介石，體現了這個時代政治權與文化權同盟合作的官方運作方式。

伴隨著難以言明的長期恐怖與焦慮，以及藝文與政治長期掛鉤的混濁狀態。林海音在此年創辦了《純文學》月刊，提倡不含政治與商業目的的文學創作，並以此立場推廣文學的大眾市場，不僅提攜眾多年輕文字工作者，並使許多已停筆多年的日治時代作家重啟寫作。林海音擔任發行人與主編的四年間，親手寫了上百封信件向雜誌既有的作者群邀稿，燃起整個文學界原本枯衰的火光。《純文學》出刊的五年間，一共發行六十二期，最後的八期乃由劉守宜接手發行。與《文學季刊》、《現代文學》鼎足而立的《純文學》月刊，雖然歷時並不久，卻用力地刺激了臺灣文學的發展，其後於一九六八年所成立的「純文學出版社」，除將《純文學》月刊之連載文章集結出版，亦出版子敏《小太陽》、王藍《藍與黑》、紀剛《滾滾遼河》等經典著作。

如林鶴宜所指出，六〇年代的臺灣藝文界，乃處於一個急需另闢蹊徑的困境中，現代詩、散文、小說與戲劇文學的創作，皆在擺脫政治桎梏的過程中摸索探尋著各種可能。（二〇一五：二六〇）在同一年中，由李曼瑰於一九六二年敦促教育部所成立之「話劇欣賞演出委員會」，開始每年在臺灣藝術教育館舉辦針對大專院校的「世界劇展」與「青年劇展」。「話劇欣賞演出委員會」所推出的「世界劇展」與「青年劇展」，實則為之後八〇年代的臺灣實驗小劇場奠定了醇厚的基礎，不可不謂臺灣文學史上的重要里程碑。「世界劇展」乃由大專院校外文系以外文演出世界名劇；「青年劇展」則由大專院校話劇社為演出單位，二者皆培育了無數重要劇場工作者，並影響了七〇年代成立的耕莘實驗劇團、蘭陵劇坊、聾劇團等表演團體先驅以及如馬森、黃美序等編劇者與翻譯者。今日臺灣的劇場生態之一脈相承，即可追溯自「世界劇展」與「青年劇展」時期的各種努力建樹。由於李曼瑰與國民黨的密切關係，其相關戲劇推廣活動乃挾帶濃厚的官方色彩，因此國內的原創劇本創作，大部份仍帶有中國中心主義的色彩與反共抗俄的屬性。也因此，引進世界名劇與鼓勵青年創作的「世界劇展」與「青年劇展」，更顯其突破性意義與價值。

其時的《劇場》雜誌甫創刊兩年，雖然在一九六八年即因經費問題而停刊，然而九期的刊物，仍在相對壓抑的社會氛圍中，突破重圍，引進重要的當代前衛電影與現代主義表演藝術，包括電影劇本《廣島之戀》、《甜美生活》與舞臺劇本《等待果陀》、《禿頭女高音》、《生日舞會》等。參與《劇場》創刊的文人，包括黃華成、邱剛健、陳清風、崔德林等藝術工作者，亦有陳映真、劉大任、王禎和與黃春明等作家，使得《劇場》成為其時臺灣藝文圈的重要輻輳。所引介的哲學、文學與藝術理論與思潮，深深影響了六七〇年代的創作風向。如梁佳純所描述，「（其參與文人）的反叛行為與審美品味，為臺灣起了一場前無古人後無來者的藝文革命運動」，《劇場》的短短三年，留下的卻是超越性的革新力量。

一九六八　有時結束，有時開始，面向恐怖的文學

蕭鈞毅

一九六八年，在一連串的爭議之中，曾經是中西文化論戰主要戰場的「文星書店」停業了。曾於中西文化論戰中糾葛的民族與文化認同——被視為學術重荷與一國文化之基底的論戰——那些是在國府統治下，始終未被梳理的現代性問題：日治時代之後「再一次」現代化的過程、「再一次」強化的勞動與剝削結構、「再一次」陷入國際局勢夾縫的政權危機。

無論是要捍衛中國（傳統）文化或西化，論戰的背後始終都挾帶著國府的統治陰影：《文星》雜誌在論戰後續始終遭到警備總司令部刁難，乃至於查禁，到文星書店勒令停業——理念的抗爭或思想的辯論，終究抵擋不過政權為了維持自身存在的顢頇手段。

而這樣的背景，也使得論戰和它的影響與一九六〇年代下的臺灣文學發展，發生若即若離的關係。

在文星書店停業的一九六八年，《文學季刊》同仁陳映真，因參予左翼書籍讀書會而遭中華民國政府逮捕，逮捕理由為：「組織聚讀馬列共黨主義、魯迅等左翼書冊及為共產黨宣傳」，此案又稱「民主臺灣聯盟案」；又因陳映真參予《文學季刊》的撰稿，連帶波及黃春明等

《文季》同仁。

若我們仍然記得一九六〇年曾引發爭議與風潮，強調探索現代人與都市人內心面貌與精神構造的「現代主義」，那麼，陳映真的左翼思想與書寫傾向便可以視為對「現代主義」的反對派。陳映真參予的《文學季刊》亦如是，王夢鷗、姚一葦、葉笛、黃春明與王禎和等皆在上頭發表著作，例如早被經典化的〈兒子的大玩偶〉，一九六六年創刊的《文季》走向明確，但也正因為這樣的明確，遭逮捕的陳映真也使得《文季》連帶被政府仔細地「檢查」過了一輪。

不過，即使伏貼於「現實」，也不代表「現實主義」就是小說的唯一一條現實之道。「現實主義」的論戰在臺灣文學史的小說百年裡，反反覆覆地被提出辯證，時而作為教條，時而作為真理；即使是非左翼思想的作家，只要是「關注社會現實」，便能夠擁有共享「現實主義」這一份書寫財產的資格——這種奇特的狀態，是臺灣文學發展的變形。誰說「現代主義」關注的就不是現實人們的心靈史？——在這樣的歧異誤會中，關注階級的文學與關注個體的文學，都在國府治下持續發展的「現代化」中，被迫分道揚鑣。

分道揚鑣的證據，或許可以從一九六八年由林海音創設的「純文學出版社」看出端倪：純文學出版社以推廣「（純）文學」為主要目標，其中，文學類書籍（包含翻譯文學）為出版大宗。若對照一九六七年林海音即參與的《純文學月刊》，由何凡所撰的發刊詞之言，純文學出版社的理念便更為明顯：「『純文學』也一樣，文學以外，不予考慮。」

讓我們再次回顧一九六八年：文星書店結束，陳映真被捕，純文學出版社創社。這三件事在「文化」的理念上互有聯繫，而在「文學」的路線岔出。中西文化論戰的後續逐步地顯現出國府治下「現代性」產生的問題，階級與思維、西化與時局，夾在冷戰局勢下的臺灣還沒能好好整理日本殖民後的文化與物質改變，便「再一次」地被囊括進「兩個中國」的宣稱與戰爭中——與此同時，一九六八年的西方世界恰逢法國五月風暴，美國反越戰的內部聲浪也大幅升溫；臺灣當時應當思索並整理的問題恐怕不只是「中國」或「西化」，「現代」或「寫實」這樣的問題，也不僅僅是將「純文學」逐步提升成文化高點的意識形態工程——而是在這樣的大背景下，「現代（的）文學」應該做些什麼。

但在威權時代下，這樣的問題動輒得咎，也讓臺灣的一九六八是一次徹底尷尬的體驗：關注內在的文學則在遙遠的未來與「純文學」的某些理念契合，逐漸成為審美性質的產物、關注階級的文學發展是未來鄉土文學論戰的前哨、而關注本土的文學——夾縫中的夾縫——吳濁流在他創辦的《台灣文藝》第十八期發表了〈為臺灣文藝講幾句閒話〉，一如他堅持《台灣文藝》不能改名為「中國」的理念，「本土」是這本雜誌重要的文學基石，這理念有其成果，卻也有其歷史上的悲哀。

因為，就在十年後，當階級與本土這兩種文學上的關注漸次合流，開始鄉土文學的關懷與書寫時——「再一次」地，規訓與懲治的恐怖仍將，呼湧而來。

一九六九　變換的時代

蔡林縉

你的昨日與明日結婚
你有一個名字不叫今天的孩子

——瘂弦〈給超現實主義者——紀念與商禽在一起的日子〉

當天河東斜之際，隱隱地覺出時間在我無質的軀體中展佈；一個初生的嬰兒以他哀哀的啼聲宣告——雞已鳴過。而我自己亦清楚地知道——關於那些足印，我已經透支了。

——商禽〈透支的足印——紀念和瘂弦在左營的那些時光〉

一九五七年的南臺灣，在生命旅途裡不斷逃亡的詩人商禽，與一樣離鄉背井且同為袍澤的瘂弦，在高雄左營海軍陸戰隊基地相逢。兩位知識的「盜火者」，在戒嚴壓抑的歲月，以各自抄錄的禁書札記為思想的驛站滋潤流離卻渴望文學的心靈。他們一是變調之鳥，一是闇瘂弦音，身處禁錮圍困的「雄性獸欄」唱著不同的歌，幸好，詩人們還有詩，在南臺灣軍營滯悶的空氣裡相濡以沫。臨別之際，除了月光和酒，兩人以詩來交換天空的出口。

十足值得玩味的，越過北迴歸線陽光眩目的南臺灣，兩度成為孕育臺灣文學超現實主義的美學土壤。瘂弦認為，超現實主義在日殖民時期的風車詩社之後之所以能夠再度延續，歸功於「一個詩社（現代詩社）兩個畫會（五月畫會和東方畫會）和一名憲兵」，這名憲兵說的就是商禽。而一九五四年於高雄創刊的《創世紀》和商禽更存在著密不可分的聯繫。詩人告別羅馬，逃離壬癸，以商禽的身分再度亮相，《創世紀》這個舞臺是當之無愧的最大功臣，而《創世紀》亦因為商禽的現身，確立了其超現實主義的書寫基調。商禽最為人傳頌的詩作如〈長頸鹿〉、〈滅火機〉、〈門或者天空〉等，以及為數不多的詩論之一〈詩之演出〉，都曾見於《創世紀》詩刊。

一九六九年一月，《創世紀》停刊（一九七二年於臺北再度復刊）。商禽在停刊的二十九期寫下〈醒〉：「出竅而去。我的魂魄。」九月，應美國詩人保羅．安格爾（Paul Engle）和聶華苓之邀前往愛荷華大學駐校，真正地飄洋而去。十月，第一本詩集《夢或者黎明》出版，算是為《創世紀》這一階段標榜超現實主義的風格做了總結。瘂弦回憶，集子裡不少詩篇，寫就於那段在一塊兒的日子。

有人離開，有人歸來。有些事稍歇蟄伏，也有些事正萌發轉變的契機。同一年，剛結束愛荷華大學「國際作家寫作計畫」的瘂弦返國，接掌《幼獅文藝》主編一職。

創設於一九五四年的《幼獅文藝》，起初其實是蔣經國為落實「反共抗俄總動員運動」所成立的「中國青年反共救國團」，編制下的青年文化教育刊物，由「中國青年寫作協會」的成員輪流主編。一九六八年，時任主編的朱橋（朱家駿）不幸英年早逝，自隔年三月（一八三期）起，由剛自美國返臺的瘂弦繼任雜誌編務。首先面對的挑戰是，在前任主編所闢出的空間之上，如何持續轉動這個在當時官方色彩濃厚的刊物？瘂弦選擇了詩。同年六月出刊的一八六期「詩專號」，堪稱相當具代表性的一大嘗試。他敏銳地藉由古典詩人屈原的形象和自離騷以降的詩歌傳統閃避潛在的官方文藝審查，進而偷渡多篇風格鮮明的現代詩作和詩論：如洛夫的〈超現實主義與中國現代詩〉探討超現實主義的在地翻譯和轉化；顏元叔從跨媒介觀點剖析艾略特（T. S. Eliot，顏文譯作歐立德）的形式實驗；也有多篇詩作來自「海外」（如溫健騮、葉珊、唐文標、黃用、余光中等等）。而即將遠行的商禽則交出了〈溫暖的黑暗〉，散文詩的形式，彷彿電影《班傑明的奇幻旅程》與時間逆向，時光頂端是盡頭也是最初——

就這樣，在感覺中緩慢而實際超光的速度中上昇。就這樣一個人看見他消逝了的年華，三十歲、二十歲、十八歲、十七歲……淺海中的藻草似的，顏彩繽紛，忽明忽暗的，一一再現，直至僅屬於我們一己的最初——那極其溫暖的黑暗。

一系列精心策畫的專題與海外藝文社群的密切互動，瘂弦的編輯理念稀釋了《幼獅文藝》以國族意識形態掛帥的官方氣息。隨後，於一九七六年再度赴美威斯康辛大學進修，隔年回國後受聘擔任聯合副刊主編，主編瘂弦所引領的輝煌年代於焉展開。只是，當主編瘂弦的面容越來越清晰穩健，詩人瘂弦的身分，卻悄悄地淡出。幸而，一冊《深淵》（一九六八年出版）裡面深刻描繪的人生百態（二嬤嬤、坤伶、上校、修女、C教授等等），詩人的名字將被永遠記得。

同樣也是一九六九年，美國阿波羅十一號成功登陸月球，將美蘇冷戰的太空競賽推向白熱化階段。回到地表，六〇年代全球延燒的去殖民運動、反戰運動和公民權運動風潮，到了一九六八年以幾個關鍵性的事件（如布拉格之春、馬丁・路德・金恩遇刺、巴黎五月學運等等）達到高潮——陣陣歷史旋風所掀起的波瀾當屬二十世紀後半葉橫掃知識界的解構思潮。臺灣也在這重重渦流中一同激盪：在經歷了國家文藝體制下的健康寫實風格，臺灣電影將延續另一波以瓊瑤為名的愛情文藝浪潮；一九六九年紐約爆發石牆事件，似是預告了性別書寫也將出現新的轉折。人權、主體、認同、族裔……臺灣在這般變動轉換的時刻揮別了六〇年代，而也旋即迎來，不論是就在地情境或是國際情勢而言，更詭譎湧動喧囂紛擾的下一個十年。

1970-1979
尋求自我認同的臺灣文學，爆發鄉土文學論戰。

一九七〇　致千年後的讀者

詹閔旭

一九七〇年，黃靈芝以短篇小說〈蟹〉摘下第一屆吳濁流文學獎首獎。這是他二十歲完成的少作，當時他罹患肺結核，又病又窮，死亡如影隨形，故寫下一則飢餓過度的老乞丐誤食人骨的離奇故事。小說裡的乞丐飽受罪惡感折磨而死去，小說家本人卻熬過病魔，活了下來，然而動盪時代讓他的文學之路走得異常艱難、孤寂。

時間先拉回到一九四五年八月十五日，日本無條件向同盟國投降，宣告第二次世界大戰終了，也替臺灣達五十年的日本殖民統治畫下句號。長期定居這塊亞熱帶島嶼的日籍人士著手打包行李，帶不走的雜貨推到街上兜售，等待分批遣返日本。少年黃靈芝在街上看見一位日本人攤位上盡是文學作品，森鷗外、夏目漱石、川端康成、眼花撩亂的世界文學日譯本。他興奮不已，返家借錢和一臺大推車，一口氣買下一千多冊。那一年他才十七歲，整日編織文學夢，腦海裡預寫他未來一本又一本的作品。

殊不知隔年，一九四六，國民黨政府下令廢除日語，受日語教育長成而懷抱文學夢的本省籍青年頓時失去唯一的表述工具，淪為失語的世代。與黃靈芝同世代的跨語作家處境迥異。熟稔中文的鍾理和屬於異數，跨語對他而言不是難題。但多數作家如鍾肇政、葉石濤、陳千武，他們必須廢掉一身功夫，重拾課本學習中文，學習用方塊字寫作，一直纏鬥到一九六〇年代方有作品產出。

相形之下，黃靈芝屬於異數中的異數，他堅持使用日語創作，這一條路或許無需面對跨語書寫的門檻，卻注定失去在臺灣社會發表作品的舞臺，畢竟當時臺灣文學能使用的書寫語言是那樣的狹隘、單調、貧乏。他一生的作品除了少數翻譯為中文——如《台灣文藝》發表的小說〈蟹〉，以及發表在《笠》詩刊的〈狗〉、〈進化〉、〈因緣〉、〈牛奶〉、〈蟬〉、〈約定〉等詩作——之外，多數作品其實不為臺灣讀者所熟知。他避開交際，免去應酬，日日伏首案頭，筆耕不輟，但臺灣主流文壇沒有太多人認識他，他究竟為何而寫？為誰而寫？

他的回答淡然，眼前有沒有讀者並不重要，他所尋找的是一千年以後的讀者，一千年以後的語言。他堅信，文藝蘊藏了超越時空限制之力量。

他一眼望向千年之遙，無疑與一九七〇年「回歸現實、回歸鄉土」的臺灣社會構成強烈對比。就在他摘下吳濁流文學獎首獎的同一年，日本將釣魚臺畫入領土，揭開全球華人風起雲湧保釣運動熱浪。緊接著，臺灣相繼與日、美等國斷交，聯合國席次遭中國取代，一連串嚴重外交挫敗激起臺灣年輕知識份子關切社會現況的熱情。一九七二年，隨著楊逵復出文壇，新世代年輕人留意到日治時期文學作品的抗日精神，捧讀楊逵、鍾理和的作品。《聯合報》在一九七八年趁勢舉辦「光復前的臺灣文學座談會」，邀請日治時代作家王詩琅、葉石濤、楊逵、黃得時、陳火泉等人赴會，共同「傳下這把香火」，這把自一九四五年遭到禁斷、塵封達三十年之久的日本記憶星火，至此照亮漆黑的夜空。

時代的因緣際會，〈蟹〉作為黃靈芝第一篇由日文翻譯成中文的小說，這篇小說的中譯本在一九七〇年獲獎，恰好打響遭到壓抑的日本記憶再度湧入這座島嶼的第一槍。

走過一九五〇、一九六〇年代相對封閉、壓抑的社會氛圍，一九七〇年代的臺灣正處於民主化之路的起點。臺灣人心浮動，全球政經局勢暗潮洶湧，旗幟、標語、民族主義、示威遊行山雨欲來。置身意識型態劇烈重整肅清的年代，黃靈芝，戰後臺灣文學少見的日語作家，選擇隱居陽明山，遺世獨立，一心一意追索心目中最純粹的文藝與美。

他仍堅持書寫他心目中的臺灣，那一千年後的臺灣，致千年後的讀者。

一九七一　域內的域外

馬翊航

陳英雄，臺東大武排灣族人。一九六一年底，二十歲的陳英雄，調派至花蓮縣富里鄉永豐村擔任警察。頭目家族出身的他，腦中有著活躍的部落記憶，以及從巫師母親那裡領受的豐美神話。文學在他的身體裡，只是尚未以筆賦予形貌。在他略為偏遠的山村管區，有許多前來東部開墾的退伍軍人。那是五〇年代政府，針對大批退除役軍人開墾計畫的一幅剪影。以安置為名的勞動，正是國家無處不在的掌握。春陽，樹影，田地，土石，汗水組合而成的畫面中。有一男子，靜默地在簡陋的工寮中提筆寫字，引起了陳英雄的好奇。

「盧先生，你在這兒，大家都在工作，你幹嘛不工作。」

「我在寫小說。」

「這個可以賺錢嗎？」

「可以的。」

他是來自浙江，中央軍校十六期畢業的盧克彰。那時的盧克彰已是作家，出版了《激流》、《謳歌永恆的人》。陳英雄在盧克彰的引導下，嘗試提領，描繪一些特別的節奏，聲音與故事。他的第一篇散文〈山村〉，寄到了當時主編聯副的林海音手中。盧克彰代為措詞，言詞懇切的投稿信件中，是這麼說的：「我是一個出身在文化落後的山地青年，現在花蓮縣警察局從事警察工作。……希望先生不吝指正，使自由中國文藝的光輝，照耀到文化落後的山地裡去！謝謝您。」

〈山村〉的刊出，讓陳英雄知道，原來寫作能讓記憶轉換姿態，能使他的名字被看見。之後，陳英雄的名字出現在《台灣文藝》、《新文藝》、《樹人》、《幼獅文藝》……。一九七一年，陳英雄三十歲，《域外夢痕》出版，成為第一本臺灣原住民以漢語書寫的文學著作。

只是，那明明在島嶼內，部落裡的故事，為何是域外？

在這些以排灣族部落為背景的小說中，往往置放著一些外來者，從部落望出去，又從平地看進來。〈域外夢痕〉裡，漢族青年陳亞夫，以山地行政特考，分發臺東土坂村擔任村幹事。他被古木與風雨重重包圍，長途跋涉之後，終於到來充滿凶險與誘惑的山林與溪谷，經歷一段原漢之間的悲戀。山林與部落的奇險與優美，像一套淨化洗禮的療程；而那外來者，同樣也是來澤被山地的。「我曉得山地同胞有許多傳統的守舊觀念，糾正這種錯誤觀念是我們基層行政工作人員的責任。」被視作域外的蠻荒之地，帶著世外桃源般的優雅與能量，令他親近，卻又遠離。

那是反覆錯置，等待收納的，國家對山地的「愛」。〈排灣族之戀〉中，青年男女的戀情，因為女孩被許配給漢人作二房而被迫拆散。原住民青年的缺憾，無法與那平地社會追討，只能成為「殘缺的記憶」。〈高山情溫〉中，戰後部落「依舊過著被隔絕了的原始生活」，無法分辨那外來的軍人，究竟是日本兵，或是「老提亞」（中國人）。偉大的國軍終究是奉獻出了自身的溫暖，民敬軍，軍愛民，來自平地的溫情，永恆留在山地人民的心中。〈覺醒〉中，因為參與地下組織，向山村警察自首從而獲得新生的故事，在七〇年代仍舊未歇的政治案件下，更顯得突兀與緊張。

那敘事聲音，像個一半在裡面，一半在外面的人。那些文字，彷彿背後有著另一雙手，悄悄地將陳英雄體內的部落記憶，語言，變化微調成另一種聲音。如今看來刺目的異痕，或就是國家的光線「照耀」山地的過程。那域外，彷彿總是散發著奇異的光澤，等待被看見，理解，潛藏著一些隱密的刺痛。

陳英雄的《域外夢痕》是一部曖昧的作品。像難以告別的餘夢，卻又是未來的種子。他與盧克彰的相遇，不只是漢對原的啟蒙，更像是一次溫柔的碰撞。那是緩慢路途中的一個足印。恰恰是這些事物，讓我們警覺，那些域外，如何暗示著一個糾纏洶湧的域內——因為那些名字與土地，仍須經過許久，才不是域外的。

一九七二　持攝影機的小說家

李時雍

那是觀景窗裡外，都無法捕捉的顏色吧。是南方濱海的日陽，曝曬於埕前，綿延數代信仰中心的廟宇，目眩的福祿壽，或簷瓦上疊加的雕龍畫鳳。臺南西北之緣，南鯤鯓的微風，總瀰漫有鹽田的氣味。

他想起這趟採訪由因王爺廟祭典而來，晨光，約莫六時，便親睹靜謐的小村落，遠近信眾續續而至，巷路鬧熱了起來，始有鑼鼓與燻煙之際，他與同伴，忽忽見到另一幅更迷離的景致，在角落樹與樹間，懸繩十數幅掛軸畫作兀自微晃。既不似廟宇畫匠之作，其中，重複像似面具一式的人臉、時而下半身竟連結成花草魚鳥，粗糙的畫紙上，卻勾勒極細緻而難解的圖騰與符號。對比強烈的朱紅藍綠，另些則留下筆墨暈染的黑白線條。於此，橫空出世，彷彿來自外星抑或幽冥，筆觸稚拙如孩童，又神祕地，溶入王爺的轄地。

同伴不禁執起相機，初老的男人從哪兒現身、趨近，並說道：「儘管去拍下你的照片吧，將好的寄回來給我……」稍後他會在一份英文的刊物《ECHO》（漢聲雜誌），記錄下他們的對話，並回想起自己的第一印象：這個初老男人，精神是否正常呢？他在文章裡，試著解釋男人總帶著那一絲沉默的微笑，是素樸的羞澀，或也是過人的自信、對自我藝術稟賦的絕然堅信。

那是鄰人稱為「朱豆伯」的洪通，初次被世人、被歷史照見的一刻，一九二〇年出生南鯤鯓，前半生曾為乩童、漁夫、過著刻苦的零工生活，不曾離開過此座漁村；五十歲那天，突然企求妻子讓他往後全心投入繪畫。幾年間，狂熱作畫，令不解的鄰人形容其狀似起乩、「有邪附身」。

「這些畫太特別了，以致毫不可能以相機去評價啊！」那時訪者沒想自己一番話，竟啟開了朱豆伯某道心防，其後，領著他們造訪了創作的簡陋畫屋。

他帶有小說家敏銳的渲染，該篇報導以「瘋狂」為題，〈瘋狂藝術家〉，The Mad Artist，刊登在一九七二年七、八月號雜誌。朱豆伯對年輕的小說家說，他習畫不過三年。

一九七〇揭始，不過三年，內政外交的窘迫越劇，保釣運動在海外引爆（一九七〇年底）、中華民國退出聯合國（一九七一年十月二十五日）、美國總統尼克森訪中國（一九七二年二月底）、臺日斷交（一九七二年九月二十九日），等等種種，年代剛開始，已令人不安亟思政治社會的現實性、在地性。

彼時，小說家早歷經他極其短暫的蒼白現代階段。並已在深具現實主義性格的《文學季刊》（一九六六—一九七〇）、及與同仁知交間，發表了往後成經典的多篇故事，塑造出源自鄉土、現實底層生活的人物們，青番公、白梅、坤樹、憨欽仔。羅東泥壤出生的孩子，求學階段一路輾轉、終至屏東師範畢業，當過老師、廣播主持人、任職廣告公司。饒富寓意的卻是，與朱豆伯無意邂逅的同一年，他將從小說寫作、轉而投入電視節目工作。脖頸圈掛徠卡相機，牛仔褲，以腳讀地理，編導或掌持十六厘米攝影機，拍攝下中視一系列「芬芳寶島」為名的紀錄片，首先一部與攝影家張照堂一起完成的《大甲媽祖回娘家》（一九七四），同一季導演猶有《咚咚響的龍船鼓》、《淡水暮色》等。

〈瘋狂藝術家〉一文刊出後，隔年四月，《雄獅美術》雜誌以大篇幅五十頁餘，特輯介紹洪通畫作；一九七六年三月「洪通首次個展」在《藝術家》雜誌主辦下，於臺北美國新聞處展出七十六幅；同月間，高信疆在其主編《中國時報‧人間副刊》上，一連五天版面推介洪通的鄉土藝術（月底則是朱銘專輯）。此後，瘋子畫家、靈異畫家、樸素藝術（Naïve art）或東方畢卡索之稱，伴隨人們去理解一個人深邃的內在世界。直到藝術家一九八七年於南鯤鯓家中貧困落魄地去世，留下三百多件作品與一幢孤寂的畫屋。

洪通，莎呦娜啦，再見了，鄉土文學熱。那是急切渴望「看見」土地的年代、或也是鄉土延燒的初始與末了了。一九八七年，擱筆多時的小說家，在一場對話談及文字的無力感，如此回顧了他手持起攝影機的七〇年代：「如果文字大家都不看，那我會想到用攝影。……這就是我去拍『芬芳寶島』紀錄片的原因。在當時，我覺得我的小說，產生的效果不大……」「既然我的讀者都跑去看電視，好，我就跑到電視裡讓他們看。」（阮義忠，《攝影美學七問》）

復返這年，五月裡的一日，僻遠的南鯤鯓。觀景窗外，破曉時分的晨光，剛染上寺宇的彫梁畫棟，薄霧般的影色顯得迷離而模糊。曳動在兩樹身間的掛軸，草地人阿伯，紙張上奇詭的花葉臉容，再不到一刻，就將顯影感光在黃春明年輕而閃爍的眼中。

一九七三　兩生花的世界

林妏霜

此岸是旗津，彼岸是前鎮；一邊是家，一邊是世界。這是少數幾艘往來交通的私營船隻。只能乘坐十多人的小船，已經明顯超載。船上多半是女孩，她們正準備前往加工區上班，推動她們咬著牙擠挨渡過去的，是延遲便扣薪的「生產線」、「輸送帶」，工廠時間。

真實時間是一九七三年九月三日，星期一，大約清晨六點。航行不久，仰賴著例行而固定的勞動維繫秩序與安全感的她們，或許很快就發現機械的聲音有點不對。然後船艙開始滲水，船舷有運載的腳踏車，逃生的人們堵住出口，船身搖搖晃晃終至傾覆。報導有四十六人受傷，二十五位女性受困艙底。因「雲英未嫁卻慘遭滅頂」她們被合葬於同處，名為旗津「二十五淑女墓」。紀念碑上另寫一段：以使同命芳魂地下仍可不孤……

到二〇〇八年終正名為「勞動女性紀念公園」之前，有好長一段時間，時常被隨意附會、被形象，甚至因博弈者的挫敗暗夜敲破墓碑。她們的名字被畫下了底線，變成了被註釋著的事件，變成了人在歷史裡的記憶；或許也變成了那些被隱蔽不要人再去談的一切。

誰都是貼著生死在過活，最小的罹難者，年僅十三。幾個未成年女孩，借用了他人身分，以另一個名字死去。她們無法用河這岸的方式，在那裡生活。或許渴望至少能創造另一種生命軌道，提早鐘面的轉動，將夢篩過現實的孔洞，將彼岸派生成另一個新世界。

這個職災事件成為紀錄片《她們的故事》（二〇〇九）裡其中一件，並插置了《一個女工的故事》（一九七九）為對照，有人觀後感覺電影的片段：「瓊瑤似的。」

差不多此時，總被評判「不食人間煙火」的瓊瑤故事，不只標示羅曼蒂克畫框的存在，對女性勞動者的描繪與想像亦開始增引了進來，變成故事的皺褶。電影裡從事勞動工作的女主角，對誘以金錢讓人離開愛情的男主角父親，強硬道：「茶花女的時代已經過去了。」抑或對別人擅自安排，說出拒絕：「選擇工作的自由就是我的理由。」

這兩部電影都在一九七三年由李行導演，分別是《彩雲飛》與佳評而接續拍攝的《心有千千結》，此片恰由初入電影界的侯孝賢擔任場記。宋存壽亦執導了因版權始終未能商業映演的《窗外》。文藝電影與就在這年意外死去的李小龍武打片抗衡著。

一九七四年的《海鷗飛處》同樣賣座，李行重拾信心，也讓原陷疲乏低潮的瓊瑤小說改編電影再掀熱潮。電影裡的主題曲成了傳遞女性聲音的敘事媒介與商業策略，加以勢必的男女明星：前期甄珍、鄧光榮；後期「二秦二林」，似乎成了當時文藝電影的完形。但總有後見與異議：文學創作已開始「正視鄉土」，電影藝術卻仍「風花雪月」，沒有「跟上來」。

其後瓊瑤的愛情王國終被解讀。借句研究者話語，《彩雲飛》從此開啟了某種新的模型：

女主角的雙重身分，或由同一人扮演分屬不同階級的孿生胎。（林文淇，二〇一〇）論述詞彙時常是：疊影、雙身、重像。

兩生花般，女性勞動者與瓊瑤故事被密貼並置，彷彿在外側提供了另一條細節路徑，讓她們與美麗的命中連結：幻夢在那裡碰接，讓心思或感傷收容藏放。或許那些苦勞驅使她們遠離過於接近的生活，捉攫不可知但有可能的未來；去發現自己到底在哪裡？或不在哪裡。

瓊瑤寫於一九七三年的小說《碧雲天》，一九七六年同由李行拍攝。新生寶寶啟幕後，第一顆鏡頭便停棲在黑板上的作文題目「我」，與那個寫不出任何一字關於「我」的女孩。

彷彿每個人都有自己的文本要陳述，都有自己的咫尺天涯。像世界的重擲。

一九七三年，現代詩先撒下了論戰種子。葉石濤開始積極整理作家作品，小說之外，出版了《葉石濤作家論集》；還寫著小說的林懷民，曾在初出版《變形虹》（一九六八）裡，感恩葉石濤的文學牽引，其後，他轉向了舞蹈創作，創辦了雲門舞集；詩人陳秀喜寫就〈臺灣〉一詩，即將被改編為歌曲《美麗島》，往後不停被禁唱；三毛離開臺灣，與荷西結婚定居在沙漠小鎮，開始書寫她一系列的「撒哈拉故事」；王文興漫漫長長的家變也要大力地驚動了後來的人了。

穿越一條河、一座沙漠、一棟屋子，每個人都在告訴你什麼是家，而他怎麼回家。

一九七四　遠方的尹縣長

鄭芳婷

一九七四年的臺灣，正經歷著造成全球經濟衰退的石油危機與接連七次的外交挫敗，卻在蔣經國所提出的十大建設政策中獲得幾乎是反敗為勝的契機。而在如此極端的社會動盪之中，旅外多年的臺灣作家陳若曦發表了她震驚華語文學界的代表性作品〈尹縣長〉。該作首次發表於《明報月刊》十一號（一〇七期），而後與〈耿爾在北京〉、〈值夜〉、〈晶晶的生日〉、〈查戶口〉、〈任秀蘭〉等其他短篇小說集結成《尹縣長》一冊，於一九七六年三月由臺灣遠景出版社印行。出版後，陸續獲得中山文藝創作獎、吳三連文學獎、聯合報特別小說獎，並被列入《亞洲週刊》二十世紀中文小說一百強之一。獲獎無數、刷量驚人、激起文壇巨大浪潮的〈尹縣長〉篇幅並不長，然而其背後所背負拖曳的沉重歷史痕跡與巨大記憶創傷，卻以跨越世代與時空的恢宏之力，撼動無數讀者。

文中主角尹飛龍身處文化大革命時期（一九六六—一九七六）的中國，原為中國國民黨上校，而後在國共內戰中率部投共，成為陝西興安縣之縣長，十幾年間，忠心地為信念與想像中的中國無悔奮鬥。然而至文革時期，尹飛龍成為毛澤東式社會主義所猛烈批鬥的階級敵人，最終在高呼「共產黨萬歲！毛主席萬歲！」的激動宣誓中遭槍斃死去。文中的敘述者以第一人稱方式，冷靜客觀地描述著尹飛龍的慘烈經歷，淡然的語氣表現出敘述者作為一位路過興安縣旅客的疏離態度，而這樣的疏離態度對比於尹飛龍所經歷的殘酷迫害所締造的強烈聳動之感，則帶出作者陳若曦旅居中國七年的政治信念的震盪與搖動。

當群眾、槍擊者、被槍擊者皆以近乎狂歡式的興奮高喊「毛主席萬歲」，則文中所呈現出的這一場行刑，徹底顯示出政治的荒謬性。一九五七年出生於臺北永和的陳若曦，其創作生涯滿佈政治與歷史的痕跡與皺褶。陳若曦在就讀臺大外文系時，與白先勇、歐陽子、王文興等人創辦《現代文學》（一九六〇—一九七三）雜誌，後經由推薦赴美讀書，最後轉入約翰・霍普金斯大學寫作系進修。而後陳若曦與丈夫段世堯懷揣著對國民黨政府的批判與對社會主義的憧憬，雙雙移居至中國，一待便是七年。在這七年的生命經驗中，她親睹了文革的種種景象與奇觀，成為日後創作〈尹縣長〉的基本底蘊。

陳若曦而後移居香港，再移民加拿大，短時間內又轉居美國，並於加州大學柏克萊分校（UC Berkeley）任教。一九七九年間，陳若曦又因美麗島事件短暫返臺，帶著由一眾旅美學者與作家所簽署的信函面呈蔣經國，為民主政治發聲。而後她又移居香港，直至一九九五才真正回到臺灣。近乎三十年的離散經驗，在陳若曦的文學作品中，既折射出孤寂與悲戚的政治意識，亦同步揮發出無與倫比的生命韌性，以及這二者交融滲透後，經過長年累月的沉澱所流淌出的極致溫柔。

此時的臺灣，距離〈尹縣長〉出版之一九七四年業已超過四十年。亞洲四小龍的經濟奇蹟僅存國立編譯館書籍上的課文條目，然而過去的官僚執政與兩岸緊張，卻縈繞至今。四十年過去，在槍斃場上高呼萬歲的尹縣長雖死猶生，陳若曦鋒銳如刀的筆尖，寫下了跨越時代與地理空間的抗爭靈魂。陝西的尹縣長很遠，但凱達格蘭大道上的巴奈僅是咫尺；角色最終在政治荒謬的悲劇中死去，然而今日無數的臺灣民眾卻在同婚釋憲的歡呼與眼淚中獲得新生。陳若曦的〈尹縣長〉超越了時空限制，演繹了一位臺灣文學家渾厚且溫柔的生命力道。

一九七五　寫實的反覆

蕭鈞毅

一九七五年，高信疆於《中國時報．人間副刊》闢了一則名為「現實的邊緣」的專欄。彼時，在那份專欄裡，「鄉土」與「寫實」的聯繫被報導文學這個文類的創作方案結合，創作者如古蒙仁、林清玄、馬以工等陸續以報導文學的筆法介入現實。

承繼了臺灣文學史上一路而下對「寫實」的爭論——自日治時期的新文學、左翼文學、到國府遷臺時服膺政治宣告的中國文學、新儒家與中國文學在臺灣的變化、以及外國文學系主導的現代主義與比較文學——一九七〇年代承接的臺灣文學脈絡反反覆覆，其中一個核心便是在「寫實」的邊界上思索與著墨：寫誰的實？如何寫實？

這般苦惱於「寫實」界線的臺灣文學——我們或許可將這份苦惱，視為臺灣文學史長年來的一個癥候：不同的年代不同的作家一旦試圖關心自己土地上的大小事、自己生活周邊的事物時，阻力便紛沓而至；文學該如何寫實的問題，一直不能被好好地，漫長地討論、發展並累積創作成果。

癥候與焦慮是同時的，一九七五報導文學的再出現，不是沒有原因：誠如學者蕭阿勤對一九七〇年代的研究，將一九七〇年代視為「回歸現實」的一代。其推論來源自當時的政治時空：苦悶的保釣運動、中華民國在國際上的處境、戰後世代的長成、本土派對臺灣環境與政治問題的隱忍……林林總總，政治問題是時人呼吸的空氣成分，深刻地左右了文學的創作氣氛。當時的臺灣政治氣氛依然緊張，但已經漸漸地掩蓋不住對社會的關懷。社會運動漸多的彼時，「報導文學」也因面對臺灣的歷史問題，有了它初步的成果：如古蒙仁以「文學的筆，新聞的眼」書寫偏遠礦農山村、心岱書寫對立於都市生活的自然生態、翁台生《痲瘋病院的世界》討論弱勢者的生活等等。

相對於文學的「虛構」裝置，報導文學更看重直接面對材料、紀實性與田野調查。值得留意的是，從一九七五年開闢「現實的邊緣」專欄，到一九七八年將報導文學畫入「時報文學獎」的徵文體類，這種確立報導文學的文類正當性的理念，於臺灣文學史上並非首次。

其實早在一九三七年，楊逵已提出關於報導文學的理論，並於刊物《臺灣新文學》上〈募集報告文學〉。介於當時的日本政權與臺灣人的處境間，楊逵認為理想的報導文學應當去除虛構性，在「紀實性」和抽象的思考間取得平衡，讓現實的理念得以傳達，而不讓文學成為政權的附庸。

只是，對於臺灣文學史而言，先後討論同一個議題，彼此的影響卻稀薄微量的例子太多了。我們不能假定高信疆有受楊逵影響，同樣的，楊逵談報導文學直到他入獄後，報導文學這個文類在臺灣便沉寂了一大段的時間，甚少有人倡議。這種前後脈絡的斷裂，如上文提到的「寫實」議題亦如是——歷史的破口讓文學的發展趨緩，類似的問題不斷被提出而未能獲得解答，這是刻苦於「寫實」的臺灣文學史的悲哀之所在——再怎麼寫實，歷史仍只為後人，留下破碎的痕跡。

回到一九七五，《中國時報》的專欄可說是突破，而另一邊廂，早早倡議報導文學的楊逵，在同年得到了一篇來自同是政治落魄邊緣人徐復觀的紀念文章〈由一個座談會紀錄所引起的一番懷念〉。懷念起與楊逵為友那段日子的徐復觀，在文章裡多少透露出時不我與的些許蒼涼，那是中國新儒家系統有志難伸的感慨。對照正在發展中的報導文學，楊逵回到了小說書寫，〈壓不扁的玫瑰〉因合乎政權意識形態編入國中國文教科書——但歷史的傷痕還在深處隱隱作痛，日治以來的臺灣作家繼續著「虛構」的「寫實」，我們不得不從此思考，在臺灣這塊土地上，一九七〇年代的「回歸現實」，到底是誰的現實？又是誰在觀看現實？——報導文學名為「報導」，但作者的凝視仍然至關重要。

最後，也是一九七五同年，從日治一路活下來的作家張文環提筆復出，出版了以日文書寫的小說《滾地郎》。「讀起來不得不令人重溫那五十一年殖民地生活的噩夢。」——這是葉石濤對這本小說的評價，也是對張文環從戰後彷彿自外於歷史之處境的苛刻諷刺。

一九七六 關公大戰外星人

顏訥

一九七六年，臺灣島正式被外星人殖民。

七〇年代是國際板塊劇烈運動的十年，地動山搖，小島認同陷落，從裂隙中造山。

六月，美國決定終止經濟援助。

七月，舉辦在加拿大蒙特婁的夏季奧運會，中華民國國旗與國號在賽前臨時被擋在北國國境之外，更名「臺灣」反而成為在國際賽事露臉的唯一入場券。最後協商無效，報紙上，是代表團決議退出時頹坐在機場沒有表情的臉。

可在這些板塊劇烈擠兌島嶼立足位置的危機之後，真正的死滅是突然出現在西門町上空的飛碟，咻咻地捲動了臺灣人對世界末日將至的巨大恐慌。比起三隻外星人齊臨，大刀闊斧的踩踏臺北城，這一年發生的諸多困頓好像瞬間渺小了許多。

「關老爺，救救我們苦難的老百姓！」人民在困頓中的呼喊終於得到回應，被雕刻家趙老伯傾盡性命與信仰雕成的關公神像聽見了，武聖顯靈，解救島民於水深火熱之中。

只可惜，以上，純屬虛構。

關於關老爺化解外星人入侵的危機，是一九七六年夏天，號稱中國影史第一部耗資千萬的特技神怪災難電影：《戰神》的劇情。如果虛構敘事因為被多數人共享了記憶而能成為一種歷史真實，那麼，那一年暑假，全臺灣人的確親身經歷了一場中國神靈力退外來怪物的勵志旅程。

事實上，七〇年代的電影與歌曲都被剪裁的很勵志。

一九七一臺灣退出聯合國，一九七二年上海公報簽訂，中、日斷交，外交重挫後，大家都回到電影裡奮勇殺敵。柯俊雄扮中國抗日名將張自忠，在《英烈千秋》裡力戰日本軍後英勇自殺；林青霞飾演的女童軍，在夾縫中挺進四行倉庫送藥送糧，《八百壯士》於是成為用生命堅守國家底線的壯美象徵。戰爭彷彿都停在二戰時遙遠的，如今已經由共產黨統治的土地上。奮戰，死守，為民族為國家，從戰火榮光煉出的關鍵字，擦亮莊敬自強的金招牌，對開始掙扎著思考臺灣從哪裡出發，要往哪裡去，什麼是鄉土又是誰的鄉土的人們，似乎逐漸成為比外星人佔領臺北還虛擬的夢。

以上，仍舊是虛構。

老實說，外星人根本沒來，最後戰役的地點在香港，關公顯靈守護的土地並非西門町。

原來，劇組按照劇本設定，耗資七、八十萬造好了西門町屋舍的模型，預備用特效讓外星人盡情摧毀。在日本製作一系列特攝電影稱霸亞洲的時刻，在香港邵氏一九七五年跟上特攝風潮推出的《中國超人》使盡閃電拳與追魂腿力抗冰河魔王的時刻，臺灣製造的《戰神》夾帶著更豐厚資金，熱熱鬧鬧把宇宙級魔王迎來小島，多振奮，另類的抗戰殺敵。一送新聞局劇情審查，不對啊，外星人侵略地球的場景怎麼可以是總統府旁的西門町呢？主管機關火火地下了禁令，結果，來不及被外星人踩踏的西門町，倒是先被新聞局摧毀。飛碟只得轉往香港，康樂大廈、半島酒店、海底隧道、皇后廣場輪番變成廢墟，屬於臺灣的大災難一下子成了香港的，《戰神》於是又名《香港大災難》。

一九七六年被火火地禁掉了的還不只電影《戰神》裡的西門町。這一年一月，廣播電視法上路，自一九四六年以後，國民黨政府「去日本化，再中國化」而在臺灣推行的「國語運動」，朝無線電收音機、文學、歌曲、教會、教育機構細細密密延伸出的觸手，朗朗的開始對廣電媒體清潔掃蕩：

第十七條，大眾娛樂節目，應以發揚中華文化，闡揚倫理、民主、科學及富有教育意義之內容為準。

第二十條，電臺對國內廣播播音語言應以國語為主，方言應逐年減少，其所應佔比率，由新聞局視實際需要定之。

一九七〇年，飛碟還未從母星出發，關公尚未以一擋百成為民族英雄，電視臺屬教育部管理，便已規定臺語節目每臺每天不得播出超過一小時。可提起民族救星與世界偉人，孩子們仍能快速答出蔣總統的時代，意外捲動全臺灣人心的忠孝義勇偶像是雲洲大儒俠史豔文。那一年三月，黃海岱在日治時期改編禁書《野叟曝言》成的布袋戲《忠孝義勇傳》，被次子黃俊雄以《雲州大儒俠》重新搬上了臺視。於是，全臺灣人的午休時間，都在期待史豔文操著／抄著地道的臺語與龍泉寶劍在金光閃閃中降臨，啊啊，民族的救星，世界的偉人，刀光劍影中孩子們齊聲叫喊。

百分之九十七黃金收視率，電視史上的奇蹟。

特務機關盯上了史豔文。

製作單位被約談了好幾次。戲中甘草人物「怪老子」，說臺語時故意混入北京腔，聲稱自己只能活到六十四歲，被檢查機關認為影射健康急速下墜的蔣總統，最後被製作單位處死了。大魔王「藏鏡人」則疑似諷刺蔣經國，只好讓他速速改邪歸正。可最好的方法，還是創造全新的英雄角色。往後，史豔文落難時，蒙面俠「中國強」將身騎駿馬在「處變不驚，莊敬自強，伸張正義，敵禦暗樑」鏗鏘有力的愛國歌曲中英勇入場，藍袍，紅披風，黨的顏色在風中張揚。

一九七四年，史豔文落入了中國強也拯救不了的危難裡。首先，黃俊雄送出的臺語布袋戲劇本屢屢被檢查機關打回票，爾後，新聞局正式以「妨害農工正常作息」停播《雲州大儒俠》。史豔文還在掙扎，在臺視試著說了幾天國語。可是，失去臺語的韻味與俚俗語的草根性，沒幾天，勤學國語的史豔文，就徹底被觀眾遺忘了。

一九七六年，史豔文注定無法回魂。外星人從西門町飛離，武聖關公顯靈香港。方言節目與歌曲逐漸從螢光幕消失。和「國語」纏鬥，失語一代的吳濁流，在這一年十月過世。

一九七九年，中美斷交。「中國強，中國強，中國一定強」，拯救民族於水深火熱的救世主在歌聲裡步履蹣跚。

以上，如果只是虛構。

一九七七 路的兩端

詹閔旭

他憶起初初接觸陳映真的印象。第一印象是文學上的抒情。陳映真同他一樣，擅長描寫臺灣鄉野小鎮的人事風土，但他覺得陳映真早期小說略顯柔弱，少了點現實主義況味。寫小說的人難免有一股傲氣，誰也瞧不起誰，只不過他不得不承認，陳映真的文字十分迷人，纖細、敏感、憂鬱自持，甚至是帶一點來自基隆漁村作風海派的他模仿不來的鬼魅勾魂感。

政治上的神祕則是他對陳映真的另一層印象，也是更重要的一面。他年輕時與尉天驄、陳鼓應、王曉波結為好友，學校教育沉悶，他轉而跟著這一票大哥聊天、交遊、喝酒，一邊吸收左派理論，一面關注山雨欲來的臺灣社會鉅變的徵兆。彼時陳映真遭受國民黨政治迫害，鋃鐺入獄，在那樣封閉晦暗的年代，任何膽敢與國民黨作對為敵者對他而言都是偉岸高大的運動先鋒，值得致上最高敬意。因此，當陳映真在一九七五年因蔣介石去世百日特赦而提前假釋出獄，他顧不得政治風氣敏感，顧不得一干好友勸阻，親自登門拜訪。氣味相投的兩人漸漸結為好友。

當然不只他們二人。黃春明、王禎和在尉天驄《文學季刊》寫出各自「面向生活、表現人生」的文學關懷。緊接著，保釣事件從海外烽火接力鞏固臺灣青年回歸現實的決心，喧嘩了，沸騰了，一覺醒來臺灣不一樣了。他剛好經歷臺灣文學轉型期，當時的臺灣，無處不是戰場，隨時有人搖旗吶喊。較晚出道的他也頂著筆名「王拓」投身戰場，一手寫作〈炸〉、〈金水嬸〉等以故鄉八斗子漁港等現實主義題材的小說，一手辛辣為文批評時政。青春炙熱，理想之火高燒，燒紅一整片一九七〇年代天空。

一九七七年四月號《仙人掌雜誌》刊登銀正雄、朱西甯以及他的文章〈是「現實主義」文學，不是「鄉土文學」〉，終於全面引燃戰火，揭開臺灣鄉土文學論戰序幕。

他在這篇文章主張黃春明等鄉土作家的描寫對象早已跳脫懷舊式農村書寫，〈莎喲娜拉．再見〉、〈小林來臺北〉這些作品之所以觸動人心，源自平實直白的文字徹底暴露出臺灣急速都市化所造就的生活悲歌，反映社會困境。當然，這篇富有社會批判性的文章招來不小非議。銀正雄與彭歌公開批判王拓小說和文章傳遞不正確的價值觀，「暴露社會黑暗面」、「工農兵文學」，一篇又一篇的攻擊逼得他越戰越勇，以筆為劍，一刀一刀還擊。當時的他勇者無懼，一方面年輕氣盛，不知天高地厚，另一方面，他也知道身後有陳映真、尉天驄等一幫出主意、相挺的兄弟。

鄉土文學論戰是他們並肩作戰的戰場，然而臺灣社會並未如同他預料走入「現實」，反而繼續追尋「鄉土」的幻影，臺灣意識與中國意識的激烈分化終究促使他們分道揚鑣。他在一九九七年籌辦「鄉土文學論戰二十年」研討會，殊不知陳映真在研討會前一個禮拜規畫另一場會議，顯然是道不同不相為謀。挑釁？較量？他不確定。鄉土文學論戰過去二十年，論戰硝煙未遠，他與這一群好友卻已踏上路的兩端，走進各自時代記憶與意識形態位置。他突然想起第一次去中國，一行好友好不容易克服懼高、氣喘吁吁爬上長城之巔，一眼望去盡是黃土走石，眾人感嘆「祖國」風景奇詭，但他眼中的這片黃土地卻漸漸被帶著鹹味的八斗子海水淹沒吞噬，那才是他的鄉土。他知道，他與這一群朋友終將走向路的兩端。

他後半輩子在政治圈打滾，大夥各自忙，政治理念不全然相同，聯繫便少了。他後來聽說陳映真歸返心心念念的祖國，又聽聞病了，他從書桌上堆積如山、令人厭倦不堪的待辦文件抬起頭來，這才驚覺歲月花白了頭髮。他起身，稍稍活動逐漸老化的筋骨，同時憶起初初接觸陳映真的印象，憶起兩人從年輕時共同走過的無數巷弄街道，從白天走進深夜，那真是不知疲倦只知咒罵社會的憤青歲月啊。

那真是臺灣最青春的時刻啊，他輕輕嘆了一口氣。

一九七八　剪除與補綴

林妏霜

一九七八年，鄉土文學論戰暫且「結束」。兩方各自拾執話語，集結出版關乎「眼前話題」諸文，由彭品光編《當前文學問題總批判》呈顯反方立場；四月則由尉天驄編成《鄉土文學討論集》。

這些一一被收錄的發言與發文，各自爭相詮釋與表述，詰問對方無法拼整的「鄉土」全景。語句裡有縫隙、有差別、有不良的截斷與轉譯、有被提及的人們日後的婉拒，當然也有指責與存心的矯正。這些被區別化對立的，即便被完整還原時代的脈絡，還是能感受其背後所遮蔽或擱置的種種，或許也永遠延宕了真正得以進入核心的討論。

話語的確歷史性地被生產出來了，宛若也構成了執筆之人「所有的自己」，然而，有些猶疑尚被「人人心中都有小警總」的時代封存，實則無法動用更精確、更屬於「自己的」詞彙。

但這無法泯消已經被打開的路徑，想聽清儘管細微但仍存在的聲音，也追問起「我們自己的歌在哪裡？」（李雙澤，一九七六）

一九七八年，由高信疆主持的第一屆時報文學獎，以小說與報導文學為徵文獎項。小說首獎由詹明儒〈進香〉獲獎；優等獎是洪醒夫〈吾土〉，同年出版《黑面慶仔》；推薦小說獎則是宋澤萊〈打牛湳村〉，亦在同年出版同名系列小說。後兩位時常被評論標誌為當時「鄉土書寫」的「承續者」。

而「前行者」楊青矗，還持續地在兩大報「直直地寫，粗粗地寫」，或如他回顧形容的：在戒嚴時代「驚驚地寫」。他書寫關於女性勞動者故事的「外鄉女」系列，卻在初篇文章刊出後，拒絕前往警總說明創作動機，便被告知往後不允刊登，而轉往雜誌刊物發表。

他在小說裡勾勒勞動者形貌，揭露不合理的際遇、體制與酬雇條件；書寫那些權力邏輯，以及被干預與收盡的生活。其中《工廠人》（一九七五）、《工廠女兒圈》（一九七八）、《廠煙下》（一九七八）合稱「工廠人三部曲」。

一九七一年其首部小說《在室男》出版，故事關於「都市化，如何摧毀一個（純潔的）少年」，書末後記：「這些人間的煙火時時鬱積在我的內心。」一九七九年他因美麗島事件繫獄，被判處四年二個月，作家王拓判處六年，只能在獄中書寫。

有被剪除的人生，也有該補綴的故事。

一九七八年八月，鍾肇政接編了《民眾日報．副刊》，試圖支持與給予省籍文友最大的發表傳播園地，他也親自譯介如跨語作家龍瑛宗的長篇小說《紅塵》，即便後來因「民眾反應不佳」而中斷連載。

同年十月，瘂弦所接編的《聯合報．副刊》，舉辦「光復前的臺灣文學座談會」，邀集戰前作家回顧歷史，但對於剛剛「過去」的論戰發言，則被主席回以「已告一段落，我們不必再加以討論」摺疊進去了。十一月，亦開始刊載轉譯日治作家作品與評論。

彷彿突然感受到過往的缺席。

研究者認為這些「光復前」的翻譯、整理與全集出版，始因論戰過後產生了縫隙，「提供了重新認識臺灣的歷史條件」。（王惠珍，二〇一五）

同年，另有一場關於「文藝批評的爭論」，或許亦可沿著這個「縫隙」裡的路徑辨識。

同樣因《聯合報》的新聞，將原本只落處在《影響》雜誌裡幾頁的評選，重又掀起波瀾。記者金琳曾有「你虹我也虹你飄他也飄，影壇怪現象片名太朦朧」的報導，後以「六十六年十大爛片」為題，針對所謂「知識分子不看國片」的現象加以質疑，繼而引發不同論辯。

這是老《影響》電影雜誌（一九七一—一九七九，共二十四期），因發行公司倒閉，經過九個月的停刊後，重新發行的第十七期「革新號」，編輯李道明、張毅、王俠軍、林銳等同仁，不盡同意中國影評人協會每年選出的「佳片」，因此改選「最佳爛片」，頒以「鏽盒獎」，以嘲諷的文字，對看似公正的電影評論「嚴肅」針砭。其中《新紅樓夢》與《法網追蹤》同列第一，而中影出品的電影共佔四部，讓片商不得不重打廣告以抵銷爛片印象。

《影響》曾在登記時被新聞局經辦人員追問「你們要影響什麼人？」在創刊詞裡寫下：

「《劇場》的煙飛，《設計家》的雲散，都是我們的前車，但難道我們從此不奮鬥嗎？」這些都是他們企圖的連結與植根。

電影迷徒擠挨在私密放映間，珍視在黃色電影裡看見被剪除的片段，爭相走告，南下看片，在「插片」裡尋找失落的寶物；渴求在世界的移動中，抓取自己的故事，形成索引。除了翻譯理論、建構美學，臺港電影的論述與革新、國片座談會、電影圖書館、電影教育、電檢制度，種種催促與缺漏的指陳，原來就是《影響》以文字持續溝通的議題。

但爛片事件的擴大，也招來諸多「關切」。李道明回憶，警總接到了密告信，差點被抓去關，後不免因上級壓力「自我檢查」。第十八期的影評被要求拿下，儘管已坐困愁城，他們還是試圖微力抗擊，寧願磨平已做好的版面，就這樣留下了一大片的空白。

這又是一個留白與留下自己的見證復返。

一九七九　回歸現實，鄉土與政治

蕭鈞毅

「『我是賴索，我是賴索，』他結結巴巴地說，『我只想說，好，好久不見了。』」這是黃凡的短篇小說〈賴索〉中的一段話，出自於賴索終於「再見」到韓先生——一個「重歸自由祖國懷抱，參加反共陣營」的前臺獨運動號召者——之後，被韓先生以「我不認識你！」回絕後的喃喃自語。

這句喃喃自語是臺灣文學諸多作品裡頭，其中一次對歷史呼喊，卻只能聽見自己微弱回音的案例——在過去的歷史中，嘗試解決卻沒能解決的問題，會在往後的日子裡以變形後的面貌再次出現。

這個歷史問題的「新的樣貌」，便是：「鄉土文學」。

我並不是說，黃凡有意經營或處理鄉土文學的問題——而是要從另一種視野回過頭來思索〈賴索〉這篇小說的定位。

〈賴索〉表現了一個平民百姓與政治牽連上關係時的其中一種下場。選擇參予或不參予，都有他無從預見的困苦與磨難，小說並沒有給予任何人一丁點希望——因為小說提供的皆是生活感的細節——在生活的旅程之中，「希望」這個詞彙，有時終究是太過華美。一九七九年，當原本籍籍無名的黃凡以〈賴索〉一篇獲中國時報文學而成名時，是年年初，美國與中華民國斷交，年底十二月，美麗島事件爆發。隱喻似地，剛好夾在一九七九年首年尾重大歷史事件之間發表的〈賴索〉，不特別訴求哪一種政治立場才是文本心之所向，只是指陳了一條在生活的波折當中，連「選擇權」都是奢侈品時，一個人如何在夾縫中被奪走了珍貴的時間。

被歷史步步進逼的結果，就是到了懸崖的邊緣，仍然沒有決定是自己是否要跳下去的決定權；這也是「鄉土文學」曾遭遇到類似的處境。

鄉土文學所遇到的阻力，在於當時官方的文藝政策，以三民主義與反共口號作為號召，「中國性」被上綱成為華文文學的最大集合體時，鄉土文學便被視為可能引起「仇恨」、「煽動」與「分離主義」的文學傾向；但其實，無論是《台灣文藝》或《笠》詩社的文人，除了臺灣意識的堅持之外，文學要能「現實」更是創作上的必要條件。然而，當正視現實卻被視為可能挑撥「仇恨」的危險因子，書寫鄉土成為其心可異的態度時，無論是主張統一的陳映真、或是強調臺灣意識、後期致力於臺語文推廣的楊青矗，在鄉土文學實踐過程中都被抹上了牢獄的陰影。

就此，我們回到文章開頭：鄉土文學究竟是哪個問題的新的面貌？

——同是一九七九年，在鄉土文學論戰之後，彭瑞金在《台灣文藝》裡這麼說：「被汨沒三十年的日據下臺灣新文學，它的價值有獲得再認的機會，三十年來默默的鄉土潛流終於爆發為七〇年代的文學大震撼。我們不妨問一句：我們為什麼要沒有信心？創作就是最大的真實；文學的種籽可以埋藏很久。」這段話起碼有兩個重點必須注意：一，是「汨沒」的日治時期臺灣新文學；二，是「潛流」的鄉土文學。這兩個修辭意味著「鄉土文學」在當時支持的論者心中所擁有的歷史資源與狀態——「鄉土」是被壓抑的題材、書寫的對象，而它其實是上承更早期的臺灣文學資源，來自於日治時期那些作家曾經嘗試書寫過的作品。

將「鄉土文學」與「日治時期臺灣新文學」串接上來的聯繫，有其不足之處，卻也有其合理的因素：日治時期臺灣新文學以「寫實」作為文學的基本方法論，這種方法縱向傳承以下，鄉土文學作家接受到的文學資源（甚至創作者本身的經歷），便與當時的「寫實」方法抱持著近似的態度——「回歸現實」，讓文學回歸到眼前這片並不如想像中幸福的現實，把疼痛挑明了放在文字當中讓讀者看見，在自己生活之外的其他人生活，擁有著更多種痛苦的可能。

那一個在不同的臺灣小說裡被不停被呼喚，卻始終毫無回應，只有呼喊者自身回音的「問題」——我以為，就是從日治時期以來一直沒有被妥善解決的，「現實」問題：從臺灣本身的生活、環境、政治問題出發據以寫實的文學，不管在日治、或國府遷臺後的戒嚴時期，始終都被官方帶著敵意的眼神對待，而在巨大的歷史事件變遷之後，從臺灣出發的寫實文學又將在不同政治的宣傳口號之下，逐漸地隱沒，間接導致了這一段本該屬於臺灣人本身的歷史目光，被強迫成為了遲遲未能償還的歷史「債務」。

黃凡的〈賴索〉對曾經臺獨，爾後歸臺響應「反共陣營」的韓先生翻臉不認人的自語，代表的是小人物在政治之中無足輕重又身不由己的徒勞，〈賴索〉在統獨之外、在政治之外對個人處境的提問，顯得具有「不碰政治」的潔癖（畢竟是在訴說平民與政治之間的悲慘遭遇）；〈賴索〉當然與鄉土文學的關懷大不相同，但他嘗試面對現實的態度，是我以為兩者之間仍然有著一條被歷史緊緊絞纏在一起的紐結：遲遲未能清償的歷史（寫實文學）債務，讓臺灣文學不停地被迫從不同角度，反覆問著古老的問題——我是誰、我的歷史在哪裡、我又要到哪裡去……

1980-1989

臺灣文學主體性確立，多元化文學、母語文學興起。

一九八〇　逝去的是夢，不是毅力

馬翊航

一九八〇年一月十一日，《中國時報》第二版刊出總統蔣經國接見作家陳若曦的消息，「蔣總統接見陳若曦／詢問生活寫作情形」，簡要描述了陳若曦與總統的會面過程：

蔣總統殷切詢問陳若曦女士旅美生活與寫作情形。陳若曦也向蔣總統報告了最近情況與回國的感想。

蔣總統希望她在國內停留期間，到家鄉和其他各處參觀訪問，同時贈給她一本中國歷史年表的手鈔本。

蔣總統和陳若曦暢談了一個半小時。

一九七九年十二月十日美麗島事件發生後，政府展開大規模的逮捕。陳若曦攜帶著在美華人知識分子，包括杜維明、余英時、莊因、李歐梵、聶華苓、於梨華、許倬雲、張系國等二十七人簽署的陳情書，回到臺灣。報導不能寫出聶華苓如何以《自由中國》、雷震、胡適的關係，說服她一定得回到臺灣；不能寫出她向蔣經國說明，此次事件並非叛亂，不應動用軍法審判；不能寫出蔣彥士對陳若曦大膽言論的批評；不能寫出談話過程中，每隔三十分鐘便有人前來添加茶水，像干擾，像提示，像驅離。

明晃的刀鋒藏起來，有無所不在的細針。

報導刊出隔天，陳若曦參加了臺灣作家為她舉行的歡迎會。黃春明親自開車接送陳若曦，為了擺脫情治人員的跟監，車行時緩時速，穿街走巷，最後來到新北投的會場。名為歡迎會，實際是要聲援陳若曦此次返臺的陳情行動。在座還有陳映真、尉天驄、吳晟、洪醒夫等人，六個大字「歡迎您！陳若曦」貼在勾花牆面上，卻一點也沒有歡快的氣息，他們的作家朋友王拓與楊青矗仍在危難中，一月的寒氣在閉鎖的室內如鉛塊下沉。

陳若曦曾向蔣經國說，「我希望這件事能夠大事化小，不要搞成第二次『二二八』。」他說：「一定不會，陳小姐這樣太過慮了。」

一月餘後，二月二十八日，林義雄宅發生血案。楊牧在西雅圖寫下〈悲歌為林義雄作〉，「在一個猜疑黯淡的中午／告別了愛，慈善，和期待」。逝去的是人與野獸，光明與黑暗的差距，但「逝去的是夢，不是毅力」。自由尚未找到相似的鏡，詩在哀悼最艱難處穿行。被拘捕的人經歷各種肉體與精神的磨難。睡眠剝奪，疲勞審訊，老虎凳，自來水針，鹽水飯……奇詭疊合的手段如同精密細緻的傳承，不可棄絕的統治工藝，緊密咬合著激烈的心。同時，那紀念逝去領袖，鎔鑄完整堅固象徵語彙的巨大建築已近乎完成。曠大廣場頂著明亮如水銀的天空。青瓦，白牆，御路，八角尖頂，天人合一。銳利如刀的幾何線條切割空間，完美的對稱藏著對反。和平對反於暴力，寂靜對反於喧嘩，中軸凝集著恆久的空無。

一九八〇年四月五日，蔣中正逝世五週年，中正紀念堂竣工，對外開放。

可測與未可測的暴力中，逃亡是一種可能嗎？青年蔣勳的記憶裡，「美麗島事件中逃亡的施明德彷彿古代傳奇中受難的俠士，每一天使閱報者追蹤著他的逃亡成功而有一種不可言喻的興奮與祝禱，他代表了潛藏著的大眾與惡巨人搏鬥的緊張與快感。」但在許多民眾眼中，「叛國賊」的被捕，是惡人落網，國家危機解除的歡慶時刻。被捕的逃亡者並不代表逃亡的終結。施明德的長兄施明正的「詩．畫．小說集」《魔鬼的自畫像》八月出版，以小說展演叛逃俗常人間的魔之美，惡之華。年末，他寫出了〈渴死者〉。監獄是磨碎高貴人格的磨石機，打轉再打轉的肉身卻不能保證精神的困鎖與停頓。他記下一段無聲，離奇而堅毅的死：「脫掉沒褲帶的藍色囚褲，用褲管套在磨子上，結在常人肚臍那麼高的鐵門把手中，如蹲如坐，雙腿伸直，屁股離地幾寸，執著而堅毅地把自己吊死。」書寫與隨時能夠掙脫的死，是終極的逃亡——將整個世界取消。

後來的事是，施明正一九八八年絕食而亡。姚嘉文在獄中寫下了三百萬字的《臺灣七色記》。楊青矗在多年後完成了《美麗島進行曲》。那難以完整痊癒的哀愁，取代銳物洞穿了這個時代，釋放諸多未來中的一種未來——逝去的是夢，不是毅力。

一九八一　傷痕有傷痕的允許

林妏霜

一九八一年，張艾嘉監製了類電影的電視劇集「十一個女人系列」，以爾雅出版的《十一個女人》為原著。她翻閱書中小說後發現「每個故事都是一個電影的題材，而且非常能反映當時整個臺灣的社會環境」。因此試圖依循著香港電影新浪潮的啟發與模式，尋求、邀集兩類創作者拍攝這十一篇故事：除了很久沒有執導作品的老導演之外；還沒有機會嶄露頭角，當了多年副導的新導演是她主要的目標。劇集因此有了宋存壽、柯一正等一同參與。

春天時，剛從美國回到臺灣的楊德昌，正在余為政執導的《一九〇五年的冬天》擔任編劇。秋天，他獲得張艾嘉的邀請，執導了其中一章，分為上下兩集的《浮萍》。

這年也是詹宏志與楊德昌因《一九〇五年的冬天》初相識的一年。同年《工商日報》改版，由詹宏志策畫，陳雨航主編的影視娛樂版，深入報導電影產業，為新的創作與實驗，提供了介紹版面與宣傳資源，也針對不盡同意的政策電影提出意見。

一九八一年，侯孝賢執導的第一部作品《就是溜溜的她》上映，文藝電影肇始脫離舊有三廳模式，轉往實景新方向。後來時常因鏡頭語言被提出來對照，遠在香港的王家衛，則剛進入了電視臺的編導訓練班，隔年將轉往電影界繼續編劇，兩人都尚在自己的路徑裡累積經驗、摸索聲腔。

這看似又是一個影像時代的開始，一切都有了新的啟端。接著便是文學與影像大量合作的時期。

或許這個年代的稀有，不只在於「突然，創新的藝術出現了，所有愛藝術的年輕人都湧進來擁護他們。突然之間開花了，大家就都往前跑。」也在於創作者之間各種情感與想像的交織，他們成為彼此的演出者、催促者、啟發者、推動者，成為其創作生涯裡一個重要影響，也成為了彼此的疊映、歷史的見證。

張艾嘉回憶道，在這部劇集剪接的階段，創作者都會坐在一起討論。當她正剪接所執導的《自己的天空》時，楊德昌坐在她後面，有時她會轉頭問他：你覺得這裡應該怎麼處理？而他回答了自己會處理的方式。結束之後，楊告訴她：我現在知道了，女孩子拍東西跟男人拍東西真的是不一樣。

這年，同樣是女性創作者以書寫實踐，為自我存在的推擠，發出新的大聲響的一年，試圖用想像遷移那個「我們」的邊界，不再被保留在論述後面，將我們還諸我們自身。

如前方所述《十一個女人》由季季作序，收錄了蕭颯〈小葉〉、蔣曉雲〈閒夢〉、袁瓊瓊〈自己的天空〉等十一位作者的單篇小說。同年出版有蘇偉貞《紅顏已老》、蕭麗紅《千江有水千江月》、蕭颯《如夢令》等，前二者是由聯合報小說獎出身的作品，皆為中篇或長篇小說。

她們書寫這些故事，將心底的皺褶化為集體的意義，讓人明白當時社會結構的價值觀與邊框，以文字勾勒小寫而複雜的生存處境。透過這些不可省略與不可忽略的細瑣描繪，以不同的聲息，張看真實，建造出一個屬於自己的地方，也藉此生出抵抗與陳述的力量。

無論看見了什麼不同的風景，無論誰接著動不動情，世界都已經在那裡。

這年，另有一種類型電影，被形容為臺灣電影新浪潮前「最深最深的黑暗」，它們先是被標籤為「社會寫實」，後因商業機制的介入，有一股「黑社會」風格的類型片與女性剝削相互混合，繼而分支為女性復仇暴力電影。

一九八一年，改編自中國傷痕文學，王童執導《假如我是真的》，因符合反共政策，揭露文革黑暗，在戒嚴時期的臺灣，突破電檢審查，取得拍攝許可，其後雖在中國與香港遭到禁演，但獲得金馬獎最佳劇情片的肯定。

同樣原著為傷痕文學的《上海社會檔案》，因海報上的陸小芬，敞開胸前一刀長長的血紅傷痕，在原初的驚嚇與震撼的表述之外，展開了對新鮮題材的獵奇，片商競相模仿，依賴聳動露骨，同年便陸續出現了《女性的復仇》、《女王蜂》、《瘋狂女煞星》、《女王蜂復仇》等相似題材的大眾類型電影，也讓陸小芬、陸一嬋、陸儀鳳、楊惠珊被定位為同類演員，並稱「三陸一楊」。但終也耗盡了種種有限的技藝與可能，只留存在一小段的時間裡。

影像拼合著對信任的完全背叛、血腥暴力的視覺凸顯、感官刺激的毀滅場景。論者曰：或許反而釋出當時備受壓抑的情緒，具象化了心理圖景，彷彿也隱約鬆綁了憤怒，實則更大的「訴說了更深層、更難以言喻的社會集體恐懼」。

一九八一年，施明正以〈渴死者〉獲得吳濁流文學獎小說佳作獎；一九八三年則以〈喝尿者〉獲得正獎。他曾寫下：「當你生活在一個絕對無法由你主宰的空間時，你會從逐漸學乖的體驗裡，形成某種樣品。」（《島上愛與死》）而他的赤裸告白甚或刻意遮掩，無一不是展現這些心靈的磨耗與傷痕的親歷。

七月，死因以「從高處墜落」作結的教授陳文成，陳屍在臺大校園中，身上的傷痕卻有傷痕的允許，死亡無法被真相所詮釋。他每死亡一次，世界就消失一次，而「我們」也就又失去一次。

一九八二　臺灣新浪潮來了

鄭芳婷

八〇年代初的臺灣島，美麗島事件的硝煙瀰漫嗆鼻，如班雅明新天使所見廢墟。最後一批二二八事件受刑人，在幾十年的囚禁後終於獲臺灣警備總司令部釋放。解嚴在即，然而敏感多疑的社會氛圍仍舊惴惴不安，在各方初試水溫的一系列微妙動作中，臺灣進入了風起雲湧的狂飆年代。在這個社會運動如煙火四放的時代，十大建設所穩定之經濟使得電影發展成為可能，香港新浪潮電影的尾風亦徐徐吹來。臺灣新浪潮電影運動終於一九八二年正式登場。行政院新聞局指定中央電影公司以電影改革為標的。接此任務的中影總經理明驥重整製片方向，大膽聘請小野（一九五一—）與吳念真（一九五二—）加入製片公司，自當下的社會議題出發，以自然寫實的拍攝技術，重建臺灣電影藝術的在地形式與語言。小野與吳念真作為作家與編劇，將臺灣文學中的鄉土關懷與社會反思，縝密地織入臺灣新電影的主題之中。

其時臺灣鄉土文學論戰（一九七七—一九七八）雖已冷卻，有關議題卻在電影與劇場作品中持續發酵。中央電影公司在人事改革後所推出的第一部電影《光陰的故事》，正體現了當時電影工作者的具體關懷。《光陰的故事》由陶德辰、楊德昌、柯一正、張毅聯合執導的〈小龍頭〉、〈指望〉、〈跳蛙〉、〈報上名來〉四個獨立故事組成。故事時代背景採線性漸進，分別呈現人的「童年」、「少年」、「青年」與「成年」四種不同的成長階段。雖以成長之生命經驗為題，故事中皆融入對臺灣社會形態變遷的反思。大量的歷史隱喻與象徵，揉合在劇情敘事之中，隱隱間透露出導演群對於整體時局的深度批判。個人成長的幻滅交織社會變遷所帶來的爭議與衝擊，故事中的主角們，在探索自己欲望與方向之際，同時面對著體制與環境的各種弔詭與荒謬。《光陰的故事》以低成本、新演員、紀實影像與本土經驗為核心概念，將瀕死的國片市場硬是救起，在墨守成規、一成不變的愛情文藝片、教條軍教片、武俠片、功夫片苟延殘喘的低迷景氣之中，吹起了素樸清新的新潮流。

此後臺灣新浪潮電影運動揭開一段光彩熠熠的電影史頁。陳坤厚、侯孝賢、萬仁和王童陸續推出質量俱佳之作，更加確立了新浪潮電影的寫實批判核心精神。同樣是集錦式電影的《兒子的大玩偶》，改編自黃春明的《兒子的大玩偶》、《小琪的那頂帽子》和《蘋果的滋味》。製片過程中所發生之「削蘋果事件」，源於保守派影評人士黑函密告國民黨，指稱作品中呈現之貧窮落後市井畫面有破壞臺灣國際形象之疑慮。中影因此在未經導演萬仁同意下，逕自修剪影片內容，後因萬仁於報上披露此事引起大量社會輿論批評，中影才被迫妥協，保全此片。此片寫實精準地描摹市井小民所經歷之生活掙扎與無奈，以及面對外來文化所引發之焦慮與矛盾，其冷靜深刻的動人呈現，使之口碑與票房皆大獲成功。

如盧非易指出，雖則臺灣新浪潮電影優秀之作不斷推陳出新，然而當中亦有少數品質拙劣風格自溺者，導致票房漸漸失利，最後漸趨衰落。而新生代導演對中影之各種官僚作風的長期不滿情緒更是漸漸升高，終至楊德昌與超過五十位電影與表演藝術工作者簽署之〈民國七十六年臺灣電影宣言〉。其中明確發表臺灣電影歷史走向之困境與當前體制環境的掣肘。

一九八二這一年，臺灣新浪潮電影初生之犢不畏虎的意氣風發，如今已成為記憶，但即便是記憶，也仍在《海角七號》於二〇〇八年所開啟之市場復甦後的各類型電影中隱藏其難以抹滅的生猛痕跡。

一九八三　紅樓夢

李時雍

歷史，若如時序遞嬗，你會怎麼形容八〇年代？狂飆、激情、燃燒如夏，還是，大地已然白茫？

那是年代初啟，十月最後一天，臺北社教館開館。當繽紛絢爛的花瓣，自舞臺上方似無止境地飄墜，漫天漫地；貓道上，劇組人員正專注著舞監指示換幕的下一刻，狹仄的側臺，不時湧進湧出舞者們，身影回到聚光下，翻動如畫的衣袖。

你在稍有距離的一角凝視這齣改編自曹雪芹的經典之作。彼時，曾有一瞬心思，浮現起了不過幾年前另一演出的現場：帶團南下回到自己故鄉嘉義之際，新聞不斷傳出臺美斷交的快訊（一九七八年十二月十六日），體育館內，在你一聲決定下首演照常；那齣名為《薪傳》的舞作，講述著先民渡浪橫越黑水溝的故事，胼手胝足，拓墾島嶼。所有觀眾自悲憤騷動、終至屏息於捽跌躍起於大浪的勇敢肉身，彷如看見了自身在世界局勢下的群像。

一九七三年創立舞團、取「黃帝時，大容作雲門……」最古老的舞蹈為名，初始曾也歷經思索何為「中國現代舞」的疑惑，藉古典文學為題材，創作諸如《寒食》（一九七四，以戰國介之推歸隱山林為喻）、《哪吒》（一九七四，靈感來自奚淞小說〈封神榜裡的哪吒〉）、《奇冤報》（一九七四，取材平劇《烏盆記》）、《白蛇傳》（一九七五）等早期代表作。你無時無不惦記著愛荷華求學期間，舞蹈啟蒙老師馬夏·謝爾（Marcia Thayer）臨別前的一番話：「Go home, and make Taiwan dance, good-night.」

那徘徊的追索，不也就是你們一整個時代共同舞踏的腳步。高中、大學初識歐美現代主義文學，讀現代詩、寫小說。如同你曾寫過的一部中篇〈蟬〉，那年夏天，眾人在野人與明星咖啡間晃盪交談，戀愛、畢業、入伍前夕，總詢問彼此，之後呢，「出去？」是篇小說寫作於你在新店服預官役之時，書出版，你業已同樣啟程，先赴密蘇里、再往愛荷華。

就是在那全心全意地「棄文從舞」。前輩與好友，姚一葦、商禽見證了一九七一年你生命的首演，鄭愁予且以詩留下那起舞的形影：「那人／黑衫敞開／一胸刺青的／扶疏……」

其後，你前去紐約瑪莎·葛蘭姆學校與康寧漢工作室進修舞蹈；也深刻思忖著鄧肯脫下舞鞋的赤足下，傳統與土地的力量。回臺灣後，一邊教書、一邊竭力推廣屬於我們自己的現代舞；鄉土熱的背幕前，開始有了《薪傳》、《廖添丁》（一九七九）、《街景》（一九八二），雲門始以呼吸與胸前的心搏，共振島嶼的心跳。

創團十年，一九八三的《紅樓夢》，在熾燃和激情間，卻像個太早領悟萬事虛空的色調。繁花歲時，大幕蓋起，「落了片白茫茫大地真乾淨」。與此同時，你照樣編創著隔年的《春之祭禮・台北一九八四》、《我的鄉愁，我的歌》（一九八六），或尖銳、或鄉愁地回應現代生活。然而彼時在角落的你有否想到，一九八八年就將宣布暫停舞團工作。

那是不是你在寶玉的靜定佇立之姿中，預見的悲觀景致；後來曾如此形容，八〇年代，整個社會、臺灣人都變了模樣。

舞團復出時已跨進九〇年代。《紅樓夢》依然輪迴在四季的臺上。這齣經典，直到千禧後二〇〇五年四度上演之時宣布封箱。二十二年。少年阿民，偶然或巧合，那正是你循著蟬鳴，前去他方的年歲。「明年，如果明年我們再來，還會有蟬嗎？」當年的你心裡自問。「當然有，可是那是另一批新蟬。」

一九八四　一九八四・備忘錄

蔡林縉

一九四八年，大西洋東隅蘇格蘭朱拉島上，小說家喬治・歐威爾（George Orwell）寫出他傳世的反烏托邦寓言《一九八四》，虛擬了一個存在於未來，禁絕一切個體性、各種監控如影隨形無孔不入的超國家——大洋國（Oceania）。

而未來終會成為現在，一九八四年太平洋上另一座島嶼臺灣，又是怎樣的風景？

那年，一場關於「臺灣意識」的論戰於島內再度燃起烽火。此次戰火，在思想上遙遙呼應一九四八年楊逵〈如何建立臺灣新文學〉所觸發的「橋」副刊文學辯論，延續一九七七年鄉土文學論戰的餘燼，加之一九七九年美麗島事件的催化，最終以演唱〈龍的傳人〉的歌手侯德健一九八三年六月借道香港潛進中國此事件觸發論戰導火線。六月，陳映真在《前進週刊》第十二期刊登的〈向著更寬廣的歷史視野……〉點燃戰火。陳以感性的筆調嘗試將「侯德健事件」理解為「長久奔流於血液中的」、來自「父祖之國」的情感召喚，引來蔡義敏、梁景峯、陳樹鴻等人的批判。星火燎原之勢遂向《生根週刊》、《夏潮論壇》、《臺灣年代》等刊物蔓延開來。

隔年（一九八四），陳芳明以筆名宋冬陽發表於《台灣文藝》的論文〈現階段臺灣文學本土化的問題〉，再次從文學的角度粉墨登場，將戰局推向高峰。接續七〇年代末葉石濤所主張「臺灣文學」與陳映真標舉之「在臺灣的中國文學」兩大論述軸線，宋冬陽一方面批判陳映真以中國意識壟斷臺灣歷史的論述盲點，另方面則企圖調和「臺灣文學」與陳映真所倡議之「第三世界文學」兩種觀點間的扞格和衝突。藉由凸顯陳映真作品的臺灣性與在地性，宋文指出臺灣文學本土論和第三世界論其實「同條共貫」，更強調臺灣文學的本土化與自主性並非是理論的問題，而是通過書寫所造就之「行動的實踐」。

整體而言，八〇年代這一波臺灣意識論戰，可說是對七〇年代鄉土文學論戰的總清理，讓潛伏於意識形態中的政治（中國）因素浮上檯面，也象徵著鄉土／本土文學陣營政治意識形態上的正式裂解，也是島內左派知識分子論述路線上的分道揚鑣。同時，論者如彭瑞金、李喬、宋澤萊等人亦從各自的觀點提出了對「臺灣文學」的洞見，為後續十年臺灣文學的學科建制化供應了豐碩的思想資源。而陳映真和陳芳明此番針鋒相對，似也為兩人世紀之交另一回合關於臺灣「（後）殖民文學史觀」的論辯埋下引信。

故事終究不只是故事，臺灣文學的「故事」總和各種政治事件、意識論爭、抗爭行動難分難捨地纏繞糾結。在歷史的交叉口，這座島嶼最早的主人正蓄勢待發，以行動奮力一搏。

時間再倒回一九八三年五月，由臺大原住民學生主編的刊物《高山青》雜誌創刊，為原住民族運動敲響序曲。一九八四年四月，「少數民族委員會」的成立，間接促成隨後由原漢知識份子如胡德夫、黃勝禮、夷將．拔路兒、童春發、范巽綠等人所發起的「臺灣原住民族權利促進會」（十二月二十九日成立，簡稱「原權會」），運動正式燃起狼煙。歷經數次「正名」、「自治」、「還我土地」等的抗爭行動，一九九四年八月一日憲法增修條文將「山胞」正名為「原住民」（行政院將這天訂為「原住民族日」，同年十二月二十三日聯合國則訂八月九日為「世界原住民族日」〔International Day of the World's Indigenous Peoples〕），然後在一九九七年正式將「原住民族」一詞入憲，從法律的層次肯認原住民族的集體權和民族地位，也使得「原住民族文學」成為文學史上不可或缺的音響。

誠如研究者指出，八〇至九〇年代這一波原住民族運動乃是所謂「原運世代作者」至關重要的時空場景，他們或藉由神話和歷史的文學想像，或通過社會現實的反思批判，抑或自我身分認同的論述建構，文學書寫和街頭抗爭兵分兩路來介入漢人優勢文化為主導的文化／政治場域。布農族作家拓拔斯．塔瑪匹瑪早在一九八三年便以短篇小說〈拓拔斯．塔瑪匹瑪〉引起文壇矚目；排灣族詩人莫那能以詩歌〈恢復我們的姓名〉訴說對族群身分的肯認：「如果有一天／我們要停止在自己的土地上流浪／請先恢復我們的姓名與尊嚴」；泰雅族作家瓦歷斯．諾幹將自己化作一尾「迷魚」於滄茫中迴游原鄉：「也許我們是一條條放牧的鮭魚／哪一天把洶湧的、冰冷的和／黑暗的浪潮統統還給大海／沿來時的路回到最初的源頭」。藉不同形式的刊物媒介（如《原報》、《獵人文化》、《山海文化》等等），作家們分頭進擊拓闢戰場。他／她們的名字還包括：孫大川、游霸士・撓給赫、夏曼・藍波安、麗依京・尤瑪、霍斯陸曼・伐伐、台邦・撒沙勒、利格拉樂・阿𡠄……

一九八四年十二月十九日，《中英聯合聲明》在北京簽署，為香港哀豔的世紀末焦慮按下計時器，倒數開始。正當臺灣意識因論戰再次復甦，原住民族運動復振之際，香港卻將面臨文化政治認同的危機。那時，或許還沒人能預知十三年後，王家衛將以《春光乍洩》榮獲第五十屆坎城影展最佳導演獎，片中梁朝偉所飾演的黎耀輝從南美洲布宜諾斯艾利斯來到臺北寧夏夜市，在捷運飛馳的速度裡聽著〈Happy Together〉。香港「回歸」中國期滿二十週年的今日，歐威爾小說裡的文字猶言在耳：

> 只要有悖於當前需要，就絕不能殘留在紀錄裡。歷史成了一張不斷擦淨重寫的羊皮紙，沒有人能證明歷史的真假。——《一九八四》

我們還得記得，這年，夏宇自製了五百冊詩集《備忘錄》後去到法國，誰又料到詩壇即將颳起的後現代旋風？

一九八五 冬天的眼睛

顏訥

眶啷！敲碎了！

那一夜，《等待果陀》開演，二十八歲，人高馬大的陳映真立在耕莘文教院舞臺上，手臂一揮，敲鑼揭幕。可那鑼是畫家顧崇光用黏土糊的，耐不住大力敲擊，就這樣忽喇喇地四散在臺上。

「這一敲也敲碎了他和『劇場』伙伴的關係。」這是形容陳映真低渾嗓音如Leonard Cohen的張照堂，憶起一九六五年在舞臺上再次遇見青年陳映真的樣子。

陳映真與《劇場》夥伴的關係正式碎裂是隔年，在《等待果陀》與《先知》小革命似乎都失敗收場後，雜誌同仁又企畫「第一次電影發表會」，有邱剛健在影片《疏離》中呈現手淫男子之癡迷，還有黃華成影片《原》裡渴望戀愛的暴露狂。最終，《疏離》在耕莘文教院傅良圃神父要求下停映，發表會後，《劇場》內部板塊推擠，陳映真離開，逐漸轉過身背向現代主義。

三年後，綽號「大頭」的陳映真，碩大的腦殼上被安放了「組織聚讀馬列共黨主義、魯迅等左翼書冊及為共產黨宣傳」罪名，判刑十年，日後久久地不再以悽慘的無言的嘴示人。

曾經也慘淡虛無的抑鬱少年有了寫實主義的信仰。

距離敲響「反戲劇」之鑼的一九六五，二十年過去，陳映真四十八歲，入獄七年，出獄十年，到過愛荷華國際作家工作坊，見過報導攝影家尤金．史密斯（W. Eugene Smith）的作品，深深被撞擊。回臺灣這一年，他依舊人高馬大，還想做點什麼，還沒有被七年政治犯身分壓垮。

一九八五是這樣的一年。

「因為我們相信我們希望我們愛。」歌唱一般的宣言，這是該年《人間》雜誌的發刊辭題，創辦者陳映真寫得深情，幾乎就像Leonard Cohen在一九六七年用低沉的嗓音吟頌的〈Hallelujah〉。走下現代主義舞臺，二十年過去，陳映真入獄又出獄，一九八五年，白色恐怖似乎快到頭，但獨裁統治的幽靈還未過去。

「發刊詞」是這樣形容這二十年：「我們已經在臺灣創造出一個中國歷史上前未曾有的、富裕、飽食的社會。」七〇年代起飛的臺灣經濟奇蹟是神蹟嗎？哈利路亞。陳映真壓低聲音唱：這個前所未有飽足的消費社會，人成為消費工具般的存在，人類即使血肉相連，也不再休戚與共。

於是，一九八五年冬天降生的《人間》雜誌，要作一雙注目社會底層冷暖的眼睛，用攝影去發現去紀錄去見證，要生出一雙手去書寫去報導去評論。

而那年夏天，一個想寫詩的女孩從輔大哲學系畢業，在求職路上覺得自己像人球被拋擲。

秋天走了，迎來冬天，《人間》的誕生像是巧合與招喚，抱著二十幾首詩和校刊上刊過的作品，走進文學偶像陳映真的辦公室。「可以讓我在這裡做義工嗎？」女孩問，陳映真答應了，讓她幫忙貼郵票、派送雜誌、整理訂戶資料，每月支付三千，當起給薪「義工」。

鎮日窩在雜誌社貼郵票的女孩，心裡彷若有光，「我覺得自己正在參與創造歷史，投入神聖的革命事業。」離開《人間》後投入廣告業的她，再憶起自己的第一份「工作」，是這樣懷念陳映真敞開報導文學的門，讓她走進歷史。

幾個月後，女孩的名字與其他《人間》同仁並列於雜誌上，她有了報導，有了名字，她叫曾淑美。

這天，電話鈴在深夜炸出裂口。曾淑美接起，話筒那端沒有聲響。這已經不是她第一次接到無聲電話，有時候，電話一接就斷，連續幾通，自她的名字見刊後就開始。曾淑美明白這些無聲的警告來自國家，那一晚，她忽然有了與之周旋的興致，話筒擱在耳邊靜靜聽，像一場沉默的角力。呼吸聲，椅背旋轉聲，就著杯口啜飲的聲音，終於，一聲男子濃重的嘆息透過電話線遞來，然後喀地收了線。啊，贏下一局了嗎？真正的戰場不在這裡，在目睹不公義的現場，在記者與受訪者的倫理界線，在深夜的編輯室裡陳映真一次一次的磨合、修改，也在主觀投入報導或客觀紀錄的尺度拿捏中久久地拔河。

比賽都有終點，選手皆會力竭，而《人間》因為管理問題，破出巨大的資金缺口，終於在一九八九年走到了跑道盡頭。

休刊的前一年，已經以〈雛妓奴隸籲天錄〉揭露臺灣雛妓苦狀，在性別議題上一戰成名的曾淑美，走進一間貼滿海報、明信片、月曆，塞滿雜物、衣物與書本的斗室。離開時，也把當時臺灣最勇敢揭露自己，勉力推廣愛滋檢疫的男同志——祁家威，在街頭抗爭之外，作為一個想愛會愛的人的告白帶出來。

一九八八年《人間》七月號，照片裡，三十歲的祁家威穿著短褲與汗衫，正拿報紙替男友小維維搧風。五千元一個月租來的房子，不滿兩坪，夏日悶熱，這對交往四個月的愛侶就這樣擠在窄小的床上。暗暝的夜裡，曾淑美隨著祁家威走訪「公司」（新公園）、「漢諾瓦街」（常德街）與Gay Bar，流連在同志聚集的欲望街區，在暗夜裡，伺機把預防愛滋的訊息給出去。行近新公園，祁家威指指「案發現場」，告訴曾淑美，五月初他才因為同性戀者的身分，在這裡無端被一群五專生暴揍，在同性戀總被視為滋事份子的年代，格外諷刺。

走過常德街，一平頭男子接近，原來是祁家威前男友，從桃園搭車上臺北找對象。曾淑美緩緩描述祁家威的溫柔，分別前，他細細叮囑前愛人好好找伴，不要在危險的夜裡落單了。

不要讓誰在夜裡落單了。或許，《人間》是以這樣的使命苦撐，撐出一篇又一篇臺灣報導文學史上的經典。

二〇一六年，陳映真病死北京。而據說《人間》雜誌，讓他賠了千萬。

一九八六　不再乾淨明亮的地方

詹閔旭

一九八六年，時值解嚴前一年，越過這一年，臺灣將不再是乾淨明亮的地方。「不再乾淨明亮」當然是諷刺的說法。從後見之明來看，臺灣解嚴以後社會亂象激增，犯罪率拔高，名嘴口沫橫飛，無論從哪一方面解嚴後社會都與乾淨、明亮的印象相去甚遠。不過，乾淨是好的嗎？守秩序是美德抑或外力恐嚇帶來的防衛機制？事實上，臺灣戒嚴階段明亮乾淨的樣貌是政治高壓統治手段刻意塑造的假象，掃黃、掃黑、掃紅，越乾淨，暗示臺灣被抹去更多雜質、異議與社會多樣性；越明亮，表示鋼刷和淚水已沖淡地上的斑斑血跡。

而就在解嚴前一年，出身婆羅洲的小說家李永平出版了他的代表作《吉陵春秋》，豎立臺灣現代派小說發展豐碑，亦標示一個時代的結束。

李永平成長於英屬婆羅洲殖民地，這一位民族主義狂熱者自小收聽中國對海外放送的藝文廣播，一心一意盼望離開婆洲大地，回歸心目中的唐山。孰料，突如其來的文化大革命截斷返鄉路，他因緣際會搭上鼓勵華僑赴臺求學的政策，轉往臺灣，將這座海東寶島視為抒發中國認同的最終寄託。

李永平文學事業自臺灣正式起步，在臺出版的第一本書《拉子婦》獲得的迴響不大，直至《吉陵春秋》方奠定名家地位。《吉陵春秋》講述一樁強暴案，小說家透過十二則短篇小說迥異的敘事觀點拼湊出少婦受辱現場及後續效應。《吉陵春秋》出版後深獲好評，入選亞洲週刊舉辦的「二十世紀中文小說一百強」，也已出版英、日語譯本。這一本小說不但是臺灣現代主義小說經典，更是馬華文學在臺灣文壇受到認可的重要指標。

《吉陵春秋》是臺灣文學史上的複雜個案。小說家來自婆羅洲，一座飛蟲走獸爭相競走的熱帶雨林，這一本小說成為南洋浪子獻給中華文化最誠摯且情深的頂禮致意。《吉陵春秋》完成於李永平赴美留學期間，他在大雪紛飛的北美大陸宿舍，攤開稿紙，一筆一畫勾勒古意盎然的中國小鎮。這一本書揭開南洋華人最深層的身分焦慮：在離「文明」最遙遠的叢林深處，在「歷史」最不可觸的大河盡頭，他誓言洗去一切雜質，霸方言，廢番種，重鑄最純粹的方塊字世界。

聽起來熟悉嗎？清除「方言」，獨尊「國語」，將傳承正統中華文化視為唯一使命，不正是戰後臺灣政府力行的文藝政策嗎？當小說家伏在案前，鑄煉純正中文國度，島嶼上的最高司法單位也一個名字畫去一個名字祕密掃蕩一切反對勢力，鞏固中華文化復興基地正統性。《吉陵春秋》這一本標榜由純正中文建構的紙上中國小鎮竟有不可思議的現實對應，小說家也許無意，但這一本小說在一九八六年這座威權體制搖搖欲墜的崩解前夕出版，已成時代的另類證言。

一個純正中文時代的終結。

跨越解嚴這一道政治分水嶺，當黑暗現實顯影，異質歷史湧現，臺灣不再是乾淨明亮的地方，這無疑是好的，因為跨過一九八六年，這座島嶼終於可以公開討論烏暗暝裡消失的人，失卻的記憶，遭到罷黜的語言。

而南洋華人的烏暗暝故事呢？別急，再等等吧，年輕馬華小說家黃錦樹在一九八六這年仍是大一新生，才剛剛抵達臺灣而已。

一九八七　我們有墓誌銘

林奴霜

一九八七年二月，時年六十三歲的葉石濤（一九二五—二〇〇八）出版了《臺灣文學史綱》，書寫從明末開始至戰後的臺灣文學概況，書末並附錄了林瑞明所編寫之〈臺灣文學史年表〉。

原來由《文學界》雜誌同仁倡議合寫臺灣文學史，一九八三年春天始，經初步的資料蒐羅、整理，後決定協力而由葉石濤撰寫。先逐步發表於《文學界》，後再印行出版。

葉石濤在序言裡提及，從一九八四年起，花費兩個夏季，才完成了「光復前」與「戰前」的部分，因「金錢」與「時間」的俱缺，這位「本來猶如一隻吃夢維生的夢獸」的作家，耗去了整整三年時光，才得以「把三百多年來的臺灣文學面貌勾勒出來」。

他曾定位這是「一本純粹由作家所寫的文學史」，如同在書寫上所遭逢的種種困難，部分章節僅能簡要羅列與概略，論述評介的偏移或觀點轉換的缺失，的確未能全面與盡善。

他對此闕漏亦有所知曉。在《史綱》出版之前，他這麼寫：我常擲筆興嘆，自怨自艾起來。我之所以勉強寫成，就是想好歹推出一部史綱，引人注意，能使得有志於斯道的人，前仆後繼地用更佳的史觀，更細膩的文筆，更嶄新的觀點去完成更多部有分量的文學史出來。

而書前序裡明言：究竟《史綱》不同於完整的文學史，它充其量只是給後來者，提供了一些資料和暗示而已。

或在《史綱》出版的那年十一月，所召開的「《臺灣文學史綱》專書研討會」後，面對不同意見，他如此自我批判：各位講的我也有考慮到，但是在時代種種的限制下，我考慮了很多事情，有些地方丟掉了，決定選擇比較安全可靠的路來寫，這卻是這本書最失敗之處。

一九五一年白色恐怖時期，葉石濤因「知情不報」，判刑五年。三年牢獄，後來他卻只在自撰年表裡寫下「杜門不出，自修自學三年」，沒有直陳。也一直到一九六五年重新投入小說與評論，才得以繼續那段長達約十四年的寫作空白。

早前葉石濤在寫給鍾肇政的書信裡，便感嘆著他們這一代，是為後來者鋪路的「使徒」（一九六五），而他一生最大的願望是「做文學的鬼」（一九六六）。但也要到多年之後，他才在散文裡誠實憶往：我之選擇走上寫作之路是自己心甘情願，不敢有絲毫怨言，但總覺得我的生涯旅途充滿荊棘，並不完美（一九九三）。

我們只能想像，那或許便是自身親歷與事件發生之後，關於命途裡那種不確定感，詭譎竟成真，所帶來的虛無哀傷與無以名之的種種；以及不能肯確他人能否真正明白，時代所給予之曲曲折折的離奇與惶惑。

若允向前溯流一個月。一九八七年一月，人們總以為是去年末在「濟南路二段六十九號」楊德昌舊居，楊之四十歲生日聚會時簽署，而後來詹宏志澄清實則草擬於其父加護病房外的〈民國七十六年臺灣電影宣言〉，論述者稱之〈「另一種電影」宣言〉或〈臺灣電影宣言〉。

在這「交界點」上，臺港五十多位創作者與文化人，以集體現身的方式，署名發表宣言，「回顧思索近兩年來臺灣電影環境發展的種種跡象」，「以下共同簽名的這些人，認為我們有必要緊急表達我們的關心和憂慮」，針對「那些有創作企圖、有藝術傾向、有文化自覺的電影」，希望能在「文化政策、輿論領域、評論活動」得到與之相應的判斷與支持。

遺憾的是，宣言之後，論述激化，卻未曾在實際上有任何改變。

再回首，有人以為那是一場墓誌銘的預寫行動。有些恐懼與疑惑，也讓原先的單純產生質變。

詹宏志回應《再見楊德昌》作者道出：「在這文章之前，大家都是朋友，文章出來之後，新電影的陣營就有點四分五裂了。」楊德昌稱之：「群體的」、「一個開始的結束」。走過新電影浪潮的同伴，也是連署人之一的小野，引述了詹宏志的話語：「他們有盛宴，我們有墓誌銘。」

這可以是一句足夠畫下底線的重點，也可以是投遞某種預言。

也在多年後，侯孝賢曾這樣註解新電影之「新」：那時候臺灣還沒解嚴，還是戒嚴時期，戒嚴就會有很多限制，你在限制裡面就會感覺到某種不對，你會感覺到一種反抗。

一九八七年七月十五日零時，長達三十八年五十六天，臺灣全境實施的戒嚴令解除。

侯孝賢拍出《尼羅河女兒》，仍因電檢百番折騰。

九月，蒙上紙袋，在攝影機前匿名假聲告白，使之發生的是官方的愛滋宣導。紙袋後方是劇場導演田啟元，病況曝光後被拒絕入學。他以劇場做為觀照社會的基地，成名劇作《毛屍》批判儒教虛偽，抨擊異性戀霸權。而他在紀錄片段裡颯爽道：你想活著就好好活著，別無他選。

十月，《沈從文選集》由新聞局審核通過，是第一本解禁的三〇年代大陸作家作品。後半生任職文物研究員，但覺「寫作應該是失敗了」的沈從文，一九八八年逝世。畫旁一句：「總而言之不醒」，彷彿成了嵌合的鏡子：人與時代的相應、薄脆與顛沛、無法超越的某種「大於」。

也有人試圖忘卻心底的事，就使自己有了專屬的解嚴時間。

一九八八　來不及解嚴的，島上愛與死

蕭鈞毅

一九八八年八月二十二日，施明正因絕食，後續引發的營養不良與感染去世，享年五十四。在他的身後，為臺灣文學史留下的是一連串因政治斲傷、精神裂解使得文字變得猙獰的小說。

如同〈渴死者〉一篇：「聽說，他的死法，非常離奇，他在癲痢頭起床外出洗臉刷牙時，脫掉沒褲帶的藍色囚褲，用褲管套在磨子上，結在常人肚臍那麼高的鐵門把手中，如蹲如坐，雙腿伸直，屁股離地幾寸，執著而堅毅地把自己吊死。」書寫政治犯，施明正有他獨到的見解——也是經驗——在他筆下經過冤獄，或被政治恐怖氛圍包覆近乎窒息的人們，不是如〈渴死者〉一般扭曲的堅決，便是如〈指導官與我〉裡，時時刻刻以「國父」、「蔣公」的訓斥與寶愛，強調自己早被三民主義感化，過往不潔的政治思想早已清潔殆盡，現在的「我」是最潔身自愛的時期。

——自我審查是趨吉避凶的最後手段。

這是施明正小說裡傷疤處處的陳跡，亦是他自身在恐怖後倖存的經歷：「心靈的殘廢者，這一標頭對我這個豬狗不如的廢人來說，還算是高攀。」會有這樣的心態，和施明正於一九六二年因「亞細亞同盟案」受四弟牽連而入獄五年。

出獄後的施明正，憑著家傳的推拿手藝，於臺北開設了推拿診間，但這五年歲月，使施明正從原先酷愛藝術文學、嗜酒、性好美麗女子的浪蕩子，徹底地內縮成了在診間懸掛蔣經國肖像，且「每有病患稍露眼色，他就直言蔣總統是我的老板，他掌控我們的生死」這般「卑微恐懼的處世態度」（施明雄語）。

已經進入「自我審查」高原期的施明正，將他的精神狀態寫成小說，那些狂言譫妄一般的口吻，直直地刺進了小說的構成美學之中。想要躲避的苦難無從躲避，想要遠離的恐怖無從遠離，施明正一方面書寫以傾訴，另一面又因書寫再次置自己於險境。如鍾肇政〈施明正與我〉一文曾提及：「〈渴死者〉得了吳濁流文學獎，還有某君代表某單位向我表示『遺憾』」這句遺憾著實耐人尋味，但於一九八一年以〈渴死者〉獲吳濁流文學獎佳作、一九八三年〈喝尿者〉獲得正獎的經歷，興許是施明正在小說書寫的路上少有知音圍繞的時刻——因為一九八四年，《島上愛與死》這本小說集，即收入查禁之列。

施明正略曆如此，而其因絕食而失去生命的最後結局，更是一則鉅大的諷刺——時值一九八八年八月二十二，距離一九八七年七月十五的解嚴日，已經一年有餘。

但政治犯與思想的苦難仍未被解開。

即使政治上已逐漸迎向新鮮空氣的時刻正慢慢來臨——「八〇年代作家作品的第一個特徵就在於普遍不承認任何威權式的思想枷鎖。」這是葉石濤評論八〇年代作家的用語，藉以觀察黃凡、張大春、朱家姊妹天文天心、袁瓊瓊、李昂、蘇偉貞、林燿德等人，或可明白葉石濤的說法——八〇年代的女性作家在「出走」與否的性別協商之中，尚在與呂正惠一九八八年嘗試總結「閨秀文學」的抑詞抗衡；另一方面，從政治面出發的政治題材小說，如張大春一九八九年出版《大說謊家》已狠狠地挖苦諷刺了作為樣板的李登輝，其後尚有如汪笨湖等人以不同的角度展開書寫；再來，還有一九八〇年代恆常為論者提及，西方理論引入臺灣，新品種的人文社會科學理論提供了文學的另類視野，「後現代」成為時興的名詞，在現代詩場域與小說書寫各有擁簇者——但是，這些看似隨著中華民國解嚴前後政治空氣丕變，逐漸多元、漸趨萬放的文學解嚴，如施明正這樣的小說家，仍難以在「檢查」的制度與風氣中存活下來。

葉石濤的觀察便成為了施明正文學中的噩夢：八〇年代作家作品的第一個特徵就在於普遍不承認任何威權式的思想枷鎖——對施明正而言，一切正好相反，他的小說想必也是多麼渴望能有「不承認威權枷鎖」的可能；現實留給他的卻是情治機關的人身騷擾，以及林宅血案等政治事件的巨大恐怖。在他的小說中時常存在的「　國父」、「　蔣公」等盤桓於精神上空的巨靈，他僅能在小說中，以偏執的順從與扭曲的信賴，徒勞地規避檢查，同時又期待敏銳的讀者有朝一日能發現這種狂信別有隱情。

本該是煥然一新的一九八八年——解嚴後的第一個年頭，也是臺灣文學史上小說走入「眾聲喧嘩」前夕的時段，卻還是有一個小說家，似乎沒有那般運氣能聞到嶄新自由的空氣，不幸地，延續著他遭遇到的政治苦難，在衰弱中去世。

一九八九　老海人

李時雍

許多年後，已成為「孫子的祖父」的老海人，依舊會在夜晚天空的眼睛凝視底下，徘徊於露天的院子。他的身影瘦削、卻還留有年輕時浪跡的廓形，每夜每夜，為了等待島上越趨減少、但目光更灼灼發亮的孩子們，為新的一代訴說著口傳故事。

也許就從被族人稱之為「人之島」的民族起源講起，遠古神話裡，天神指派了一對兒孫男女，降生這座祂所喜愛的美麗豐饒的地方。而黑翅飛魚則教導了他們的祖先，分辨各種各類的魚，告誡遵循的禁忌，帶給他們終年無虞的糧食。星星，是天空的眼睛，每個達悟的靈魂都有相映的一顆，明亮的，呼吸越長。

老海人特別喜歡在飛魚季時，思念最初講述這些傳說的祖先的容顏，那時的他也是海邊眾多小毛頭的一個，從枯燥的課室翹學，走向海，學習生命的學問；整夜引頸盼望，出航釣飛魚和鬼頭刀的大人們，搖槳畫破海面象徵豐收歸返，心裡便迫不及待長大也築造自己的拼板舟。

但，他也不是最初就熟稔於民族傳說，也曾經疏遠了童年夢想。他在出生的紅頭部落，度過無憂的少年歲月。蘭嶼國中畢業後，十六歲，為了想像的未來，隻身離開父母親，前往海的彼端的臺東高中求學。升學考時由因「別人能考上大學，我為何不能！」的心念，拒絕了原住民身份保送，輾轉來到喧鬧的大城市臺北，任貨運助手、打工廠零工、汲汲營生、邊在補習班準備重考，四年後才終於進入淡江法文系，繼續過著艱苦的工讀生活。

那像是所有從部落流離在外的青年身影。與此同時，家的土地，自一九五〇年代蘭嶼指揮部等軍事、獄政、林務、機場，進駐小島以來，逐一地改變了島民原初的生活樣態；而將致更險峻未來的，則是一九七八年行政院核准蘭嶼作為臺灣核廢料儲存之地，並開始工程興建儲存場，至一九八二年，第一批一萬多桶核廢料如惡靈降臨島嶼。

老海人依稀記得彼時媒體報導的喧嚷。譬如《人間》雜誌記錄下一九八八年蘭嶼人發起的第一場「二二〇驅逐蘭嶼惡靈」反核廢運動；其中一幀影像尚留存下劇場工作者王墨林、周逸昌等人，前往儲存場前演出報告劇的現場，手舉訴求的標語、晃搖著象徵惡靈的巨型之偶。

傳說般的八〇年代，思想異卉，而社會邁向解嚴倒數。原住民運動挾著民主化、本土化浪潮而興起，進入民眾的視域。重思族群認同、爭取正名，反蘭嶼核廢料是其一，之後不久，一九八八年八月第一次「還我土地運動」接續展開。

二字頭年歲之末，海人卻依舊囚困在失去了海的城市，喜悅的是長子來到自己的生命，按達悟族命名從子的習俗，他從此有了新的名字：夏曼·藍波安，意思是藍波安的父親。

海人應正值生命壯年，卻倍感靈魂衰老，或許是踏浪的足尖在陸地上奔波生存，終究疲倦了，也或許是有了新生命的陪伴，一九八九年，他毅然決然返回蘭嶼定居，但願重新學習飛魚的傳統。

疏離的彌合是漫長的時間。他以第一本書《八代灣的神話》（一九九二），記錄下那些年在親族長輩身邊聆聽到屬於達悟的口傳故事，也寫下與父親上山伐木，或獨自出海、夜間潛水、造船捕飛魚以成為「真正的達悟男人」的艱辛汗水，與複雜微笑，並將與海洋的重新交往，持續寫進了散文《冷海情深》（一九九七），與小說《黑色的翅膀》（一九九九），度過復返的第一個十年。

接近清晨破曉，微光閃爍，出航的海人們翻攪起近岸的浪，是豐收的一天吧。

回家的路途是一首綿延的詩歌。今晚的故事先講述到這，身旁的孩子們忍不住瞌睡了。唯老海人隨海洋的思緒，又憶起回家的那年。當時的他不知曉，逆行在航程眼前的，會是如何改變的家、如何壯闊的海，竟而化作他紙頁間的行句，一如波峰波谷在島嶼的文學故事迴盪。

1990-2000

臺灣文學經典化階段，網路文學、

新型態文學繁盛。

一九九〇　致星球以時間

馬翊航

三月的廣場並不平和，島嶼的青年們立起百合，以聲音以身體，向國家與世界提出巨大的疑問，無意間也為自身未來，留下許多或堅毅或軟弱的伏線。

二十八歲的他，則以另一種方式敲擊世界。他留下一本名為《一九九〇》的詩集，像一班預約已久，準時現身的特快車。羅門說，那是「向詩太空發射的一座人造衛星」。《一九九〇》以一首寫於一月的詩作為題辭：「瓦解與重建並時發生／整座紛亂的世界引誘青空擴張／優雅地我們為下個世紀的生靈導航／人類的詩史正為『我的世代』而存在」今年他像先前或未來那些年一樣忙碌。去年一整年，他在不同雜誌上策畫「校園文學」、「都市文學的定位與走向」的專題，發表一篇談臺灣新世代小說家的論文，出版一本詩集，一本對話錄，一本長篇小說，編選四套大書……一人化身多人，只因他的軌道是不允許停頓的。壓縮與爆發，超前再超前。攜帶另一個宇宙的曆法，在他身處之地，製造時間的金屬馬車，獸與魔與夢的大氣層。

讓島嶼變化吧！

一切以變革開始。

新不是詞彙，而是工程。他目擊詩的陳舊現場已經窄仄難行。詩壇不談詩藝，只是耗費心神相互傾軋；人際交往大於語言的鍛鍊，停滯的成就優於宇宙的開創。他編選《臺灣新世代詩人大系》，要以他的能量瓦解星空，重建星空。有人說他是脫韁之馬，是帶著光速飛竄的神童，革命之子。他震盪他人，如同像他當年看見，有群人在城市邊緣迴轉神話，製造江湖一樣。

十六歲時他發表了最早的文章，〈浮雲西北是神州〉，記下了他與那帶點傳奇氣質詩社的初遇。詩，精神，肉體的定力莊嚴，山水地動，浪漫與苦行，在他心中點起了燈火，照亮夜雨，祭壇，白衣，孤吟。像龍的吐息，留下盤旋不去的震顫與星空。文末他落下時間——四月潦草的二十五日。潦草大概不是因為匆匆寫就，而是因為時光竟如此難以盤點。日後詩社的思想與行動被認為出了問題，有人監禁，流亡，殘餘一些更為恍惚的傳言。沒人完全知道那江湖的頃刻消散，對他有了如何的撞擊與沖刷。但龍息與劍氣或許留下了——是鋼鐵製的，鍛造提煉了一整個銀河系的輝光。

其實只要他願意描摹，他的家世可以是悠遠深長的。悠遠到讓他足以刻意拒絕。「在臨沂街十七號圍牆旁的日式平房，我嗅到了歷史的、黑暗的潮濕，這特殊的氣味，將盤繞在未來的建築的地基裡。我決定不再懷舊，不再對土地依戀……。」土地，身世，鄉愁，都不必停靠。

他闢建月臺，擁抱都市，以纜線，霓虹，電流，終端機，重新開鑿血緣隧道，成為時間之子。卻不知是否有人理解，他擘畫藍圖的時候，心中也有永遠抵達不了的星球那般的孤寂。

但終究他來到了這裡，星球未來的開端，收納歷史的夾層。同年他完成《一九四七高砂百合》。多重的音色改建了記憶，有人為其語言線條的精妙而擊掌，也有人困惑迷途於歷史的凹陷處。那對他來說似乎不是難題，因為他並沒有停靠的時間。他的《一九九〇》中寫〈二二八〉，拼貼一九四七年二月二十八日的《新生報》各版內容，男裝麗人逃婚，路燈擬改用美國製，美軍上尉在天津自殺，查緝私菸肇禍／昨晚擊斃市民二名。歷史的薄片再次化成薄片，先於我們飛旋時代而去。

他的名字曾有光，後來成為火，一個人壯盛了貧瘠的世界。詩集最後是數字，1990,123456789，提領未來的一串密碼。像他詩中寫馬拉美而藏留一段：

「這軀殼所在的世界，或許／我將離去，去追躡你們急奔黑闇的航向／但是誰替我們細心護守／下一個日益疲憊的世紀？」

世界創造鋼鐵，而他創造了飛，並無窮盡之時。

一九九一　告別冷戰，面向新世界

詹閔旭

一九九一年的臺灣文學有什麼故事呢？翻開既有文學史年表，與文學相關條目包括三毛自殺、《文學臺灣》創刊、彭瑞金出版《臺灣新文學運動四十年》，還有一些政治事件諸如陸委會成立、資深民意代表全部退職等。

然而，一九九一年的臺灣文學故事除了在地脈絡，亦可放到全球史觀察。有兩個事件值得關注。

第一件事，戈巴契夫在一九九一年十二月二十五日宣布辭去蘇聯總統一職，蘇聯政權就此解體。這個事件讓一九九一年成為二十世紀極為關鍵的一年，一九四七年第二次世界大戰以美國為首的自由主義陣營與蘇聯領頭的共產國家在政治、軍備與外交長達半世紀的冷戰對抗，終於在這一年畫下休止符。

第二件事，美國愛荷華大學保羅．安格爾教授在一九九一年心臟病發，逝於芝加哥機場。這一件事也許未必能列入全球史，影響卻波及全球文學圈，也和冷戰年代的終結有關。

安格爾教授是美國知名詩人，也是二十世紀當代文學發展重要推手。他自一九四三年起執掌愛荷華大學作家工作坊，致力培育美國年輕作家。到了一九六七年，他與聶華苓進一步聯手創辦「國際寫作計畫」，秉持促進全球文學交流的初衷，陸續邀請世界各地高達一〇〇〇名作家至愛荷華短期交流訪問，愛荷華大學被譽為「文學的聯合國」，臺灣作家包括白先勇、楊牧、李昂、宋澤萊都曾參與其中。愛荷華國際寫作計畫有其卓越貢獻，但不可諱言，這一項計畫亦是美國冷戰外交一環，無形中鞏固美國在世界文學版圖的影響力。

蘇聯解體和安格爾逝世象徵冷戰年代的終結。第二次世界大戰結束之後，美蘇兩大國為了爭奪全球霸主地位，展開一系列科技、軍備與外交競爭，歷史上稱之為冷戰。除了美蘇兩造，東亞、東南亞、拉丁美洲、非洲等第三世界國家都捲入全球冷戰局勢，但在這場賽局裡，第三世界國家看不見彼此，只能在兩大帝國夾縫尋求喘息的空間。

戰後臺灣接受美國經濟援助，選擇納入以美國為首的冷戰陣營。其中規模最大、影響也最深遠的政策便是臺灣僑委會在一九五一年制訂《華僑學生申請保送來臺升學辦法》，提供獎學金吸引全球華僑學生赴臺留學。這項政策吸引不少馬來西亞華人留學臺灣，一方面讓臺灣與馬來西亞華社的互動密切，另一方面也讓不少馬華作家在臺灣文壇大放異彩，他們被稱之為在臺馬華文學作家，包括我們熟悉的作家溫瑞安、張貴興、黃錦樹、鍾怡雯、陳大為。出身馬來西亞的小說家李永平獲頒國家文藝獎，更代表臺灣文學正式認可這一支來自熱帶的隊伍。

冷戰造就馬華文學在臺灣蓬勃發展的獨特現象，但遲至冷戰結束的這一年，臺灣對於馬華文學的了解才正要起步，才意識到世界地圖裡的新世界。一九九一年，彼時任職於淡江大學中文系的李瑞騰教授規畫第一屆東南亞華文文學國際研討會，成為轉動新世界的樞紐。

來自馬來西亞的張錦忠當時還是窩在臺大宿舍苦讀的研究生，他與一群馬華留臺生受邀與會，根據他的回憶：「一九九一年九月裡的一天，在那個寒冷的『深秋深深的秋天』的早晨，我從臺北乘校車到淡水，去講評建國的論文，去聽錦樹發表他的論文。會後回到臺大宿舍，已是華燈初上，夜雨霏霏，可是內心覺得十分溫暖。」

對臺灣人而言，張錦忠內心感受到的溫暖，或許跟馬華文學一樣難以理解。同樣來自馬來西亞的陳大為、鍾怡雯、胡金倫乃至於更晚一輩的高嘉謙將他們的青春耗費在編書、出版、撰寫與馬華文學相關的研究論文，恐怕也很難理解。畢竟對臺灣人而言，那是一個新世界，一個在臺灣存在已久，但卻在美蘇冷戰對立局勢終結以後才緩慢浮現出來的帝國夾縫中的世界圖景。

時間來到一九九一年，讓我們告別冷戰，面向新世界。

一九九二　臺灣後殖民事件簿

蔡林縉

一九九二年，臺灣文學故事不光只是故事了。一場名為「後殖民」的學術論辯，將以某種後設的姿態攪動臺灣文學與知識生產的水面。

後殖民理論在臺灣的引介自始便以論戰的形式揭幕。這年，第十六屆全國比較文學會議，邱貴芬發表的〈「發現臺灣」：建構臺灣後殖民論述〉一文成為引爆關鍵。邱貴芬精闢地解析王禎和小說《玫瑰玫瑰我愛你》中「語言雜燴」的現象，其實是臺灣數百年來「被殖民歷史的縮影」，反映了歷史遞變中所形構的「跨文化特質」，而交織著日語、英語、福佬話、客語和國語等多語言的書寫樣態，更是一種抵制殖民強勢文化的策略。

邱貴芬的論點招致同為外文背景的廖朝陽質疑。彼時臺灣剛解除戒嚴，金門馬祖更遲至一九九二年十一月才經國防部宣布正式解嚴。如此時空條件下，廖朝陽指出語言和文化的混雜並無法證成臺灣的後殖民情境，而作為殖民語言的國語和其他弱勢語言間的權力關係更不能輕描淡寫地略過。兩人看似你來我往互不相讓，但爭議仍是聚焦在後殖民理論翻譯過程中彼此理念的商榷，以及對臺灣的主體性建構和抵殖民戰略路線上的分歧，平心而論，雙方的論述立場並非南轅北轍。

論戰並未因邱廖兩人暫時休兵而告終，在一九九五年捲土重來。這一回合，臺大外文系指標性刊物《中外文學》成為主戰場，執教中文系的陳昭瑛鳴響第一槍。二月號刊載的〈論臺灣的本土化運動：一個文化史的考察〉，陳昭瑛將日殖民時期以降的本土化運動歸納為「反日」、「反西化」、「反中國」三階段，而著眼於批判當時本土派以反中國來建立自身文化主體性的狹隘。廖朝陽和陳芳明隨即加入戰局，駁斥陳昭瑛將臺灣文化框限於中國文化的盲點。邱貴芬亦未缺席，〈是後殖民，不是後現代：再談臺灣身分／認同政治〉文中一方面點破陳昭瑛訴諸血緣和文化同質性的論述謬誤，另外也認為廖朝陽所提出的「空白主體」概念可能落入後現代揚棄身分認同的陷阱，將後殖民與後現代兩大論述主流間可能存在的曖昧矛盾端上檯面。

此番《中外》論劍，連續數月火花四濺，一個熱鬧喧騰的理論盛世。然而論劍的高潮，乃是由廖朝陽與廖咸浩兩位理論健將挑起大樑。面對本土派學者對主體與認同念茲在茲，廖咸浩呼籲超越國族界限和族群認同，企圖以文化中國為前提的文化聯邦來謀求和解共存的空間。廖朝陽則反擊，若未能拆解存在於臺灣內外國族和族群重層的宰制，如何能超克國族擱置認同？雙廖對戰一時難分難捨纏鬥至隔年方歇。如論者洞察，其時臺灣正壟罩臺海飛彈危機的陰霾，島內更面臨首次總統直選，較諸八〇年代的臺灣意識論戰，九〇年代的後殖民爭論更直接地面對國族認同、統獨等棘手的議題，在在呼應著時代的氛圍與脈動。

時間來到世紀末，二〇〇〇年總統大選，島嶼迎來首次政黨輪替。陳芳明自一九九九年在《聯合文學》上刊載撰述中的臺灣新文學史，以「殖民」、「再殖民」、「後殖民」三個時期來探討一八九五年以來臺灣新文學發展，也觸發他與陳映真世紀末的另一回筆戰。陳映真堅守一貫的立場，抨擊陳芳明對文學史料和馬克思主義一知半解，對其所採取的後殖民史觀更是「痛切撻伐」。最後，再次以筆名許南村現身，將系列文章集結成《反對言偽而辯：陳芳明臺灣文學論、後現代論、後殖民論的批判》（二〇〇二）。陳芳明則是於二〇一一年完成《臺灣新文學史》，雙陳的跨世紀交鋒算是畫下句點。

這一連串的後殖民論戰當然不是橫空出世。往前追溯，臺獨運動家史明的《臺灣人四百年史》（一九六二）、葉石濤的《臺灣文學史綱》（一九八七），皆當視為臺灣（後）殖民論述的先聲。九〇年代的邱廖之辯、雙廖過招，乃至世紀末的雙陳對決，不僅為八〇年代的本／鄉土論述提供了豐富的理論詞彙和分析架構，更對九〇年代後期以降臺灣文學的學科建制化有著推波助瀾之功（一九九七年真理大學創辦第一所臺灣文學系，二〇〇〇年成功大學率先設置臺灣文學研究所）。臺灣知識界如此迅速且密集的翻譯西方理論，跨越學科領域和意識形態間的激烈對話，更是盛況空前。

論者也陸續針對這幾波後殖民論戰深刻反思。廖炳惠認為，二二八事件後的戒嚴與白色恐怖，和一九七一年以來國際上接二連三的外交頓挫，都導致臺灣後殖民一再延宕，故此，強調解構、去中心的後現代主義成為當時論者所採取的某種替代方案；劉亮雅以「遲來的後殖民」為基礎，析論後現代與後殖民在解嚴後小說中的「並置、角力與混雜」；陳光興側重新殖民主義對在地的滲透宰制，對後殖民時代的來臨抱持否定態度；吳叡人〈臺灣後殖民論綱〉從「反殖民的現代性」出發，尋求臺灣內部多種歷史意識間論述結盟的可能；孫大川對本土論述和後殖民的批判，更提醒我們原住民族在這波論戰中，雖然偶爾受到關注，卻始終處於邊緣的位置。

「（後）殖民論述」引進臺灣已屆四分之一個世紀，更加嚴峻的國際情勢與紛雜的社會現況，讓這波論戰的幽靈自上個世紀流連至今，戰場從學術期刊延燒到網路媒體，硝煙始終不曾退去。而當原住民運動者仍在街頭為傳統領域抗爭奮戰，轉型正義懸而未決，及越來越多新住民的加入，臺灣勢必得嚴肅地審視當前的定居殖民現狀、內部殖民以及新殖民主義之間的糾葛共謀。若如論者形容，臺灣的後殖民境況是一個「未完成的方案」（李育霖、李承機），那麼，這個屬於「未來式」的故事，又會如何繼續鋪寫下去？

一九九三 島嶼身體漸漸光

鄭芳婷

走過社會運動狂飆的八〇年代，臺灣劇場正式進入嶄新的鼎盛時代。解嚴前後各項文化政策推波助瀾，促使官方與民間相關戲劇組織與活動持續飛騰。八〇年代中，金士傑「蘭陵劇坊」（一九八〇）、陳美娥「漢唐樂府」（一九八三）、賴聲川「表演工作坊」（一九八四）、黎煥雄「河左岸」（一九八五）、吳興國「當代傳奇劇場」（一九八六）、李國修「屏風表演班」（一九八六），以及而後梁志民「果陀劇場」（一九八八）、田啟元「臨界點」（一九八八）、廖瓊枝「薪傳歌仔戲團」（一九八八）相繼成立，已然為臺灣劇場的當代風貌注入了多元且厚實的發展基礎。隨著社會整體經濟的成長與在地社群認同的茁壯，以及自李曼瑰時代即已開始的小劇場運動，九〇年代的臺灣劇場，終於一腳踏進批判意識更為生猛爆烈的情境。

一九九三絕對是值得大書特書的一年。

傳統戲曲的衰落激起了許多傳統表演藝術工作者的危機意識。其中提倡南管現代化的周逸昌，在這一年成立「江之翠劇團」，並促成在地劇場與國外劇場的跨界合作。而同樣致力於傳統藝術（後）現代化者，還有從歌仔戲棚長大的王榮裕，他在同一年成立「金枝演社」，以極為多元彈性的方式，將在地的「胡撇仔美學」推上國際舞臺的視野。「胡撇仔戲」本為街頭巷口的混種表演，源於日治時期皇民化運動對在地文化的打壓，使得當時作為人們重要娛樂的歌仔戲不得不以各種流行歌曲、西方樂器、異國故事來重新自我包裝，以通過嚴密高壓的督察。在如此戒慎恐懼的時代，「胡撇仔戲」以其充滿幽默與妥協、能屈能伸的態度，硬是存活下來了，帶著半世紀以上島上眾生的集體情感與記憶，宛若十里春風、傳唱至今。「金枝演社」不只是懷揣著「胡撇仔戲」，自一九九三年以來，他們有系統地將庶民文化與（後）現代劇場緽密結合，而後一連推出之《潦過濁水溪》、《臺灣女俠白小蘭》、《古國之神——祭特洛伊》、《可愛冤讎人》、《浮浪貢開花》等作，皆具市場與口碑，更因此漸漸發展出臺灣本土音樂劇的新創道路。

在傳統戲曲歡騰復甦之際，實驗小劇場的憂鬱與憤怒越漸深沉。自日本歸國的王墨林，帶回了東洋舞踏的身體美學。他滿腔的慍怒，直指臺灣社會各種軍國黨政如幽魂不散的遺毒。「身體氣象館」於一九九三年正式上軌道，以行為藝術為發展核心，聚焦於身體界線之外與之內的衝撞對話。「身體氣象館」促成了一系列國際性前衛藝術節，包括「臺北國際行為藝術節」、「顏色狂想藝術節」、「第六官能表演祭」等多元豐富的定期活動。「身體氣象館」於其中大肆實驗身體美學與肉身研究（Corporeal Studies）的可能形式，持續挑戰儒教正典與白色恐怖長期以來對國民肉身的壓抑與規訓。其時「身體氣象館」所邀請來臺演出之美國《骨迷宮》

（一九九四），雖引來一陣糾結於色情與藝術的輿論風暴，卻結實地炸開了裸身表演的在地輻輳。在王墨林長期不懈的戰鬥下，被壓迫許久早已蜷曲內縮的臺灣身體抒展開來，並揭開身上一道道滿載歷史創傷的痕跡。

早在十多年前，「金枝演社」與「身體氣象館」便已開始其對臺灣身體論述的多方實驗，本土意識與解殖抵抗的兩大重力，持續引爆當代臺灣劇場對於相關社會議題與社群認同的辯論與獨白。一九九三這一年，島嶼的身體，漸見天光。

一九九四　自己的名字

馬翊航

我們即將如你們所願地消失
但我們並非真的死去
我們的靈魂將與哀嚎的大地
一同注目、徘徊並且安慰
承受災難的花草樹木、大地的毛髮

——瓦歷斯．諾幹〈臺灣□住民〉

刺眼醒目的□，像一團空蕩的雷聲。蓄積，等待醒覺。

這個國家有所謂上面的人，告訴你「有困難」。為了國家大計，請你們繼續作山地人，蕃仔，山地同胞，早住民，先住民，□住民。不太適合立刻定位，你們的尊嚴，恐成危及國家的分離主義。以票數。以表決，以廳堂，以拒馬，隔離願望，讓靈魂與名字無聲地漂流著。

淚水與呼喊是因為必須爭取一個名字，一個安居眾人的名字。

一九八四年底，臺灣原住民族權利促進會成立。組織章程中，以原住民取代了「高山族」、「山胞」，是第一個在正式文件中以「原住民」自稱的組織。一九九二年五月二十一日，臺灣原住民族權利促進會，發起「原住民族憲法條款」大遊行。希望找回自己名字的人，在風雨中遊行至陽明山中山樓，要向進行國大臨時會請願。白色的布條寫著我們的名字，與你們並不共享一樣的胞衣與血緣。警方與陳情的人起了衝突，在拒馬之前呼喊，推擠。

我們是原住民。

那力量與聲音如此巨大憤怒，卻遲遲不被聽見。

一九九二年五月二十六日，下午五點四十二分，國民大會以二七五人出席，二五八人同意，通過國民黨版的「山胞條款」。條文中的山胞沒有改成原住民，你們還是山胞。

旁聽席的原住民學生向著端坐廳堂內的二七五個國大代表怒喊：「我們是原住民！」情緒激動的他們被治安人員帶離現場。其他同樣身為原住民的國大代表，在席中只是顯得更加無力落寞。枯水的河床，離群的斷木一般。同樣想念族人，同樣被國家分離。

苦悶與屈辱，像徘徊不去的惡魂，在我們的記憶中游移。一九九四年，紀錄片《排灣人撒古流》上映。紀錄了排灣族Tavaran（達瓦蘭）部落的藝術家Sakuliu Pavavalung回到部落的歷程與轉變。他有一幅畫作，百步蛇的尾端到頭部，攀爬過西班牙，荷蘭，鄭氏王朝，大清帝國，日本，中華民國的旗幟。尊貴的百步蛇，將要攀爬至何方？漢名吳俊傑的瓦歷斯．諾幹，在出席某場座談時，主持人說，讓我們歡迎吳俊傑先生，以及瓦歷斯・諾幹先生。主持人的誤會，或來自對原住民作家的陌生。但更像一個被分裂成兩半的人。

一九九四年三月，瓦歷斯・諾幹出版了《想念族人》，以詩重新縫合分裂的語言與記憶。家族的畫像是散落的時間，沒有人知道究竟哪些事情可以被追回。想念包含了死亡的陰影，但死亡不只是肉身的亡逝，而是家族記憶被淘洗的不安。「多年以後當我重新來到祖母的墳塋／早已熟悉的臺灣近代史隨著秋日的／晚風，一字一句地突然自／墳塋中央迅速飛奔，直到黯夜完全／暗下。」黯淡的記憶，枯黃的寫真，空曠的對話圍繞在傷感的家族，只因那些事物再不記起就會遺忘。

他不只是寫他出身的Mihu部落，他寫在瑞芳，在利稻，在烏來，在蘭嶼，在環山，在南庄，在大同的我們。在部落與部落間，以詩巡視嘆息的路線，也刻印了原住民族的集體命運。他在〈部落之愛〉寫：「容我用灰燼般的愛擁抱你／容我用憐蛾般的愛碰撞你／容我用螳螂般的愛承受你。」黏合破碎，燭照黑暗，即使苦難中還有苦難，步伐正在老去。

一九九四年四月十日，當時的總統李登輝，前往屏東參與第一屆「原住民文化會議」，在致詞中，首度在公開場合使用「原住民」。一九九四年七月二十八日，國民大會表決通過原住民條款。一九九四年八月一日，由總統公布施行，憲法內首度正式使用「原住民」一詞。

但這些只是開端，而非終結。

很難想像有一群人終其一生，都只在尋找一個名字。為了分裂與亡逝的記憶，為了想念族人，為了證明那些來自國家的承諾都是真的——即使更多的過去與未來，仍以失望作為想念的替代品。

被擱置的心願，像一團雷聲，徘徊在國家的幻影處。

蓄積傷痛，但不願止息。

一九九五 臺灣末日預言書

顏訥

「我認為這本書呢，是從《南海血書》以來，最爛的兩大暢銷書之一。」談完得了諾貝爾獎後在臺灣也頗暢銷的高行健小說《靈山》，再聊這本七年前轟動一時的暢銷書《一九九五閏八月》，人稱「刻薄館館主」的資深媒體人卜大中毫不留情痛批，只差沒把白眼翻到天靈蓋。

攝影棚內所有人都倒吸一口氣，主持人蔡康永表情也起了微微的變化，怕聽錯似的向卜大中確認：「這本《一九九五閏八月》被你並列為跟《南海血書》同等級的書？」不出所料，卜大中不改大砲風格，直接以一九七八年國民黨在報紙上虛構讀者泣血投書，荒謬的反共宣傳樣版《南海血書》相比，況且還是不分軒輊的以爛齊名。卜大中又直截了當痛批，絕對該把此書放在爛書博物館，讓大家圍觀才是。可是，《一九九五閏八月》若當真其爛無比，如何能一上市就轟炸一九九四年的臺灣書市？卜大中搖頭表示，美籍華裔作家鄭浪平在當時利用臺灣人民五十年來對中共政權深入骨髓的恐懼，看似提出末世預言，實乃惑眾謠言。只不過運氣好，還真碰上一九九五年中共對臺軍事演習，一時間臺灣島被劇烈搖晃了幾吋，謠言才彷彿成真。

鏡頭轉向蔡康永，他緊接著張開了口，似乎正要提出辯解……。

究竟，一九九五年的臺灣，發生了什麼翻天覆地的大事？

要不，我們把時間再往前倒一些吧。

請看VCR。

一九九四年三月底，全臺灣觀眾一張又一張震驚且憂傷的臉緊貼在電視螢幕上，一遍又一遍追擊杭州千島湖面上被烈焰包裹住而逐漸沒入水面的船。船上載著二十四位臺灣觀光客，在這起恐怖的搶劫縱火殺人案中全數在艙底悶燒成碳。海峽這一頭，立法院沸騰，若不見對岸政權積極辦案，主張終止兩岸談判與刪除交流預算，將大陸列為高度危險旅遊地區。中國媒體則頻頻呼喊兩岸攜手合作，定能共度難關。

時間磁帶繼續倒轉。

二十四個旅人還未出發，或許正興奮規畫千島湖之旅的前一年，臺灣獨立建國聯盟成立，以「宣揚憲政理念，建立國民意識，推動公民投票，完成制憲建國」為終極目標。幾日後，飛機載著辜振甫抵達另一座小島國新加坡，與海協會代表汪道涵會面。那是一九四九年以後，兩地政府首次以官方等級談判，將來會成為歷史上著名的「辜汪會談」。兩個月後，中研院臺灣史研究所成立，是一九七二年中研院民族學研究所展開「濁大計畫」，標定臺灣歷史人類學研究轉向之後，臺灣史正式「獨立」的重大破口。

導播說，時間當然還可以再往前飛轉，來到九〇年代的開頭。一朵巨大的百合花在中正紀念堂廣場中央挺起，佔據廣場的是一場四九年後最大規模的學生運動，青年熱燙的臉孔是滿地開花的野百合。他們要解散萬年國會，重建憲法秩序，自主、草根、純潔與崇高，是學生陳抗運動的新語言。此前，國民黨為正式選出蔣經國接班人，於黨內掀發了二月政爭，支持林洋港參選的國大代表們在臺北三軍軍官俱樂部散發傳單，預言共產黨員李登輝將讓中華民國滅亡。

九〇年代真是充滿預言的年代。每一次預言，都是臺灣與中國關係風雲變色的寓言。而作為一本出版於一九九四年，預言島嶼末日的年度暢銷書，鄭浪平在最後模擬了一場中共武力犯臺的戰役。於是，整個臺灣島花了一年時間預備這場紙上提前開打的戰爭，移民的移民，留下的則演練恐懼。而我們終於迎來了一九九五，臺海關係緊繃如鼓皮，島嶼北方海面落下飛彈，預言下一次發射目標將對準陸地，引爆第三次臺海危機。也有人心懷恐懼坐進電影院，重溫改編成電影的《一九九五年閏八月》，目睹臺灣五〇年代後從經濟嚴冬到春暖花開，再看林瑞陽彼時年輕如花的臉襯在墨綠軍裝裡，演繹七〇年代開始臺灣夢如何膨大又碎去。

站在夢正逐漸脹起的五〇年代，電影旁白鏗鏘誦出：「大吃小、強欺弱，好像是不變的真理，但只要小的肯拼、團結，大的也沒什麼可怕！」描述的雖然是主角被惡霸欺侮倒地的慘狀，要鼓勵他不畏強權勇敢立起。但也更像對著觀眾呼告一場面對恐懼而重新生成的，更易碎的九〇年代臺灣夢。

九〇年代的臺灣人便是這樣的。風口浪尖上擺舵，隔海與正在壯大的陸塊對撞、協商。雖然一九九五年終於到來，臺灣島末日並未降臨。鄭浪平即使天生神力，在殘酷的時間戰場裡也只能宣布失敗，緩慢退出瞬息萬變的暢銷書戰爭外。

然後在二〇〇二年的談書節目上，才偶然被提起。此刻，燈光打在蔡康永的臉上，他果真開口辯駁，說自己現在對《一九九五閏八月》並沒有太差的印象了。雖然最後那場戰役佈局對軍事專家而言非常外行，但是，整本書其實花更多篇幅模擬慘案發生前的臺灣，如何花幾十年迎來一場慘案。回到九〇年代大預言的時空語境裡，「即使這樣也救不了這本書嗎？」蔡康永忍不住要把球擲回去。卜大中則聳聳肩答：「你看現在市面上還有沒有在賣，就知道救得了還是救不了啦。」七年後，攝影棚內的這場論書戰役，宣布這一回合死局，話題很快地往下一本書去。

於是，一九九五年的戰爭像收藏在圖書館的科幻奇譚，等待二〇一七年美國智庫研究員做出新的預言：二〇二〇年，中共武力統一臺灣。

恐懼永遠暢銷。

一九九六　火熄滅了，林燿德

蕭鈞毅

一九九六年一月八日，林燿德猝逝，享年三十四。

據說他逝世的場景，就在和張啟疆通電話的時刻，他突然倒下。

一個經過三三集刊、神州詩社兩段歷史，並於上一個十年急速竄起的文學現象（是的，他自己一個人就是一個現象），就這樣逝去——彼時，他方才新婚不滿一年；而他的文學生涯，無論往後的騰空或花式旋轉、抑或是失速然後墜地，這種種升降的可能性都隨著一九九六年一通電話裡的心臟哀鳴，徹底地被中止了。

對於讀者，對於臺灣文學界而言，這都是一次巨大的損失。

即使林燿德對「臺灣文學」的存疑，讓他在文學史書寫上不停尋找其他的可能性，那也無礙於在這塊土地紛亂的歷史上，他龐大的書寫工程（橫跨小說、詩、散文、劇本甚至是漫畫逾三十多本著作）都應當被留下且被記憶的痕跡。

如何不像水痕一般迅速消失，甚至連消失的速度都被人的肉眼看得清清楚楚——這或許是林燿德畢生投入文學，並嘗試解決的問題之一。

於是我們見到他既有熱烈高昂、又有性愛後體溫消退漸趨冷靜的詩歌面貌：「在浮升的氣泡間與金色的海豚嬉戲／我凝視妳的夢／看妳再從深海拔升而起」或是嘗試多樣題材與寫法的小說，不排斥類型文學的技術（《大日如來》、《時間龍》），又擁抱那些切入肉裡，直視血液深處的文學理念（《惡地形》）；以及他將熱愛與厭憎種種事物，全編列進文學座標中的散文嘗試。

他的多才多藝，使我們難以忘卻他曾經在文學上現身的手勢。

他又積極地參與研討會並多方發表論文，有意識地在詩歌史與文學史的巨大工程中摸索出自己的一條道路：一方面指出在中國學者對現代詩史的理解有誤，另一方面，又質疑本土論的發展衍伸出來的是「排他的暴力」：「政治文學論述的競逐對抗，並沒有充分落實在創作發展的關切上，而是以作家人格乃至文學史的內容做為賭注的意識形態鬥爭。」可以看見林燿德有意嘗試的是一種遠離「政治」，為「文學」找到自身存在價值的路。

但，雖說和政治有意識地保持了距離，林燿德卻也深明文學脫離了政治構成的歷史，將會虛無：「脫離了文學史，詩不過是一些個別的愛憎喜怒，甚至只是一些互相擁抱又彼此瓦解、無關昨日也無關明日的記號遊戲。」這句《一九四九以後》的話，就是證據。

林燿德所保持距離的政治，是關於國族、關於認同與定位的政治議題；而他念茲在茲的文學史，從來就沒有讓他免於談論政治的空間，茲舉一例：

不論是波斯教主的白鬍牌、「人權運動」的拳頭圖樣、格達費的
墨鏡商標、法蘭西共黨的三M旗號、白色亞美利堅的三K包裝，
都脫胎自同一株意識型態的變葉木。
不論是那一種廠牌：
仇恨，是革命罐頭唯一的開罐器。
並且，請你在開罐以後，
將自己的鮮血傾倒在
這輕盈而空無一物的鐵罐裡。

節錄自〈革命罐頭〉，這是林燿德於一九八六年的詩作，算是林燿德偏早期的作品，卻得見少年林燿德對於「人」的反省，就藏在他宣稱的「後現代主義」之中；而這種對「人」的反省，散見於其他林燿德的作品中，其實都有著反極權、反法西斯的人道主義傾向——這樣的傾向，正是一種政治傾向。

而這種傾向，也是不同國家之間，國族認同的底牌之一。

「文學史」真的可能如此單純嗎——只由文學作品、文學作家建構而來？

如林燿德這般始終反思文學的作家，相信對這個問題必然有更深刻的思索。只可惜，我們不及見到。

林燿德去世後的一九九六年，臺灣多風多浪，三月，中華民國第一次總統副總統全民直選。從一九九五年李登輝出訪美國起，中國發起飛彈試射演習，兩岸臺海危機的緊張感蔓延至一九九六年。冷戰結束後東亞局勢又進入了緊張的狀態：「中華人民共和國」以巨大的國家姿態，現身在「中華民國」的面前；這場緊張的對峙關係，絕不只是體現在飛彈與船艦之上，還包含著文化上的「中共」與「中華民國」之間迎面而來的代言權問題：誰才是中國文學史？誰又有臺灣文學史？

不同的系譜，對相同的事物會有不同的評價。文學史書寫過程中的政治問題（及其夾纏的血與肉），相信以林燿德的聰明才智，不可能沒有察覺，否則他不會對夏志清、彭瑞金等文學史撰述者有所批評；更何況，一九九六年以後，東亞局勢似乎又要風起雲湧，臺海危機其後的「中華人民共和國」及「中華民國」兩個政體複雜的歷史糾纏，又將要矗立在東亞，成為最難解的糾葛時——臺灣——一個被稱之為「地方」的島嶼，又有不同的聲音浸透了兩個政體之間。

在這種越漸圖窮、越漸銳利的政治問題裡，如果到了今天，林燿德還在，他又會怎麼繼續他的「文學史」思考？又會寫出什麼樣的文學？他是否仍能堅持他的文學理念，依然與「政治」一詞所包含的複雜議題保持距離？

關於這些，都只能是失去解答的問題。

他來不及見到這塊土地上第一次的全民直選，也不及見到二十一世紀的到來。幾乎是臺灣最執著於接近二十一世紀（卻又在審美上有著復古靈魂），始終高舉火炬的林燿德，竟然來不及迎接二十世紀的最後倒數——

而他的文學，與他的文學史，都成了那通電話再也無人回覆的空號聲。

一九九七　幻滅與新生

鄭芳婷

經歷了八〇年代社會運動的狂飆洗禮，以及九〇年代初期一眾實驗小劇團紛紛成立，臺灣的傳統戲曲表演與當代劇場產業終於進入了底蘊成熟且方法前衛的時代。九〇年代後期，臺灣經濟呈現相對穩定狀態，而兩岸之間仍舊敏感多疑的政治關係，則在社會各個面向持續滲透發酵，深深影響島上藝術與文化工作者的創作心靈。有關國族意識、文化焦慮與族群認同等議題，不斷在戲曲、話劇、電影、文學與（次）流行文化中翻鍋快炒，然而當中許多盤根錯節的命題與提問，卻像一缸堵住的舊冷水，難以疏解。

一九九七這一年的春天，白曉燕命案爆發，染紅了各大報章雜誌，震驚了全臺灣人民的心。秋天來臨時，許多民眾在〈我的未來不是夢〉高亢悠揚的歌聲中，哀悼張雨生突如其來的逝去。同時「力拔山河」活動發生的斷臂慘劇，透過電視媒體的轉播，更讓臺灣社會充滿駭怖。政治情勢的緊繃、文化認同的恐慌與社會事件的頻仍，使得整個臺灣沉浸在一個不穩定、不安全與不平靜的灰色氛圍中。正是在這樣的色調中，出現了創作社如此質量等高的戲劇團體。

創作社成立之初，即帶有濃厚的社會批判意識。其英文名稱Creative Society，更點出劇團意欲將藝術美學中的創造力與社會接軌的核心價值。既是對臺灣社會有著寫實的人文關懷，創作社素來以本土劇本為基本原則，成立之二十年來已經推出三十種以上在地原創製作。其創團首演《夜夜夜麻》（一九九七），由紀蔚然編劇、黎煥雄導演，並涵括王孟超、黃諾行、劉亮佐等數位至今仍相當活躍的劇場工作者。紀蔚然的筆法冷峻犀利，作品風格以對語言結構的分析與對社會現況的批判著稱，而《夜夜夜麻》正體現他對於九〇年代臺灣社會的深度反思。

劇中四個曾是大學同窗的中年男子，以打麻將為由聚首，念叨抱怨著青春夢想的消逝幻滅與現今生活的索然無味。以臺式舊公寓客廳為場景的舞臺設定，有如聚焦在一個平凡至極、隨意揀選的社會角落，暗喻整個島上惶惶不安的集體意象。角色臺詞滿載髒話的特性，不僅揭示當代語言的竭盡掏空，更點出人際交流的緊繃疏離。在幻滅與失落的九〇年代末期，似乎最後只剩下痲痹與麻醉。這齣戲在推出之際，曾以其特殊的國罵風格震撼了文壇，在震撼過後，紀蔚然以其一系列創作，逐步形構其語言屬性與戲劇美學，在臺灣劇場史當中畫下極為精彩與重要的紀錄。

創作社至今仍演出不輟，製作能量持續攀高，更培育不少新生代創作好手。在紀蔚然、周慧玲、魏瑛娟、黎煥雄，符宏征、王嘉明、劉守曜、傅裕惠、呂柏伸、徐堰鈴等資深世代而後，更出現了楊景翔、馮勃棣、詹傑、吳瑾蓉等幾位技法純熟、格局弘大的後浪晚生，不僅延續了臺灣戲劇系譜的多元化發展，更屢屢突破戲劇市場的紀錄，一再擴大表演藝術的產業生態。近年來，性別酷兒、愛滋病、宗教、文學改編、鄉土歷史、數位賽伯格等各種議題一字排開，清楚可見創作社在社會批判上持續進化與更新的潛力。

在臺灣當代戲劇的發展歷史上，創作社絕對是功不可沒的重要推手，而滿溢愁思與幻滅的九〇年代後期，或許正是激起其改革鬥志的源頭。一九九七年觸目驚心的社會事件雖然漸漸褪色消音，然而當時已存在的政治鬥爭、族群撕裂與文化焦慮，至今不僅未能解決，反而在消費導向的數位時代更顯荒謬與誇張。在這樣的時代中，我們期待著創作社以及更多戲劇好手，持續參與辯論與對話，讓混亂鬧騰的海島舞臺上，仍保有前衛與批判並存的洪亮聲音。

一九九八　超級公民

蔡林縉

開始一九九八年的故事前，我們先回到一九八七年五月十五日凌晨土城看守所，冰冷的槍響震醒了臺北陰鬱灰濛的天空——臺灣最年輕的死刑犯，嘉義縣阿里山鄉特富野年僅十九歲的鄒族原住民青年湯英伸，永遠地回到他的故鄉了。

這起讓人震驚的社會事件要再追溯到一年多前的冬天。剛從嘉義師專休學的湯英伸離開家鄉隻身來到臺北，在職業介紹所的安排下陰錯陽差到了間洗衣店打工。誰能料想到九天後，這個外型清瘦、誤闖都市叢林的年輕生命，竟逐步走向命運無光的那端？當年七月號的《人間》雜誌率先針對事件做了鉅細靡遺的追蹤報導，不僅記錄了湯英伸自首後法院的審理過程，也嘗試安頓受害者家屬遭逢巨變後的創傷，更揭露了當時職業介紹所在社會陰暗的死角潛伏的欺瞞和榨取，絲絲點點拼湊種種令人心碎的片段，只為追問：已然釀成的悲劇無可挽回，這個社會是否還有餘力撐出些許自省反思的空間？

隔年（一九八七）五月九日，最高法院判決死刑定讞，《人間》旋即邀請各界人士共同商議救援湯英伸的最後可能。《自立晚報》在十二日刊登以「槍下留人」為標題的廣告，句句是對政府和社會最揪心沉痛的呼籲。不少文字和媒體工作者也陸續發聲。詩人莫那能哀嘆：「我眼睛瞎了，但我彷彿看到湯英伸徘徊在死亡的門口。我看到了山地九族的悲劇的縮影就在湯英伸身上。」獨立媒體「綠色小組」成員王智章點出湯英伸案「暴露了職業介紹所人口買賣問題的嚴重性」。詹宏志認為此事件「除了是一樁殺人案件之外，更是一樁大型的、複雜的、抽象意義的『體制罪行』……如果他犯了罪，整個社會都脫不了罪行。」黃春明則寫下：「教育和社會都應分擔他的罪愆……」

然而命運彷彿早已抉擇了預先寫就的腳本，湯英伸終究回到了他獄中家書裡那殷切想望的，「只能在夢中浮現的美麗家園」。

一九八七年六月出刊的《人間》雜誌（第二十期），記錄了整個救援行動始末，也讓湯英伸案不僅僅是一個社會事件，更是一次「文學事件」，一次跨越族群、藝文、媒體、學界、宗教、社運等團體的結盟串連。不久前，《人間》才剛報導過一月臺北華西街「救援雛妓」的遊行請命，以及三月東埔挖墳事件所引發的抗議行動，而在《人間》的刻畫下，湯英伸的形貌被深深記憶。這次事件亦激起臺灣社會關於死刑存廢、勞工權益、原住民族和弱勢族群權利的討論辯證。像是終於能夠傾聽莫那能詩裡的呼喊：

在這孤寂的夜裡／我的淚水淋淋／乃是因為我聽到同胞的哭泣／親愛的，告訴我／到底是

誰帶來這麼多的苦難？

——〈親愛的，告訴我——給湯英伸〉

一九九八年，以短片《蘋果的滋味》一舉成名的導演萬仁，完成了他「超級系列」三部曲最終章《超級公民》的拍攝。影片由曾參與「綠色小組」的影像工作者鄭文堂、作家陳芳明以及導演萬仁共同編劇，劇情圍繞著一名原住民青年和漢人司機的相遇而開展。阿美族歌手張震嶽飾演的排灣族青年馬勒是名建築工人，因某天夜裡失手殺了工地主任而遭到槍決。蔡振南扮演的中年運將阿德，則是二二八事件和白色恐怖受難者家屬的後代，年輕時曾積極投身社會政治運動，卻在理想幻滅後開計程車逃避猶如空殼般的餘生。就在那個夜晚，渾身血跡的馬勒偶然搭上阿德的車，兩人的命運因此有了連繫。

《超級公民》之前，湯英伸的形象已成為不同文本媒介中靈魂般的存在：如音樂人邱晨的《特富野》專輯（一九八七）、紀錄片導演吳乙峰的劇情片《赤腳天使》（一九八七），二〇一四年更有馬來西亞導演柯汶利的短片《自由人》。《超級公民》雖未直接批判主流社會對原住民族結構性的歧視與暴力，卻藉著阿德的視角，一幕幕街頭抗爭的紀錄影像，逼使我們反思漢人中心的本土化和民主化運動所面臨的困境和侷限。馬勒的出現，讓阿德看到了表面上繁華絢麗的臺北內裡隱蔽的幽暗、殘破、廢墟，也彷彿開啟了生命另一個可能的出口。

灰燼或許即是轉變和重生的契機。影片尾聲，兩個遊蕩的靈魂在深夜車站裡交談，火車聲轟隆響起，下一站是否就將見到天光？循著導演萬仁的路徑，《超級市民》（一九八五）逼視首都臺北的浮華與罪惡，《超級大國民》（一九九五）走訪白色恐怖淒冷的墓地，讓瓦歷斯・諾幹不禁喟嘆：「誰來照耀我們原住民《超級大國民》？」《超級公民》縱然只是內省之路的一小步，卻也足以成為世紀末的一聲警鐘。

而世紀末的島嶼曾瀰漫著怎樣的旋律？不久前，阿美族郭英男先生〈老人飲酒歌〉的吟唱才在一九九六年的奧運會上悠揚，原住民歌手紛紛躍上舞臺，原住民族圖像與多元文化論述看似蔚為風潮。《超級公民》沉鬱凝重的節奏，在臺灣電影產業越趨低迷之際顯得那樣不合時宜。然而，如同電影英文片名Connection by Fate訴說的，若這塊土地上各個族群因為島嶼獨特的重層殖民命運而牽繫在一起，那麼，當人們為彼此的存在和自由不斷前行，「超級公民」的故事，將於現在及更遠的未來持續地書寫。

一九九九　火焰蟲照路

詹閔旭

從深黑的夢裡醒來，他才意識到天亮了。凌晨的那一場大地震，對於這麼多年居住在地震不斷的島嶼的他來說仍是前所未有的經驗，夜裡的恐懼，彷彿有一名巨人死命抓得他所居住的房舍大力搖晃，想要把他甩出去。他心想，幸好這是一棟牧草儲存倉改建的簡易屋，夏季燻熱，冬日酷寒，輕薄鐵皮簡易搭就而成，就算垮了也壓不死人吧。這是他第一次沒有怨恨這一棟房子。

其他地區房子卻垮了，水泥塊壓在柔軟的屍體，街道碎成淚水，哭聲傳遍整座島嶼。這一日是一九九九年九月二十一日，他翻開報紙得知，臺灣發生了二十世紀臺灣史上規模最強的地震，芮氏七．三級，震央位於南投，持續約一〇二秒。

一〇二秒，泡麵都泡不爛，卻翻天覆地改變了許多人的命運，將臺灣推向末世之境。他記起國中時期躲在房間一邊翻看《荒人手記》，一邊為小說的男男性交情節臉紅心跳的日子。作家寫道，「這是頹廢的年代，這是預言的年代」。他後來從書上得知，面對即將告終的二十世紀，一九九〇年代的臺灣文壇翻湧一股揮之不去的末世恐懼。孰料，現實世界的末世來就在二十世紀倒數第二年降臨，如此之快，如此真切，讓人毫無防備，而小說家再頹靡、再毀壞的預言終究不及災區景況的萬分之一。

一九九九年，一切都沉到最底。除卻地震，疾病、歲月與各種意外也一併帶走了二十世紀臺灣文學的璀璨，黃得時、西川滿、朱西甯、蘇雪林、陳火泉、尼洛、龍瑛宗、吳潛誠等臺灣文學史上的重要人物皆在這一年辭世，我們彷彿正迎向文學的末世。

二十一世紀是文學的末世嗎？一九九九年三月，春暉電影公司推出臺灣作家身影紀錄片，六月在中興大學舉辦網路文學座談會，該年年度十大讀書新聞第一名是「網路書店世紀末發燒」，第二名是「出版數位、網路化，顛覆傳統閱讀形式」。大家都在問，「二十一世紀是文學的末世嗎？」。當多媒體影音擊退文字，數位浪潮鋪天蓋地而來，閱讀也好，純文學也罷，只怕皆淪為「奢靡的實踐」。

高中生的他看不了那麼遠，他忙著準備大學推甄考試，埋首苦讀英美小說，渾然不覺也不在乎世界的急遽變遷。他只知道，他將有機會離開這一座山城，他要離家了，去山的另一頭，讓海浪洗腳。

而有人回不了家。倒塌的房屋，破敗的校舍，流離失所的災民當中包括從馬來西亞赴臺的小說家黃錦樹。大地震後，黃所任教的暨南大學校方決議遷校臺北，張大春邀黃錦樹一家人暫居他龍潭居處旁的空屋。張大春在臺灣文壇呼風喚雨時，黃錦樹不客氣寫論文批評，張黃二人曾因此針鋒相對，一場地震卻寫出臺灣文學故事溫馨動人的結局。

有人回不了家，有人則在震後尋找返家之路，例如客籍詩人張芳慈。張芳慈在一九九〇年代發表詩作，作品充滿鮮明女性意識與政治關懷，與李元貞、陳玉玲、江文瑜等多位國內女性詩人合創「女鯨詩社」。一場大地震重創她的故鄉東勢，路走橋毀，水庫坍塌，三五八名東勢居民一夕之間喪生，成為此次震災死亡最慘重的鄉鎮。離家多年的張芳慈重新回望故土，她開始投入客家文化與客語的保存，二〇〇四年出版客語詩集《天光日》，獻給這塊土地。

天光日。一九九九年的臺灣人是否期待天光之日呢？期待明日？

而經歷了一場世紀大地震，經歷了數位多媒體浪潮的一波又一波的猛力衝擊，臺灣文學的明日又在那裡？一九九九年一月十三日，國家文學館通過立法院初審，館名訂為「國立臺灣文學館」，館址訂於臺南，臺灣第一座以臺灣文學為典藏對象的國家級博物館即將誕生，它會迎來臺灣文學的明日嗎？抑或成為文學遺址的見證？

年少尚未覺醒的他並不思索這些關於文學、臺灣、土地的問題，就像島嶼上的大多數人一樣。大地震隔日，他踩著單車，繞行這一座客家庄山城巷弄。時光悠悠，小鎮幽靜，彷彿什麼災害也不曾發生過。就算有，眼淚也會隨時間風乾吧，他想。

烏雲低低壓上山頭，校園忽然傳來一陣朗誦聲：「火焰蟲唧唧蟲／夜夜點燈籠／燈籠光吊四方／四方暗……」

二〇〇〇——走進那良夜

林妏霜

這是二〇〇〇年，斷代的最終與最初。時間彷彿戳進了一個凹折，為宏大敘事的崩解打下了底色。在〈世紀末的華麗〉中曾經盟誓：「理論與制度建立起的世界會倒塌」，業已十年。末日預言的傾圮也近在眼前。

世紀交替，千禧年帶來了千禧之蟲，稱之Y2K危機（Year 2000 Problem），成為日常裡一種模糊不清的恐懼，宛若有種惶然不安的災厄即將蔓延。

同年出版的幾本學術書籍，指向了爾後幾個關鍵字詞：「文學史」、「後殖民」、「後現代」。各種該被寶視認真看待的文本、各種文學史認識和難題，成了一種與家國敘事纏祟的建構工事；而確然是生命傷害，確然是缺席或被忽視的作家身影與文學風景研究，相互證成了文學生命的升起與消沉。

二〇〇〇年，日本學者中島利郎與澤井律之將葉石濤的《臺灣文學史綱》翻譯成日文，由東京研文出版社發行，書中附上近三分之一篇幅的詳盡查證與譯註，也影響了自葉逝世之後，《臺灣文學史綱》註解版（二〇一〇）之出版。

彼時，自承受到薩依德（一九三五—二〇〇三）極大影響，書寫始於一九九九年，陳芳明的「臺灣新文學史」正在起步。八月以來在《聯合文學》雜誌上連載。二〇〇〇年，陳映真（一九三七—二〇一六）針對其所寫〈臺灣新文學史的建構與分期〉提出批評，緣起於對「歷史三階段論」、「（後）殖民史觀」的相異看法，陳芳明與他「可敬的論敵」因而有了往復幾次的文學論辯。

至二〇一一年成書出版，他與紀大偉的訪談中提及，寫書稿時曾多次停滯，途經兩千年政黨輪替的希望，以及日後的挫折與理想的幻滅。也點出這長達十二年的書寫時間，不願「前功盡棄」，實則可以說：有一個隱藏的「Ghost writer」、「陰影」般的存在。

無論是否為臺灣文學長久以來的內在焦慮，這些成為某種導火索的「建構」、「分期」或「分類」，含攝了各種擇選與評價，進而必須有其足夠的解釋與論述，濃縮成主體組構種種疑問，真摯面對究竟這是屬於「誰的臺灣文學史？」（黃錦樹，二〇一一）

或許有時能夠得到這樣的思考：各種歷史解釋、補述視角、說話位置、研究取徑、實踐路徑的重新反省。企圖從曾經的不察與不通中脫困，各有各的承擔或懷抱。但有時我們又是我們的框架。

那些書寫技藝及其轉折，彷彿如此均勻的對稱了論述話語的轉換。可正在寫與還在寫的創作者，有些顯然，尚亦有隱然，甚或消逝與殞下的若干，又無從迴避那樣的一併收納或意外排除。

二〇〇〇年，中國作家衛慧《上海寶貝》在臺灣出版，小說某段自述：「每天早晨睜開眼睛，我就想能做點什麼惹人注目的了不起的事，想像自己有朝一日如絢爛的煙花劈哩啪啦升起在城市上空，幾乎成了我的一種生活理想，一種活下去的理由。」同年，改編自痞子蔡網絡小說《第一次的親密接觸》（一九九八）同名電影上映。

重回的情欲與感官、狂歡與死亡、美麗與哀愁，共同布置了成形中的現象與不同的文化聲響。對書中對白的摘抄與諧擬則透過網路載體再次傳播，其周邊與連結，往後又有了一波關乎「新人類」與「新媒介」的討論聲音。

另外，電影的生產、創作與展映的方式亦有了新的變化。一方面不得不面對「大國崛起」的事實，同時也要開拓全球市場，國際型態的合作於是成了某種可行的路標。

二〇〇〇年，香港導演陳可辛成立了Applause Pictures公司，主要關注在跨國合作的「泛亞洲電影」，以超越地域與語言的商業策略，將電影所展示的「亞洲」推展到西方以及亞洲各地。

「Y2K」電影計畫亦是如此。由日方出資、協調製片事宜，讓香港導演關錦鵬、日本導演岩井俊二，臺灣導演楊德昌，拍攝自己生存都市的故事。二〇〇〇年，他們完成作品，描繪自己所屬之地：關錦鵬有《有時跳舞》；岩井因故中止，隔年完成了《青春電幻物語》；而楊德昌交出最後的作品《一一》。

《一一》描繪了一個「家庭」故事，容含了年幼至年老，生老病死，各種年齡、各種生命歷程的抽樣：隱私、內在、處境。楊曾如此形容：「家庭具有很複雜的、互相交錯的、層次感很豐富的厚度」許多事同時發生，錯開又相互牽連。彼此將那條界線踩在自己的心上，以為所抵達的總是一種安全無虞的沉默。它可以有最廣義的敘述：原來這就是每一個人。

也許時間再往後一些，我們才能真正看見它之於東亞社會的座標性。楊完善了他自己的風格，如陳湘琪觀後說：「我知道他想說什麼，因為有很多引子是從《獨立時代》、《麻將》一個一個累積下來的，最後找到一個更成熟有力的方式把他想講的東西講清楚。」（《再見楊德昌》）

五月，楊德昌以《一一》獲得第五十三屆坎城影展最佳導演獎。同年七月，得知罹癌。九月，孩子出生。

十七年後，《一一》裡的幼童洋洋，以成人的面孔在〈Pay tribute to Edward yang〉紀念短片的開頭這樣說：我比較希望能夠跟他拍更多的電影，勝過於跟他講什麼。

但若能讓生命重頭，楊還是會在紀錄片裡這樣回答吧：I will still first be an engineer, then a filmmaker, then maybe a comic storyteller.（梁思眾，《一時無兩：一一現場實錄》，二〇〇一）。又一次證成：「只是覺得再活一次，真的沒那個必要。」

時間鏤刻在誰的後腦勺。當他們盡成過往，一一走進那良夜。未來收在一種開始裡。千禧年跳起了它自己的曼波。即便我們還無法走近，但也沒有離開。或許有天，當知道生命為了什麼而痛苦而感謝，有天就「突然聽懂了音樂」。

附錄　文學故事年表

一九〇〇　臺灣改隸第五年，揚文會於臺北淡水館盛大召開
一九〇一　中村櫻溪遊歷臺北，寫下〈登觀音山記〉
一九〇二　臺灣總督府宣告「全島治安恢復」，謝春木出生
一九〇三　小說家朱點人出生於淡水
一九〇四　籾山衣洲失勢離開《臺灣日日新報》
一九〇五　灣生畫家立石鐵臣出生於臺北東門町
一九〇六　南臺灣最大詩社「南社」成立
一九〇七　小泉盜泉於臺灣學術研究會上講述《莊子》
一九〇八　詩人楊熾昌、郭水潭出生
一九〇九　李逸濤發表第一篇中文偵探推理小說〈恨海〉
一九一〇　西川滿跟隨父親西川純初次來臺

一九一一　梁啟超來臺拜會林獻堂及櫟社同人
一九一二　詩人饒正太郎出生於花蓮
一九一三　關口隆正於臺北撫臺街開設「臺印社」並出版《夢界叢書》
一九一四　臺灣總督府臺南中學校開校，詩人林修二出生於臺南麻豆
一九一五　余清芳策畫之西來庵武裝抗日事件於夏天開始，隔年九月落幕
一九一六　作家王昶雄出生
一九一七　日治時期第一個文社「崇文社」創立
一九一八　作家魏清德發表偵探小說〈齒痕〉
一九一九　五四運動於北京發生，詩人安西東衛渡滿
一九二〇　連橫《臺灣通史》出版
一九二一　片岡巖《臺灣風俗誌》發行
一九二二　臺灣最早的新文學小說發表：鷗〈可怕的沉默〉、謝春木〈她要往何處去〉
一九二三　劉吶鷗留學於東京，九月一日關東大地震
一九二四　張我軍發表〈致台灣青年的一封信〉、〈糟糕的臺灣文學界〉，詩人林亨泰出生臺中州北斗郡

一九二五　臺灣文化協會舉辦第二回「夏季學校」

一九二六　賴和發表〈鬥鬧熱〉、〈一桿「稱仔」〉

一九二七　林獻堂遊歷世界，寫下「環球遊記」連載於《臺灣民報》

一九二八　《臺灣俳句集》出版，臺灣俳人黃靈芝出生

一九二九　漢詩文家久保天隨渡臺

一九三〇　劉吶鷗出版第一本著作《都市風景線》

一九三一　本土奇幻、漢字臺語長篇小說〈小封神〉連載於《三六九小報》

一九三二　臺南商業街「末廣町店舖住宅」落成，林百貨開幕

一九三三　林煇焜刻畫臺北城浮世繪的通俗小說《命運難違》連載於《臺灣新民報》

一九三四　楊逵〈送報伕〉於東京《文學評論》比賽獲獎

一九三五　《臺灣新聞》上演筆戰，楊逵退出臺灣文藝聯盟，創設臺灣新文學社

一九三六　詩人楊華久病自縊，得年三十歲

一九三七　龍瑛宗〈植有木瓜樹的小鎮〉於日本《改造》雜誌獲獎

一九三八　進入戰時體制之下，報刊雜誌陸續停刊

一九三九　真杉靜枝與中村地平回返臺灣旅行

一九四〇 作家翁鬧病歿於東京
一九四一 民俗學雜誌《民俗台灣》創刊
一九四二 周金波發表第三篇小說〈「尺」的誕生〉
一九四三 葉石濤〈林君寄來的信〉刊載於西川滿主編《文藝台灣》
一九四四 鍾理和完成小說〈夾竹桃〉
一九四五 昭和天皇「玉音放送」，二戰結束，陳千武滯留南洋
一九四六 呂赫若改以中文寫作四篇小說
一九四七 二二八事件，次年作家鷗坦生發表描寫事件後省籍問題的〈鵝仔〉
一九四八 《臺灣新生報》「橋」副刊主辦兩場文藝茶會
一九四九 蔡德本與臺語戲劇社將曹禺《日出》改編為《天未亮》於師院大禮堂演出
一九五〇 韓戰爆發，首部反共電影《噩夢初醒》開拍
一九五一 版畫家黃榮燦於師範學院宿舍被捕失蹤
一九五二 僑生來臺升學辦法展開
一九五三 中州豫劇團來到臺灣，改編成立飛馬豫劇隊

一九五四　中國文藝協會發起文化清潔運動，呼應國民黨官方文藝政策
一九五五　蔣中正提出「戰鬥文藝」口號，成為主導的文藝意識形態
一九五六　現代派成員黃荷生自費出版詩集《觸覺生活》
一九五七　鍾肇政發起《文友通訊》
一九五八　胡適返臺接任中研院院長
一九五九　周夢蝶始於武昌街明星咖啡館騎樓擺設舊書攤
一九六〇　《現代文學》創刊
一九六一　牯嶺街發生一起少年情殺事件，成為楊德昌一九九一年電影故事，陳舜臣以《枯草之根》獲江戶川亂步賞
一九六二　中西文化論戰於《文星》引爆，胡適驟逝
一九六三　郭良蕙小說《心鎖》被禁，瓊瑤出版第一本小說《窗外》
一九六四　吳濁流創辦《台灣文藝》雜誌
一九六五　《劇場》雜誌創刊、《等待果陀》於耕莘文教院登臺
一九六六　黃華成舉辦「大台北畫派一九六六秋展」
一九六七　林海音創辦《純文學》月刊

一九六八 「文星書店」停業結束，陳映真被捕繫獄，「純文學出版社」創社

一九六九 《創世紀》停刊，商禽出版第一本詩集《夢或者黎明》，瘂弦接掌《幼獅文藝》主編

一九七〇 黃靈芝以小說〈蟹〉獲第一屆吳濁流文學獎首獎

一九七一 陳英雄《域外夢痕》出版，是為第一本臺灣原住民以漢語書寫的文學著作

一九七二 黃春明寫下素人畫家洪通的報導〈The Mad Artist〉

一九七三 李行導演改編自瓊瑤小說《彩雲飛》、《心有千千結》同名電影

一九七四 陳若曦發表小說〈尹縣長〉

一九七五 《中國時報·人間副刊》開闢「現實的邊緣」專欄，再現報導文學風潮

一九七六 神怪災難電影《戰神》上映

一九七七 《仙人掌雜誌》刊登王拓、銀正雄、朱西甯文章引爆鄉土文學論戰

一九七八 高信疆主持第一屆時報文學獎，《聯合報·副刊》舉辦「光復前的臺灣文學座談會」

一九七九 臺美斷交，黃凡以〈賴索〉獲時報文學獎，美麗島事件爆發

一九八〇 楊牧寫下〈悲歌為林義雄作〉，施明正《魔鬼的自畫像》出版
一九八一 張艾嘉以爾雅小說集《十一個女人》為原著監製同名電視劇
一九八二 《光陰的故事》開啟臺灣新浪潮電影運動
一九八三 雲門舞集首演創團十周年作品《紅樓夢》
一九八四 「臺灣原住民族權利促進會」成立，夏宇出版詩集《備忘錄》
一九八五 陳映真創辦《人間》雜誌
一九八六 小說家李永平出版《吉陵春秋》
一九八七 葉石濤出版《臺灣文學史綱》、長達三十八年五十六天的戒嚴令解除
一九八八 施明正絕食去世
一九八九 夏曼·藍波安返回蘭嶼定居
一九九〇 野百合學運爆發，林燿德出版小說《一九四七·高砂百合》、詩集《一九九〇》
一九九一 第一屆東南亞華文文學國際研討會於淡江大學中文系舉辦，聚焦馬華文學
一九九二 第十六屆全國比較文學會議引爆臺灣後殖民論戰
一九九三 江之翠劇團、金枝演社成立
一九九四 瓦歷斯·諾幹出版詩集《想念族人》

一九九五　一本預言一九九五年海峽戰爭的《一九九五閏八月》成為年度暢銷書

一九九六　林燿德猝逝，第一次總統副總統公民直選

一九九七　創作社劇團創團首演紀蔚然劇作《夜夜夜麻》

一九九八　導演萬仁完成「超級系列」電影第三部曲《超級公民》

一九九九　國家文學館通過立法院初審並訂名「國立台灣文學館」，九二一大地震

二〇〇〇　葉石濤《臺灣文學史綱》日譯本出版，楊德昌完成最後電影《一一》

當代名家
百年降生：1900-2000臺灣文學故事

2018年10月初版 定價：新臺幣420元
2019年7月初版第二刷

主編 李時雍
叢書編輯 黃榮慶
校對 李時雍
內文排版 極翔企業有限公司
封面設計 朱疋
編輯主任 陳逸華

作者群(按筆畫順序)：
李時雍、何敬堯、林妏霜、馬翊航、陳允元、盛浩偉
詹閔旭、楊傑銘、鄭芳婷、蔡林縉、蕭鈞毅、顏訥

出版者 聯經出版事業股份有限公司
地址 新北市汐止區大同路一段369號1樓
編輯部地址 新北市汐止區大同路一段369號1樓
叢書編輯電話 (02)86925588轉5307
台北聯經書房 台北市新生南路三段94號
電話 (02)23620308
台中分公司 台中市北區崇德路一段198號
暨門市電話 (04)22312023
台中電子信箱 e-mail：linking2@ms42.hinet.net
郵政劃撥帳戶第0100559-3號
郵撥電話 (02)23620308
印刷者 文聯彩色製版印刷有限公司
總經銷 聯合發行股份有限公司
發行所 新北市新店區寶橋路235巷6弄6號2樓
電話 (02)29178022

總編輯 胡金倫
總經理 陳芝宇
社長 羅國俊
發行人 林載爵

行政院新聞局出版事業登記證局版臺業字第0130號

本書如有缺頁，破損，倒裝請寄回台北聯經書房更換。 ISBN 978-957-08-5164-9 (平裝)
電子信箱：linking@udngroup.com

國家圖書館出版品預行編目資料

百年降生：1900-2000臺灣文學故事/李時雍主編．
初版．新北市．聯經．2018年10月（民107年）．400面．
17×23公分（當代名家）
ISBN 978-957-08-5164-9（平裝）
[2019年7月初版第二刷]

1.臺灣文學史 2.通俗作品

863.09 107013293